当代作家精品·散文卷 凌翔 主编

幸福的战争

韦菊仙 著

北京出版集团
北京出版社

图书在版编目（CIP）数据

幸福的战争 / 韦菊仙著 . — 北京 ：北京出版社，2023.3
（当代作家精品 / 凌翔主编 . 散文卷）
ISBN 978-7-200-17862-3

Ⅰ.①幸… Ⅱ.①韦… Ⅲ.①散文集—中国—当代 Ⅳ.① I267

中国国家版本馆 CIP 数据核字（2023）第 042776 号

当代作家精品·散文卷
幸福的战争
XINGFU DE ZHANZHENG
韦菊仙　著
凌翔　主编

出　　版	北京出版集团
	北京出版社
地　　址	北京北三环中路 6 号
邮　　编	100120
网　　址	www.bph.com.cn
发　　行	北京出版集团
印　　刷	三河市中晟雅豪印务有限公司
经　　销	新华书店
开　　本	710 毫米 ×1000 毫米　1/16
印　　张	19.5
字　　数	251 千字
版　　次	2023 年 3 月第 1 版
印　　次	2023 年 3 月第 1 次印刷
书　　号	ISBN 978-7-200-17862-3
定　　价	79.80 元

如有印装质量问题，由本社负责调换
质量监督电话　010-58572393

自　序

女子本弱，为母则刚。

小鱼儿，吾儿，上天恩赐于我。他，是我世界里的太阳，我天空中的明月。我的人生因为有了他而快乐，而忙碌，而焦虑，而深情，而趣味多多。

为儿写日记，是一个迫不得已的举动。那时，儿读初二，青春叛逆，看我的眼光常常像仇人。我说东他非得说西，我说不好他一定会说好。我恨得牙痒痒要拿棍子揍他，他手疾眼快，马上举起凳子对着我。骂已骂不动，打也打不过。可一旦引导失误，他误入歧途，将后悔莫及。我不敢指望他光宗耀祖，但也不能让他走上歧途。儿子是我生命的延续，我爱他胜于爱自己。生他时，差点丢了性命。养育他，更是劳心劳力。为了更好地生存，我也更加努力工作，尤其是逐级学历进修，真是吃尽苦头。丈夫做生意，从没有休息日，那时不流行啃老，我也无法指望老人。后来为了他的学业，我放弃了熟悉的工作环境，离开老家，带着他进城求学，工作也从零开始。再后来，又想带着他离开县城去常州。我清楚地知道，儿子的教育不能是试验,一旦失误,那将成为我们家庭教育的失败,没有回头路可走。我必须把儿子的教育作为一个重点研究课题,冷静地想想,做好规划,积极付诸实践,并及时调整。

2006年的新年期间,我开始了对儿子的重新塑造。所谓塑造,说好听点,就是开始用笔记录孩子一点一滴的进步,同时也在理性地思考各种应对方式。我利用论坛网络互动的优势,让读者看到儿子的成长,借别人的口来夸他,借别人的力来引导他,让他感到被人赞赏的快慰与成就,也让他换一个角度思考人生。没想到,这种文字记录带给我一次次的欣喜。儿子真的有了学习的目标和动力,并且稳步成长。一天天过去了,如今的儿子变得有担当,有魄力,有自己喜爱的事业、幸福的小家庭,也有自己的特长。我当初的算盘竟然如意了。

和儿子的"战争"频频发生,其中的快乐却常常打动我们彼此的内心,因此就给这些日记取名为《幸福的战争》。

日记写到后来,已不仅仅是为儿子写了,也有好些是为学生写的。我早已不知不觉把学生当作自己的孩子,与他们相处的时光,有硝烟四起,更有阳光普照,师生的情义如亲子、挚友般隽永。这些孩子,如今也常把我的家当成他们情感的休憩站,偶有休息的时候便相约来到我家,在我的陋室里叽叽嘎嘎,和我、和要好的同学聊着积攒了许久的"废话"。

回头看看这些年的历程,甚好。之所以想结集出版,是因为想给青春期的孩子和家长一点笑料,如果恰好能对你们有所启示,或是换得大家一刻开怀,也算是不枉我十年来的记录,仅此而已。感谢您的阅读!

目 录

第一辑　为母篇

沙袋老妈　002
"整"儿子　005
洗碗记　009
焦馒头　012
"爱"作调料　015
母亲节的礼物　017
不让毛笔一日干　020
买衣服　022
进中学前的一封信　024
从君子到小人　026
书信之一　028
书信之二　031
感谢放假　033

拜师学英语　037
与电脑同在　040
缴械投降　041
甘当粉丝　043
过网瘾　046
贴身保镖　048

藏鼠标 051
情书事件 053
感谢 70 分 057
春风得意马蹄疾 060
陪跳绳 063
做仰卧起坐 065
拥有太阳 067
洗鞋 069
温柔一刀 072
敲竹杠 074
中考前的黑暗 077
范进中举 082
小老弟的帅哥 084
去工地 085

签名权被剥夺 087
天道酬勤 090
杞人忧天 093
鱼儿和小 K 096
宅男出门 099
小狗望月 103
胖婆子 106
学烧菜 109
上帝不允许你流泪 112
生命离不开关爱 115

书信之三　117
书信之四　119
书信之五　122
书信之六　126
书信之七　129
书信之八　132
疯狂《阿凡达》　134
小子，榴梿也　138
生死泰然　140
爬梯子亲嘴　142
母亲节一乐　143
写在儿子高考前　145

考前低碳游　151
将就的志愿　153
送儿上大学　155
自驾游，好玩　159
来过，心安　162
寒假的沦落　167
晒晒"小三"　171
丫头不怕　175
带着娘看儿　178
低进尘埃是爹娘　181
又是母亲节　183
独巢被占　185

七夕之"作"　189
最恨是刀塔　191
最少的干扰，最好的爱　195

第二辑　为师篇

"后妈"转正　200
我的小白云　205
皮王瞬间　209
补爱　213
给2012届4班孩子的信　215
吃是头等大事　217
为你心疼　220
问早风波　222
加入"维和部队"　224
孙小林的口罩　227
被王云齐气死了　229
在操场上过生日　230
不急　233
末日起名　235
从圣诞妈妈到圣诞爷爷　239
交朋友，不是小事　242
身怀恻隐心　245
学霸小倪　247
我的老师——孩子　250
有些牵挂，必须放下　252

七律　赠2018届常州二实小毕业生　255
最美的那朵红梅花　256

第三辑　支教篇
话别江南　260
抵达舟曲　264
静看默思　267
支教开启　270
走近学生　273
众人拾柴　276
拉尕山——神仙喜爱的地方　279
莳弄花田　282
弓子石学区教学记　286
拱坝藏族小学琐记　293
插岗乡中心小学教学记　299

后记　301

第一辑 为母篇

沙袋老妈

儿子就要过十四岁生日了,十四岁,被称为"舞勺之年",宣告童年的结束,青春少年的开启。送什么礼物给他?鲜花、蛋糕,肯定不讨喜,人家正处于青春叛逆期,对我这半老徐娘,怀揣着满满的嫌弃与不屑。我的每个马屁似乎都拍在马腿上,还是拉倒吧。前两天因为错怪了他,他的老拳差点就落在了我的背上,只是中途转了方向,擂到白墙上去了。可怜的白墙,他的汗拳留下的污迹那般醒目张扬。我犹豫又犹豫,总得送一个什么礼物给他,送什么呢?

经过体育用品商店,看到一个毛孩子戴着拳击套擂沙包,又是拳打又是脚踢,两眼冒火,挥汗如雨,这是有多大的仇恨啊?边上站着一个跟我差不多年纪的女子,一脸尴尬地笑着。我忍不住走进去观看。那孩子一边打拳,一边喊出来的名字竟然是:"董彩娥!董彩娥!董彩娥!"那女子见我看着他们,竟然有点羞惭。哦,敢情这孩子嘴里喊出的名字是她的名字。

突然,心里咯噔一下子。我想是不是也买一个沙包给我那小子,如果有了沙包,他要发泄的时候就不用老拳对着我了。那沙包可以是他假想的仇人,一顿拳打脚踢,不就能泄下他心头的火吗?这样我的安全似乎就有保障了。这么一想,觉得很有道理,于是毫不犹豫地买下了一个大沙包。又花了十元钱,请老板上门安装,帮我在大阳台的顶上打了一个洞,沙包往顶钩上一挂,成了。我立刻戴上拳击套对着沙包"嘿嘿、哈哈"一阵擂,那沙包便幻化成无数个不受驯服的臭小子,嘿嘿,汗流出来了,劲儿也使得差不多了,心里果然痛快了许多。

然后烧饭,拖地,哼着小曲,志得意满,等候公子回家。

六点,浑小子回来。本妈虔诚地低头弯腰做了一个标准的"请"的手势,把他引向阳台。他横我一眼:"无事献殷勤,非奸即盗!"本妈大人有大量,决不与小人计较。

等他走上阳台,俺双手奉上拳击套,才堪堪开口,道:"鱼大公子,Happy birthday to you! 从此,你恨韦××,它便是韦××;你恨鱼××,它就是鱼××;你恨一切的×××,它便是一切的×××!当然,它也可以是你痛恨的化学、英语等,动手吧,把你的愤怒、不平、仇恨、冤屈、妒忌、烦恼,都聚集在你的老拳中,向它开炮,向仇恨开炮吧!"

臭小子接过拳击套,飞快套上,斜我一眼,闭了一下眼,突然目露"凶"光,运力就向沙包狠狠打去。我立马抱头鼠窜,生怕一不当心,那拳头就上了我看似肥硕实则虚弱之身。这年头,须知得防火防盗防儿女。我这胖身板,还得悠着点,毕竟上头还有母上大人要赡养啊!

那边厢不断传来两种声响:一是拳打沙袋的撞击声,二是"韦××、韦××、韦××……"的呐喊声!打的是沙袋,内心里想的是本妇啊,我的天!

每一个母亲都是金刚不坏之身啊,我悄声安慰自己,不痛不痛,亲生的,亲生的!

这天晚上,鱼大公子胃口奇好,大概荷尔蒙得到了尽情的宣泄。看着他把一盆啤酒鸭吃得只剩下鸭头、鸭脖、鸭浇头,我还是忍不住叨叨两句:"那个,你的拳头,可千万不要落在任何一个同类身上啊,毕竟,这年头儿属于你的十恶不赦的仇人好像还没有诞生!"

"废话!"小子刚啃完一个鸭翅,嘴一抹,又戴上了拳击套,对着我耀武扬威地举了举。好吧,好吧,怕了你还不成。他的情绪有了发泄的切口,想来我的小命可以历久一点了。

那个沙袋做的老妈,很无辜地承担了本妇的 B 面身份。小子睡着了,我朝沙袋君双手抱拳,深施一礼,以表达我的歉意:江湖上有了你,许多人将不再遭殃,本妇深深谢过!

"整"儿子

今天早晨大雨,五点多躺在床上听着窗外滴滴答答缠绵的雨声,不禁担心起儿子来。该起床给他做早饭了。但想起昨天他对我不敬时,我曾警告过他,今早决不叫醒他,让他迟到被老师整!决不给他做早饭,饿扁他!切,臭小子,当你妈吃素呢!

自从送了沙袋给他后,母子关系缓和了五天,昨天下午又爆发了。原因说小不小,说大也不大。他的周记写得比较应付,但语文老师要求周记写完必须要有家长签字。我一看有点生气,就签了一句话:作文有点应付,建议再修改。他就当场发飙了:"别的家长就签个名了事,就你事儿妈,那么多的作业,我一天到晚写写写,完成了还不行,还要修改,你以为我很闲吗?"

"你不闲?昨天电脑上泡了四个小时,这总是真的吧?"我也火了,"文章不厌百回改,这道理你不会不懂。明明如此应付,还风吹不得,孺子怎可教?"

"你把签的话擦掉重写!"

"就不！你先修改！"

母子间的战争转眼开启。孩儿他爸跳出来做好人："每人各退一步。儿子你再修改一下，让你妈重新签一下。"

儿子目光如剑，对着我刺了N道"独孤九剑"。终究在我"六脉神剑"的眼光镇压下，偃旗息鼓，这小子拿着本子悻悻地回了房间修改起来。修改完了往我面前一丢，要我重签。看着他的态度，我的火"腾"的一下又起来了。想想，丈夫不在身边，无人撑腰，咬了咬牙关，把这口气硬生生咽下。提笔写了句：能较认真修改，质量有提升。

"哼，职业病！"臭小子翻了我一个白眼，抽走了本子。

于是，一夜不再与他啰唆，各归各屋，各干各事，反正电脑不会再让给他了。还好，一夜好梦。做母亲的，气量果然越挫越大。

正想着，听到隔壁有动静，他居然起床了，平时可是我千呼万唤他也要抱枕遮面的。好，再战告捷！

该开我房门了吧！开得开才怪呢，我上保险了，以防他半夜钻我的热被窝儿。

果不其然，他先不停地转着门把手，没用！"咚咚咚，咚咚咚！"敲起来了，不过没有了前几天"擂门"的音量，文雅多了。然后喋喋不休地喊："妈，早上我吃啥？"

哼，你吃啥，关我啥事？不理他！我心里窃笑，离开我日子没法过了吧？

他看没戏，进了卫生间。

睡懒觉的感觉真好！我想着这臭小子嘟着嘴洗漱的模样，一定很有趣，说不定嘴里又在骂我了："你个胖女佬，你个恶婆娘！"这是他平时骂我的口头禅，我越气，他骂得越带劲儿。哼，骂吧，本妈决不心慈手软！

六点二十，我也起床了。三两下套上衣服，踮着猫步准备出房门，透过门缝往外看。

他居然坐在餐桌旁美美地享用他的早餐：玉兔包、小笼包，外加一杯热腾腾的豆奶!

对于吃的他一向不含糊,不过没想到他也会蒸包子,饿不扁他了!我整理好脸色,波澜不惊地走过去。他斜眼看着我,一脸得意之色。

"切,会蒸包子有啥稀奇。"白他一眼,我进了卫生间。

他跟在我后面,靠在卫生间的门上美美地咂着嘴,还说:"真好吃,真好吃,韦老师,你想吃吗?"

"吃你个头!"我砸给他一句。

"没风度!锅里还有呢,给你留的!"

哟,太阳打西边出来了,人家并没我想象的狭隘!尽管心里乐开了花,可脸上不能露出来,我得坚持!

臭小子总算要出门上学了,从小他就特别恋家,早上起来后磨蹭来磨蹭去就是出不了大门,搞得我天天早上像个催命鬼。看在他为我做早饭的分儿上,提醒他带上我的新雨披,别被雨淋了。他的雨披已失踪了四件,什么物件跟着他都得品尝被抛弃的痛苦,我知道他这忘性很大部分跟我要求不高有关。再说我也是毛毛躁躁的个性,既然是遗传,又能怪得了谁?只是不知道他哪天会把我这老妈给弄丢。

他得意地套上雨披,嘴里还哼着歌:

假如把犯得起的错

能错的都错过

应该还来得及去悔过

假如没把一切说破

那一场小风波

将一笑带过

在感情面前

讲什么自我

要得过且过

才好过

全都怪我

不该沉默时沉默

该勇敢时软弱

……

他一边唱，一边开门，出门时不忘在我肩上拍一下，全然忘了昨天给我的气。

"在感情面前讲什么自我，要得过且过才好过……不该沉默时沉默，该勇敢时软弱……"这话怎么感觉句句针对我？教育我？面对他的错要得过且过？还是教育他，面对自己的错误，该沉默时沉默，该勇敢时不要软弱？突然哑然失笑。

门关上了，听着他的脚步声渐渐远去，估计今天不会再回头了。每天早上他出了家门总要再回一次，不是忘了钥匙就是忘了书本文具，这次能不回头，真是善莫大焉，我心里暗暗高兴。

不过三四十秒钟，可怜的门又被擂得山响。唉，简直把我气晕，这小子什么时候才能长记性！充耳不闻，谁让他老患"选择性失聪"——受用的话听，不受用的话就当耳旁风。我自顾自刷着牙。一会儿，门开了，他掏钥匙开的，实在很难得。他把雨披放在鞋架上说："妈，雨不大，我撑伞，你路远，还是你穿雨披吧！"

什么时候雨小了，我竟不知道。这熊孩子自己不想用的东西就给我，没办法！我忍住腹诽，懒得理他，只是白他一眼，继续刷牙。

洗漱完毕，我打开窗，只见外面的雨飘飘洒洒直往家里钻，雨不小呀！楼下，儿子已从车库里推出了自行车，一手撑伞向远处冲去！

"雨，这讨厌的雨！"我仰望苍穹喃喃低语，心里却是五味杂陈。原来人家是要把更方便的避雨工具留给他的娘亲啊！

洗碗记

今天吃过午饭,厨房又堆了一大堆未洗的碗碟。唉,做女人真没劲。今天是大年初十,都说过年是吃坏了男人,乐坏了孩子,累坏了女人,这话一点不假。我得改变改变我家的这种状况,丈夫上班去了,没指望!只能指望小子了。

儿子今天开会去了,作为班级首任团支部书记参加学校新年茶话会。正想着他,这不,满面春风地回家了。

"哟,鱼书记回来了!我恭候您多时了,请用午餐!"我热情地端出为他留的饭菜迎上去,"感觉咋样啊?"

"一个字,爽!呵呵。"

瞧这臭小子的得意劲儿,还不知好戏在后头。

看着他吃得香香甜甜的样儿,有门儿,但咱还得再造点势。

我问:"再来杯营养快线,咋样?"

"好,太好了!"臭小子心花怒放。是啊,老妈是高级保姆兼心理医生,他怎么会不满意?

他喝一口饮料，吃一会儿饭菜，还不忘同时享受着MP3，真是快活如神仙！

时机成熟了，我皱着眉头问："书记，能帮我做道选择题吗？"

"说吧，什么类型的？"人挺爽快！

"综合实践类的，我发现我无法选择！"

"快说，我没有不会的，保证帮母上大人解决！"

"有两双臭鞋和一堆碗碟，都需要清洗，你选什么？友情提醒，如果选臭鞋，又臭又冷；如果选碗碟，量虽多，但省时！"

"还有别的选择吗？"小子坏笑着。

"没有了。我在想，将来团支部要开展什么野餐活动，如果某些重要人物什么都不会干，怕是要被就地免职的，那些纯情动人的美眉会怎么看某人呢？娘亲觉得，为了某人的美好未来，今天有必要进行一下战前训练！"我不露声色，心里却嘿嘿暗笑了一千声。

小子瞪眼看了我五秒钟，没说话，心里不知打什么如意算盘。

"不过，说老实话，你做事我真的不放心，前几次洗过的碗筷我都洗了第二遍，怕亲友笑话。要选你就快选吧！"我十分随意地说着，这随意，少一分都不行。

"行，我洗碗！"小子宣布。

"那行，我来战前指导一下吧，放心，不收学费的！"小子吃完饭嘴一抹，把碗筷都收进水池，兑上冷热水，放进清洗液。

我把围裙脱下来系在他身上，嘿，还挺像回事儿，一点不比宫廷厨师逊色！我拿起一只碗和洗碗布示范："抹布包住碗，大拇指按内圈，四指按外圈，内外齐用劲儿，内三圈，外三圈，碗底加三圈，碗儿亮闪闪。"

"太好玩了！"臭小子赶紧抢过抹布，一边洗也一边哼起来，"内三圈，外三圈，碗底加三圈……"

没声音了，他愣了好一会儿，突然大叫："妈，我知道以前为什么洗不干净了,以前我没洗碗底!"

小子在我面前老喜欢这么一惊一乍的,其实我知道,他是在逗我呢。

我总算离开了厨房,叮叮当当的厨房交响乐加上小子 MP3 中传来的周杰伦那特殊的《霍元甲》唱腔,我不由得笑出声来。

臭小子,我又赢了一局!可谁说小子就输了呢?呵呵,双赢,我之期待。

焦馒头

中午下班一回到家,发现客厅、餐厅的窗子都打开了,这可是少有的事。小子一个人在家,一般不会开窗,因为太忙了,他担心电脑寂寞,一定一秒钟也不会让电脑姑娘感到孤独的。今天肯开窗透气,可真是少有,一定得狠狠表扬一番。但是空气里有股不太和谐的气味儿。

走近书房,我想电脑绝不会再是游戏状态。小子反应特快,一般只要听到钥匙响,就会立马关闭游戏,然后装作一本正经地边听音乐边看书,这招我已看得太多了。疾步悄声走进书房,果然,小子正埋头"苦读"呢。电脑嘛,当然开着,上面除了有打开的超级解霸,没有其他文件。因为时间不允许,他知道老妈一旦开门,肯定直奔书房。我靠近他,翻开他的书,看的可是《孟子选注》哦!不过是第二十五页,我非常清楚地记得昨晚他看的就是第二十五页。

"哦,你在精读呀?孺子可教,孺子可教!"我真心夸奖。

"什么意思?"

"一页书你整整读了一个晚上外加半个白天,这《王立于沼上章》怕是滚瓜烂熟了吧？"臭小子边笑边跳起来捶打我。这招儿称为厚颜无耻，直接砸出狐狸原形。

我又说："你应当这样问：妪！不远千里而来，亦将有以利吾国乎？"

儿子对曰："何必曰利，亦有仁义而已矣！"

"尔有仁义否？"我问。

"吾品电脑之乐尔！"小子大笑不已。

"哼哼，丑行又一次败露，臭小子，下次换个方式掩盖，老拿这招骗我，显得你妈太弱智！"

"我没有，我没有嘛！"臭小子还要狡辩，但显然已理亏。

"这么认真地读书，说吧，要我怎么奖励你？"

"我要吃米饭！菜嘛，香肠、红烧鱼，再来个炒青菜吧。"小子对吃可从来不含糊。

"行，那你继续研究孟子，但电脑要关掉。"小子同意了。

走进厨房，真让我气不打一处来。灶台上，公然摆着烧得乌黑乌黑的蒸笼；再看看锅，真的成了黑金刚。放些自来水，再用清洁球一擦，那水黑得可以画水墨画了。水池边还放着十来个焦炭般的馒头。气味终究有了来处，难怪臭小子今天会主动开窗，可以想见当时厨房里黑烟翻滚的惨状，还好，没酿成大祸。

但可恨的是这小子居然连战场都不晓得打扫，是可忍，孰不可忍？！

我冷静又冷静，总算换了一脸笑容重新走进书房。先把小子请到一边，自己坐在电脑前孜孜不倦地上"语韵茶吧"（凤凰语文网的一个栏目）控诉小子的罪状。

小子根本没心思看我写的啥，还对着我大喊："妈，饭烧好了吗？"我真诚地微笑，再蛮有风度地摇头。

小子急了，大喊："大姐，行行好，再不吃饭会出人命的！"臭小子只要有事求我，就会让我小一辈，尊称我为大姐，据说是他们班流行的，这样显得妈妈年轻。还说做妈妈的最爱听别人夸年轻，妈妈一开心，事儿就好办。但小子今天失算了，任他满嘴涂蜜，本妈决不动摇半分。

小子又搂着我的头，用他那刚冒出点黑须的臭嘴猛亲我，这招是温柔一刀。这一招虽过时，却让我有些心软。但本人一想，战场上怎能对敌人动心，岂不犯了兵家大忌？于是再用充满柔情的微笑对他说："你不是会蒸馒头吗？可以蒸馒头吃呀！"

小子这才恍然大悟，抱着我的手臂又蹦又笑，还涎着个脸说："哦，对不起，对不起，就蒸了一会儿，谁知道会搞成那样，否则饿死我也不吃馒头！"

"一边去，把'战场'打扫干净再说，否则，我没兴趣做饭！"我义正词严。

小子还要啰唆，我拿棉球塞住了耳朵。他看看没指望，只得一边嘟囔，一边进了厨房。

他洗完了，我的气也消了，一边给他做饭，一边训他："以后碰到这类事，给我学着点，先把'战场'打扫干净，然后再如实认错……"

儿子没有一点儿声音，我心想，这次他知错了吧？谁知，回头一看，他正摇头晃脑享受他的MP3。

对牛弹琴啊！

孟子曰："贤者而后乐此，不贤者虽有此，不乐也。"小子固然不是贤者，难道俺就是不贤者了吗？好在饭菜的香味终究滤去了心头的杂念。甚好！

"爱"作调料

小子个子不高，我心中常急。都说春季是孩子发育长个的最佳时期，因此准备忙中偷闲，亲自调理小子的伙食。

昨天下班后去超市挑了个奶白色瓷煲，这煲大肚、细脖、敞口、圆耳、色形俱佳。牌子也好——福康，有福又有康，绿色标签配着细白瓷面，看着就让人萌生爱意。虽说贵了点，但看在煲汤的时候它能给我带来好心情，便买了下来。

吃过晚饭后才有空煲鸽子汤，洗、切、调、煮，猛火烧开，文火慢炖，从六点至十点，整整四个小时。当香味弥漫厨房时，小子已呼呼睡去。

中午下班后，煮了饭，热了汤，专等小子回家。小子飙车的身影转眼到了楼下，赶紧舀汤置于桌上。小子进门就欢呼："妈，真香！"匆忙喝起来，喝了一碗又盛一碗，才问："今天这汤怎么这么好喝？"

"你猜猜里面有啥？"

"氧离子、氢离子、盐分子……"

"卖弄！"我轻啐。

"哦，生姜、黄酒、盐、味精。"

"妈的手艺不需味精点缀，再猜？"

"茴香？"

"茴香怎能与鸽子同煮？败笔！"

"还有啥？我不知道！"

"还有最重要的一味调料？"我特意激他。

"罂粟花？哦，不可能！"小子投降，"告诉我吧！"

"爱！"

"爱也是调料？"小子有些糊涂。

"对，妈妈在煲汤时，心里想着，我的宝贝儿子喝了这汤，一定会长得高高的、壮壮的，脑子也灵灵的。于是，心里充满了温暖，这温暖就调到了汤里，所以汤就变得特别好喝。"

"矫情。"小子斜我一眼。

鸽子汤自然喝得见了底，肉也啃光了。吃完饭，小子休息了一会儿就上学去了。我出门，发现放门口的两袋垃圾已不见，定是这小子拎下去了，真是少有！看来用"爱"做的调料发挥功效了。

骑行在上班的路上，街心花园里红梅花儿盛开，姹紫嫣红，我想，如果一个家庭少了爱，家庭势必解体；如果一个班级少了爱，班风势必涣散；如果一个企业少了爱，职工离心离德；而如果社会少了爱，那凶杀暴力势必难以遏制。

以"爱"作调料，家庭和睦，班级温馨，社会和谐。

母亲节的礼物

今天是母亲节,晚上来学校有事,门卫给了我一封信,竟然是儿——子——写——来——的——信!激动!快乐!幸福!我意外到了极点。看信看信:

妈妈:
　　您好!
　　三言两语无法表达我对您的感激和敬仰,那就让我用一首诗来告诉您吧:
　　无数次,
　　您工作到深夜,
　　我知道那是为了我。(其实并不全是)
　　无数次,
　　您流下伤心的泪,
　　我知道那是为了我。(有时是装的)

无数次,
您不顾自己的安危,
我知道依然是为了我。(这个不假)

母亲,您何时不是为了我呢?
我还依稀记得七八年前,
依偎在您的怀里酣然入睡。(矫情)
时光飞逝,
我已经是个青年了,
却仍然喜欢依偎在您的怀里,
就像个长不大的孩子。(太假了,都不让我挨近了好吧)

无数次,
我不顾您工作到深夜,我行我素,
我错了;(还知道错呀,良心总算没喂狗)
无数次,
我贪玩享乐,让您流下泪水,
我错了;(真想狠狠敲你脑壳子)
无数次,
我玩弄花招儿,令你伤心欲绝,
我错了……
其他不想说,
我只想说:对不起!(唉,伤心的泪,曾经一个劲儿地流)

十四年前,
您为了生我,痛不欲生。

十四年来，

您为了养我，历尽坎坷。

十四年了，

您为了教我，饱经沧桑。

其他不想说，

我只想说：谢谢您！

母爱是最伟大的！

的确，

您的母爱是所有母亲中最伟大的！

似乎您的存在就是为了我，

您的努力工作是为了我，

您不屈地向命运抗争是为了我，

您坚持着做人的原则是为了我。（其实，是我错了，许多年后我才知道对你的过分关注，让我差点失去了自己）

其他不想说，

我只想说：我爱您！（读完，泪奔，谢谢你的爱，亲爱的儿子）

您的儿子　鱼儿

不让毛笔一日干

臭小子近来练习书法已到了如痴似狂的程度，卧室的白墙上几乎贴满了他的得意之作。可怜我刚装修两年的雪白的墙壁呀，那是真心疼。可是有什么办法呢？亲生的呀，不能打也不能骂，不然立马给你颜色看。反正已经这样了，宽慰下自己吧。看到他在吃过中饭上学前有限的几分钟里还不忘练书法，有点欣慰，不禁夸他一句："呀，这么认真，敬佩之至！"

嘿嘿，说他胖，他还真喘起来了。"古人云，真正爱书法之人是不让毛笔一日干的！"说罢，小子还摇头晃脑起来。

拉倒吧，却不知道你娘此时恨不得拿一桶白石灰倒你头顶上呢！上学时间快到了，你却一点不着急，我可要等着上班的呀。当然，这气还是能够咽得下的，毕竟是练字嘛，小子这种吹嘘的话是当不得真的，三天打鱼，两天晒网的事在我们家可是时有发生的，只不过近来他得了一个雕花的砚台，让他保持了数天的练笔兴趣罢了。但此话倒也给我诸多感慨，爱书法的人不让毛笔一日干，爱歌唱的人曲不离口，爱耍拳的人拳不离手，像我这样爱文字的人也应该是不让电脑一日闲，不让笔一日干。话是不错，但能做到的有几人？

丰子恺先生曾说"天下何人不识丰"，本人内心曾颇不以为然。但前一阵读丰子恺先生的《缘缘堂随笔》，见先生带着一家数十口于抗日战争时期长途逃难，途中仍不忘拿起笔，或画或写，以此为乐，那可是"艺术的逃难"呀，他自然也是"不让毛笔一日干"了，所以他的成就才让他敢说、能说，无愧于说："天下谁人不识丰！"

好一个"不让毛笔一日干"！别了，我的白墙。总要往好处想想，那就美美地期待小子的坚持吧。

买衣服

儿子今年一下子蹿高了,去年的夏季服装已经找不到可穿的,今天儿子洗完澡又开始嚷嚷了:"妈,我没衣服穿了,明天怎么上学?"

这才感到自己的失职,补救吧,虽说已晚上八点多了,仍决定帮儿子买衣服。听到有穿新衣服的希望,儿子立马决定陪我逛商场。进了华帝,儿子的话头子上来了:"唉,要是我们班同学看到我跟你一起逛商场,他们肯定以为我有女朋友了,那明天肯定成特大新闻!"

听小子这么说,心里一阵惬意,看来在儿子眼里我还没有老啊!于是春风满面,上楼梯的脚步也变得轻快了。

"不过……"儿子狡猾地眨眨眼,"他们肯定还会说,唉,就是太丑了!"说完就往楼上狂奔。本妈立马黑脸,俺有那么丑吗?照照镜子,沉鱼落雁、闭月羞花之类的词用在本妈身上自然是不合适的。但回头率还是有那么点的嘛,虽说大多是中老年男性,总也是男人。不是说女人的美,都写在男人眼里吗?再说我带的那个班的那些"小崽子们"不也常常夸我比他们的妈妈还漂亮吗?虽说有拍马屁的嫌疑,但也不免有真话的呀。

这臭小子，总是让你前一分钟笑，后一分钟跳！

儿子看中了一件T恤，套在身上，左照右看的："妈，你看，酷吗？"

"酷，太酷了！"小子得意啊，做了个跳跃投篮的动作。

我继续赞美："说你酷，你就酷，喝水在水库，睡觉在古墓，嘴里流瀑布，四肢像枕木，以为是吕布，其实是土著！"（这是这几天刚跟班里的"小崽子们"学会的。）

小子几欲晕倒，旁边的营业员差点笑岔了气，说："你们娘儿俩真有意思！"总算报了一箭之仇，爽！

虽然工作很累，但和儿子在一起的日子变得越来越快乐了！

回到家，跟丈夫说起这事儿，情不自禁感叹：儿子是上天对我的恩赐。这一刻，全然忘记了他带给我的诸多烦恼。

丈夫损道："好起来母慈子孝，恶起来又鸡飞狗跳，淡定淡定！"好吧，不淡定又能怎的？

写完日记，突然翻到了两年前写给儿子的一封信。

这是在儿子进中学的前一天写的，因为他明天就要进中学了，从此上班下班的我，身后少了个尾巴，心里却多了份牵挂。那夜，枕着满天的繁星却怎么也睡不着，就起床提笔给儿子写了封信，并悄悄放在他的枕边。当时也明白，写不写也许没什么作用，却至少能换来我那一刻的心安。

进中学前的一封信

小鱼儿：

你好，明天是你跨入中学的第一天，我怎么也不能入睡，所以提笔想跟你说说我发自内心的话。

儿子，进了中学，你更要学会独立了。妈妈纵有一千个一万个不放心，可你毕竟是男孩子，已快十三周岁了，无论如何，妈妈应该放手，只是有几句重要的话，想跟你说说。

第一，安全。无论是上学、放学途中，还是在校期间，你都应该记住，你的生命不仅仅属于你自己。保护你的身体，保证你的安全，就是对爸爸妈妈、对自己及对他人负责。儿子，请你永远记住，在妈妈的心中，你的生命重于一切。

第二，自强。进入初中，学习竞争会越来越激烈，山外有山，人外有人，但我仍然知道我的儿子不是弱者。你具有极强的爆发力，就像你学奥数、学书法，只要你真正努力了，你就能做到最好。但谁都免不了会失败，失败后流泪不一定是弱者，失败后一蹶不振、破罐子破摔才是真正的懦夫。儿子，也许妈妈曾因为你没考好，狠狠地教训过你，在这里，真诚地跟你说声："对不起！"但慈母祈盼之心，天地可鉴。"天行健，君子以自强不息。"我相信，我的儿子定是个响当当的君子，在你的世界中，没有跨不过的山，也没有过不了的河。

第三，自律。儿子，贪玩之心谁都有，但学习仍不能懈怠。学习很苦，想要取得优异的成绩更苦；学习也甜，取得了优异的成绩更甜。若把心放到学习上，不但不觉苦，反而只觉甜。从明天起，你有大把的时间属于你自己（你不必随着我一同上学、放学了），可世界像个大染缸，光怪陆离，充满了诱惑，一步不慎，悔之晚矣。古人云："富贵不能淫，贫贱不能移，威武不能屈。"儿子，我真有些担心，你能不能做到这些。当你面对各种诱惑时，真诚地希望你能把我当作朋友，一起探讨，一起交流，我们一起去面对生活中、学习上的一个个难题。自律者才能自强。

好了，就说到这儿吧，再说，你又该嫌我唠叨了，就此搁笔！

祝你走出人生每一步的精彩！

你的妈妈
2004 年 8 月　　日

从君子到小人

　　每到星期天，儿子总把大把大把的时间浪费在听音乐上，真让我搞不懂，他学习的目标是什么？学习和娱乐孰重孰轻，为什么他就傻傻分不清呢？这不，又坐在电脑前忙开了，一首接一首地试听，一首接一首地下载（趁我睡着的时候，肯定还做了些什么我不得而知的，不排除玩游戏，我了解他）。从我午睡到现在，大概已有一两个小时了。

　　我默不作声地坐在他的身旁，眼睛一眨不眨地盯着他，此刻本人气场之强大，足够击退三军，但表现出来的状态似乎是风平浪静。他操纵键盘的手慢了，我还是不说话。此时，谁先说话就表示谁先妥协，我不能妥协。他看我一眼，不语。我想他看到的只会是坚持和等待（切切不能有愤怒，就是有也只能藏心里，否则矛盾会激化）。

　　足足过了三分钟，漫漫长路啊，但心里斗争很激烈，一旦小子不买我的账，以后做母亲的威信就更低了。我始终坚持着，我知道他心里会恨我，也许在骂呢：这讨厌的妈妈，每天像看押重刑犯似的，烦死了！

　　小子一直不曾看我一眼，但也总算关了电脑，拿着本《孟子选注》

读起来。虽然暂时获胜，可我并没有放松。我要的是他心甘情愿地学习，而不是被逼着学习。

做了君子再做小人吧，我为他冲了杯甜甜的咖啡，端到书桌前。小子斜眼看了一下，没作声。我也拿起本书坐在他旁边读了起来。过了会儿，小子喝起咖啡来，接着又考起我来："妈，'为民父母，行政，不免于率兽而食人，恶在其为民父母也'是什么意思？"小子的气已消，我就老老实实地请他赐教吧。小子有些得意："哼，连这个都不知道，还做老师呢！意思就是……"

过了会儿，小子又拿起毛笔练字了，虽然没有音乐的伴奏，但显然力度、章法都比较到位。我乖乖坐一旁欣赏，只是想让他感到被人关注的快乐，能够坚持下去。人生的舞台上，谁都需要观众，我就耐着性子做他目前唯一的观众吧。

接着小子做练习、打沙包忙碌起来了……唉，我总算把他的注意力从电脑上转移了过来。

难道上辈子真的欠了他的？

书信之一

小鱼儿：

你好！

我是坐在东方航空公司 MU2715 航班上给你写的这封信，刚刚离开家门不过三个小时，就已经想你们了。呵呵，看到这儿，你肯定又会老气横秋地嘲笑我。

现在飞机正在云层上飞行，机身下白云粉妆玉砌，就像溧阳南山一带一座座被白雪覆盖的丘陵，银亮亮、粉嘟嘟，团团滚滚，煞是壮观。机身上空有淡淡的薄云，衬得天空格外的蓝。这纯净的天空给人梦幻般的感受。我有些后悔没把你带出来同游，如果你看到这些美景，怕是又要诗兴大发了。可是，下半年你要读初三了，妈妈为了让你提高一点分数，硬是狠下心肠，把你留在了培训班。因为你的物理和英语分数还没有达到 95 分以上。你的老师们说过，要想考进省中、光华高中，除语文外，平时的小考都必须在 95 分以上。我只能相信你们老师，毕竟他们都是很优秀的老师，经验相当丰富。不知道你现在会如何生我的气呢？不过，我相信你的能力,将来你一定会通过自己的努力实现你环球旅游的愿望,吃得苦中苦,世界任你行!我拭目以待呢。

坐在飞机上,我突然又想,其实人生不也像一架飞机吗?只有加足了油,铆足了劲,才能自由地翱翔于天空。反之,则只能停在起跑线上,仰天长叹。

刚才读飞机上的旅游指南,发现了一些关于南京现代书法家的介绍,想起你对书法的痴迷,忍不住摘抄了下来,也许你会有兴趣读读。

南京现代书法家之首是林散之先生,他擅长草书,书体纵横绵延,气象万千,显示出宇宙万类变化之奇妙;细观之,有如雄狮搏象,又如仙鹤排空,令人意气风发。他继承传统,又独辟蹊径,观历代草书大家,如张旭、怀素,如山谷、王铎,他的面目和哪一个相像?都不像,似乎又都有之,所以说他是开百年草书风气之大师,一点也不为过。

我想起你这两天临摹的章草,感觉就少了你自己的理解,比较机械,所以在读帖上你得下一点功夫,多思多练,边思边练,才会有较大的收获。

第二位就是萧娴了,据说她最爱的是《石门颂》《石门铭》,她的大字有延宕放纵、昂扬恣肆之情。读她的擘窠大字能领略一种特殊的魅力。

你也曾练过一段榜书(大字),还记得你读四年级时写的"国威"两字曾获得溧阳市艺术成果奖,还拿到了一百元的奖金,记得你还有好几幅作品也获了奖。可是这两年榜书你练得少了,怕也生疏了吧。

高二适、胡小石两位先生都是学者,高二适是文史研究所的研究员,胡小石是南大的教授。高二适的字较挺拔、峻峭,有俊朗、清丽之美,观之,犹如在一片被阳光照亮的竹林中散步。胡小石是金石专家,他的行楷也染有金石之光。

这四位可都是我们江苏的书法名人,既然你爱好书法,就应以这些人为榜样,多练、巧练,练出你自己独特的风格。至于能否成名,我想不是很重要，但既然有这样高雅的爱好，为什么不进行更深入的钻研呢？

写到这儿，飞机也快到重庆了，机上写家书的感觉真的非常美妙，尤其是为你，为我的爱子写，就更是别有一番情怀了。

祝你快乐！

妈妈

书信之二

小鱼儿：

　　今天是我旅游的第二天，昨天给你写的信想寄给你，但旅游景点没有信箱，只能作罢。昨天在重庆下飞机后，游览了渣滓洞、白公馆。这两处所在以前从《红岩》一书中读到过，总觉得阴森恐怖，但真的到了这儿，发现景点的布置与想象的不一样，看来这两处应该恢复原样了，这样对爱国主义教育有意义。

　　今天上午，我们游了丰都鬼城。这里的老城区由于要建设三峡工程，百姓都已迁移了，所以景点显得较为寂寥，再加上雨下个不停，就更增添了鬼城的幽深恐怖。鬼城位于名山之上，山顶就是所谓的"鬼门关"，我和朋友们也算是"鬼门关里走了一遭"了。这里没什么可看的，教育意义不外乎是扬善，大概是人世间的恶总是无法消除的吧，善总是人类永恒的追求。

　　我是坐在游轮的甲板上给你写这封信的，今天从上午九点半到现在都待在船上，充分领略了"两岸青山相对出，孤帆一片日边来"的长江胜境。从重庆港到丰都到忠县再到重庆市万州区，一路上长江水从浑黄到较为清澈，可看出水流渐趋平缓，两岸的民居或疏或密，但大多居于半山腰间。据导游说2009年后长江水位还要上涨几十米，所以很多景点将会被淹没，三峡工程无疑给现代人带来很多便利，抗洪、发电、运输等自不待言，但对两岸的植被、长江水产资源造成的损失有多大，真的很难预料。也许我只是杞人忧天吧。

现在夕阳西下，暮色降临，甲板上坐满了来自世界各地的游人，大家观景聊天，悠闲自得。长江水滔滔向东流，那么执着，那么急促，没有丝毫停留的意思。是的，旅游应是人生的高标准享受，我觉得连日来的劳累顿消，对你和爸爸溢满了温馨的思念。

爸爸说你的软笔书法报考了九级，为你坚强的毅力感到欣慰，但我知道这不容易，需要你用顽强的意志去克服、去练习，唯有如此才能实现你的梦。

天色已暗得无法往下写了，今晚九点我们还要到白帝城参观张飞庙。

现在的你应该在书法老师处练习了吧，上次陪你去练，让我看到了一个奋发向上的你。儿子，好样的，有志者事竟成！我会一直站在你的身后看着你，帮助你，鼓励你。

离家两天了，特别想你，前天忍不住往家打电话，问你："妈妈想你了，你想我吗？"你竟然毫不犹豫地说："不想。"我气呀，半天没说话。你又娓娓道来："才怪呢！"于是，妈妈便欢呼雀跃起来。人哪，总喜欢拿自己的情感和别人做交换。不过，你这调皮劲儿竟把妈妈逗得开心极了，且后劲不小，半夜里想起还忍不住笑出声来。调皮蛋，晚安！

祝你永远快乐！

妈妈

感谢放假

8月23日，小子的假期第二阶段补习宣告结束！

晚上放学一回到家，小子得意呀，在客厅连翻了两个筋斗，差点把我的宝贝水晶花瓶给打碎。电脑开了，音乐飘满全家，电视也开了，客厅和书房的电风扇全转起来了。你看看，一个家里要是有了一个混世魔王，每一个角落都会成为他舞枪弄棒的战场，硝烟将会弥漫每一个犄角旮旯。蚊子啦、米虫啦、小强啦，一个个影儿都不见了。窗外经常唱歌的那几只麻雀和斑鸠也早遁了形，大概躲在哪个角落拍着胸脯喊着"宝宝不怕"呢。好在楼上楼下各家都有一个混世魔王，大人们见了面都互相倾倒苦水，互相理解着，不然我还不得一家一家作揖赔不是呀。但若是没有了这个混世魔王，这个家不就没有活力了吗？有了孩子，一个家才更欣欣向荣。我因为第二天要做一个全校性的课题总结汇报，清晰的思路已被他打断。火气腾腾腾直往上蹿，正想河东狮吼，小子知道不妙，向我杀将过来："妈妈，爽到家了，放假了放假了，你知道不知道，知道不知道？"他咬牙切齿，魔爪伸过来使劲捏着我的脸。对自己喜欢的人，小子都爱用这招儿,为此他的小弟弟、小侄女不知向我告过多少次状。那个痛呀,我眼泪都快流下来了,这臭小子才停手!唉,真为我未来的儿媳担心,今后这日子可咋过?在我一而再、再而三的友情提醒下,混世魔王总算把音量调小了。

"妈,我今天玩一夜电脑游戏,你逼我睡觉就是小狗!"晚饭还没吃,小子就投入了激烈的战斗。玩的是足球赛,他已经加入了皇家马德里队,与巴塞罗那队对抗,好,11∶0。几分钟后,小子大获全胜!

"儿子,吃饭!"不见回音。

"宝贝儿,吃晚饭啦!"仍没有动静。

"小乖乖,快吃饭!"我走进书房,拍拍他的头。

小子扬起脸:"就来,就来!"我和他爸先吃着,可等了好一会儿,还没动静。

我拿起晾衣架,气势汹汹走进书房(注:晾衣架,咱家的家法,小时候,他最仇恨的就是晾衣架)。小子一看这架势,马上抱头鼠窜,满家乱窜,动作极度夸张,影帝非他莫属啊。这样的夸张总令我忍俊不禁。

终于肯吃饭了,但那哪儿叫吃呀,就一个字能形容——吞!风卷残云,秋风扫落叶般。吃完了,碗一推,又想向书房冲去。

"喂,别忘了君子协定!"我急嚷(君子协定是放暑假后我们家制定的,一旦他不上课,必须包一样家务,以体现主人翁精神。他选择了洗碗,所以我总盼他休息,我至少可以不用洗碗了,呵呵)。

"忘不了,洗碗!"小子嘻嘻地笑着,又回过头来,"吃快点,吃快点,我等着呢!"

饭吃完了,小子收碗、抹桌,样子挺专业,边干还边哼歌:

什么刀枪跟棍棒
我都耍得有模有样

什么兵器最喜欢

　　双节棍柔中带刚

　　想要去河南嵩山

　　学少林跟武当

　　干什么

　　干什么

　　呼吸吐纳心自在

　　干什么

　　干什么

　　气沉丹田手心开

　　……

　　一边唱一边舞起了筷子，旋起了碗。那碗可是我最喜欢的青花瓷，我用手努力地跟在后面接，他老人家浑不管，时不时制造一点惊悚，简直要把我的老胆给吓破。

　　"呵呵，老娘在上，儿子跪拜，厨房去也。"臭小子端着碗筷，跑了会儿圆场，做了个跪拜姿势，噌噌噌，去了厨房。只听得一片碗筷碰撞声四起，一首气势野蛮的青春少年奏出的狂野韵味的打击乐四起，再夹杂着他口中哼出来的乐曲，倒是颇有一点听头。你听：

　　你的泪光

　　柔弱中带伤

　　惨白的月弯弯

　　勾住过往

　　夜太漫长

　　凝结成了霜

是谁在阁楼上冰冷的绝望

雨轻轻弹

朱红色的窗

我一生在纸上

被风吹乱

梦在远方

化成一缕香

随风飘散

你的模样

菊花残

满地伤

……

我也不由得哼唱起来。小子见我喜欢，又说："不仅方文山成就了周杰伦，周杰伦也成就了方文山。他俩是互相成就的呀……"噪声又起，唉！

那么我和儿子呢？也是互相成就？他成就了我，让我深深体验着作为一个母亲最大的幸福；我成就了他，让他成为一个幸福的儿子？但我要是说出来，他绝对不承认。不管了不管了，嘿嘿，考不上大学，将来就到饭店做洗碗工，也不错。

感谢放假，我可以少做些家务了；感谢放假，我可以没心没肺地和孩子一起打打嘴皮子仗了。

拜师学英语

臭小子昨天一夜没理我，因为我冤枉他了。虽然跟他道了歉，但小子正在气头上，不肯理我。今天早上仍没有跟我说话的意思，得找个法子与之沟通。

"鱼老师，我想学英语，你看能行吗？"没有理我，谁让我冤枉了好人，不气不气！

"鱼老师，我就学《新概念英语》，可是没有录音，我不会读，怎么办？"小子没看我，只是进了他的房间。

这么会摆谱？给台阶都不下，哪像男子汉？碰了一鼻子灰，虽然心里气，可也没办法，伤手伤脸不能伤人心哪，只能怪自己。

我拿着英语书坐在阳台上怪腔怪调地读起来，二十年没接触英语了，读得准才怪。

小子也来到了阳台，手里赫然拿着复读机和配套磁带，用鄙夷的眼光瞧着我："听录音！"帮我调好磁带，又教我如何使用。然后拿着他的日记本边写日记边监督我。

小子上当了，可我的日子也不会好过了。

一会儿问我："第一课单词会背了吗？"

"差不多了吧。"我小心作答。

"会就会，不会就不会，什么叫差不多！"声调上升了，俨然是平时我训他的口气。

"会了！"我立马回答。

"手提包。"

"handbag。"

"再说一遍。"

"handbag。"

"哼！"儿子翻了一下白眼，"我是说'再说一遍'的英文单词是什么？"

"pardon，"我连忙作答，"也可以说 I beg your pardon。"

鱼老师有些许满意，但没有表扬，这可不是我的风格。

我继续学着，小子也不时纠正着我的发音，教给我一些音标，第二课，第三课，一课一课堂堂清。可第四课单词真的多，背着背着我有些昏昏欲睡了。偷眼看看老师，正专心写日记呢，于是蹑手蹑脚溜到客厅躺在了沙发上。"大梦谁先觉？平生我自知。"学英语只是借口，怎能入戏太深？我很快进入了梦乡，真舒坦呀！

"好啊，你跑到这儿来了，别学了，别学了，一点意志都没有！"愤怒的雷鸣炸响在我耳畔。我吓得一骨碌爬了起来，怔怔地看着我的 English teacher。

老公也回来了，还在帮腔："学英语就学英语，睡什么觉？懒！"

我狠狠地剜了老公一眼，可对鱼老师，却不敢反抗。连一点儿反抗的苗头都不敢有。小子把我押回"刑房"，残酷的抽背又开始了。

我耷拉着脑袋，偶尔瞟他一眼，眼光里满是巴结的意味。看着我的可怜样,小子一会儿出去了,进来时,手里捧着片西瓜:"来,奖励一下!"

"哦,Yeah!"我学着儿子的语调高兴地大喊。

做人家娘,容易吗?

与电脑同在

星期天，单位要加一天班，儿子一人待在家，担心他不能好好做作业，想让他和我一起去单位，偶尔可以监督一下。女人的通病，放不了手，总以为自己是家里的大伞，离了自己，地球都没法转。

当我提出要求，儿子很爽快地答应了。于是我把笔记本电脑收拾了一下，锁进了储藏室。电脑与这小子不能待在一个地方。

儿子见此情景，马上宣布："我不去了，在家写作业，安静！"

我想也行，家里吃的东西多，饿了他可以自己找。于是，打开储藏室，拎着电脑包下楼了。

到了楼下，推着电瓶车正准备走，小子喊道："等等我！"一抬腿坐在了车的后座上。"你不是说不去了吗？"

"电脑不去，我当然不去，电脑去，我怎能不去！"

敢情我的吸引力还不如一台电脑，一个母亲此刻的挫败感能同谁言？

缴械投降

还有五十几天，儿子就满十五岁了。和儿子斗智斗勇十五年，他是越斗越勇，而我却是满身疲惫。"我曾经豪情万丈"，如今只有"酸楚的泪"，还有那无奈的"空空行囊"。半个月前，我哼着歌儿，向儿子俯首称臣，缴械投降。

首先，大家不再养QQ宠物。

儿子一直喜欢电脑，达到如痴如醉的程度。其实这都是我害的，俗话说，龙生龙，凤生凤，老鼠的儿子会打洞。"网虫"生的儿子不上网，天王老子也不信。

为了电脑，母子俩曾经双眼喷火，握拳相对，一天不讲一句话，见面如同陌路人，成了两条平行线。

为了电脑，改密码、删用户、断电源、停网络，闹得是鸡犬不宁（我们家没鸡没狗，只养了两只鸟和几条鱼）。国庆节期间，读大四的外甥来了，帮小子领了一个QQ宠物"GG"，取了个"叫啥名字哩"的名。这小宠物有些可爱，会打工，会读书，会淘气，还知道要吃饭、洗澡，看着实在比臭小子可爱。小子见我喜欢，不动声色帮我也领养了一个。而且是个小妹妹。儿子知道我没福气生女儿，特想要女儿，投我所好。

这小姑娘叫"心心"，也十分讨人喜欢，我不得不天天上网养着她。供她上学，教她打工自立，还给她买好吃的。只是每当小子在家，看到我上网，总要把他的QQ也上线，说是要养他的"叫啥名字哩"。再狡猾的猎人也有失手的时候，我竟然没想到小子就用这招儿混淆视听，达到自己上网的目的。

结果呢，我们的宠物宝宝是越养等级越高，儿子的成绩却是每况愈下。

于是，"内战"再一次爆发，不过这是一场沉闷的战争，战争的结果是牺牲了"Q哥哥"和"Q妹妹"，战争的矛头直指中考。为中考而战，为小子的未来而战。我终于觉得儿子不再是我的玩伴，而是我的同盟军，用小子的话说"是一条船上的蚂蚱"。

其实细想想，还是非常回味硝烟弥漫的斗争岁月的。每天一回到家，只要小子放学早，我就得做特工，寻找打入内部的"间谍"。小子或藏在窗帘后，或隐于橱柜间，或趴在书桌下。如果回家不找他，晚饭是别希望能烧成的。如果我早到家也会来逗逗小子，只是他故意不找我，害得我担心锅里的菜会烧焦，不得不举手投诚。偶尔我们也来石头剪子布。决定谁去洗碗，谁去倒垃圾，或者决定晚饭吃面条还是吃炒饭。吃完晚饭后的那一仗是非打不可的，儿子像脱兔，围着饭桌，绕着客厅书房，奔来跑去，累得我上气不接下气时，他还要趁我不注意给我一拳、踢我一脚。把我的眼泪敲出来了，又来充当好人，像个老爷爷一样骗上几句。

没有战争的生活变得冷清。猫猫躲不成了，"Q妹妹"养不成了，最重要的是，儿子不在家，我的心也被他带走了。

突然间就想起了这样的歌词："你的一切移动，左右我的视线，你是我的诗篇，读你千遍也不厌倦。"儿子何尝不是我的诗篇，问天下母亲，读孩子何曾厌倦？

甘当粉丝

这个星期天,儿子要参加运动会,没"诗"可读。早晨,征得他的同意,决定去赛场陪他"战斗"。

儿子参加过好多次运动会,成绩一向不怎么好。我知道他的体能不怎么样,只不过初生牛犊不知天高地厚。反正比赛也不是什么坏事,胜利了能激励他不断进取,失败了就是一次难忘的挫折教育,就由着他了。但进入初三的运动会倒有些意义,我倒要看看他是否具有爆发力,说不定对他的学习成绩还有所帮助。唉,做妈妈的总这么自私,动不动就想到学习成绩,想到考试分数,想到他未来读什么样的高中。深刻唾弃自己的同时,还是坚持着这没办法妥协的功利心。

刚到学校操场,发现儿子已经在起跑处了,正准备参加 100 米预赛,我的心刹那间就激动得快要跳出来了。朝儿子做了个"V"的手势,儿子也回了我一个,一切都在不言中。儿子脸上自信的笑让我看到了希望。我吩咐孩子爸在起点大着嗓门儿喊加油,自己则急急忙忙来到终点处候着。

发令枪响，八名运动员直向前冲。不好，儿子落在后面！我大喊："加油！加油！"他们班的老师也在不停地为他助威！好，冲上来了，真不错，再冲，再冲！我激动得忘记了一切，只是大声地喊着儿子的名字。最后关头，他又超过了一位。好了，到达终点！他刚停下，就回头寻找，看到我，得意地举起了一个手指。小组第一，顺利出线。我的眼眶湿了。

儿子来到我身旁告诉我："妈，如果你和爸爸不来，我不会跑第一。"哦，原来我们在儿子心中是如此重要。他爸也来到终点处，朝儿子肩上擂了一拳，儿子回了一拳。这父子俩的交流有点特别，简单粗暴没文化，哈哈哈。

预赛结束，儿子说决赛要到下午。于是，急忙赶回家做午饭。可到了十二点，小子还没回家。正着急，小子打来了电话，说是在同学家吃了。决赛结果已经出来了，是第三。我真有些激动，这是小子参加运动会以来最好的成绩，实在出乎意料，要知道，他们学校可是有名的体育强校。

我下午有事，逼着他爸去看儿子的200米赛况。两点半了，还没电话来，于是打电话追问预赛情况。电话接通，正好预赛结束，说是比后一名快了两秒！我想大概是倒数第二吧，小子耐力不行。再问，说是比第二名快了两秒，又是小组第一出线。呵呵，又是一个没想到。

匆匆忙忙去看决赛，却发现儿子的比赛被拖到了最后。下午冷空气来袭，气温骤降，我冻得发抖，但又不甘心离开。心想，儿子看到父母和同学老师都看着他比赛不知又会长多少气力呢。旁边也有几名同我们一样的家长，殷殷地盯着比赛场地上属于自家的唯一的身影。我便觉得有了动力，忍着寒气等着。最后的枪声终于响了，儿子在第六跑道。看来虽说是小组第一出线，但成绩应该也不是很好吧。听他说这小组里有两名是专业运动员，我想决赛能跑个第四也就不容易了。运动员一个个生龙活虎，快速飞奔。近了，近了，哦，儿子跑得不错，暂排第三。快到终点了,快,快,我大声喊着。又超了一个,终点到了,第二名!悬着的心总算放下了。

儿子的语文老师、班主任、教导主任一个个向我祝贺,他们没想到小子能跑出这样的成绩,我更没想到。

虽说是一次次小小的比赛,却让我感慨良多。也许一直以来,我总是让他孤军奋战,很少顾及他的心理感受,这才使他停滞不前。看来,以后的日子我真要陪着他一起走,心甘情愿做他的粉丝,为他喝彩,为他加油,精神的鼓励也许比什么都重要。

过网瘾

终于放假了,宝贝儿子想上网,考试成绩还过得去,只得解除禁网令。

两个小时网络游戏,不得拖延一分钟,双方击掌通过。此时是北京时间晚上八点整。

我读书,他过网瘾。

过几分钟,剥了个橙子塞他嘴里。小子边美美吃着边皱眉埋怨:"不吃不吃,看你的电视去吧!"

"贱!"狠骂自己。

隔几分钟再进去,见他边玩游戏边聊天。聊天对象是一个极具浪漫色彩的女孩名。此次更遭反感,生生被赶出书房,然后关上门,上保险,一气呵成。

刚离开房门,又被老公嘲笑。切,想做好人都不给机会,挫败感满满的。

北京时间晚上十点整,没听到书房有任何动静,隔门大声提醒:"时间到!"

"哦!"然后又没动静。

书真好看,《十年矮凳》,林斤澜写的,有些味道。

读完一章,已过二十分钟,小子居然还没出来。叩门,无动静,擂门。门内曰:"好了。"仍不见开门,再擂门,不理,过一分钟,悻悻打开,狡辩:"时间没到,你是八点半给我的。"

斜眼朝他冷冷砸一句:"没有诚信,不配和我说话。明天一分钟网也不得上!"

小子吐舌,跟屁虫般进了我的卧室。

"刚才我帮你关电脑的。"

切,懒得说话。我上网!

假期母子战争正式打响!

"哈哈,李小龙,帅。你看你看!"离了电脑看电视,什么时候消停过?装聋作哑!洗过臭脚后,已钻进我被窝。那两条重重的腿已经准备架我腿上了。

"妈,腿酸,大概正长骨头呢!帮揉揉。"

哼,矫情,想得美,要在平时,早就忙不迭地揉揉敲敲了。现在?哼,打不过还躲不过吗?往外边挪点。我最担心的就是他会上网成瘾!

老公已经笑嘻嘻地下逐客令:"滚回自己房间!"

小子半晌无语,然后灰溜溜离开,还不忘带上门。哈哈,心中大快!

贴身保镖

今天一大早就睡不着，寻思，放寒假了，怎么也不能让他天天待在家里，不然电脑轮不到我事儿小，心玩野了，事儿就大了。不如让他上补习班，毕竟他有两门功课才考了九十出头，只要待在培训班，至少他玩不成游戏，心就野不到哪里去。好，出师！

但是，如果他不愿意去咋办？对了，他有个玩得特别好的同盟军——小杰，听说这孩子这学期进步大着呢，也评为三好学生了。如果联合小杰的妈妈，估计好戏能唱成。

打电话给小杰妈妈，两个女人一拍即合。

再跟儿子商量，听说有好友愿意一同去受煎熬，他居然爽快答应了。呵呵，毕竟知道成绩的重要性了。谁知道呢？也许是摆脱了老妈的管束，和"狐朋狗友"一起逍遥自在才更重要吧。反正看结果吧，各取所需，两下皆安。爽！

又掏出了一笔不少的钱，居然心甘情愿，这一仗竟不知是谁输谁赢。

儿子呀，自由随意的人生，谁都想过，可是生活真的能随心所欲吗？别怪老妈心肠硬，如果你不愿服输，那老妈只有陪你战斗到底了。

今晚费了九牛二虎之力把他从网上生生拽下来，我刚上论坛，儿子又要下载什么音乐，嬉皮笑脸夺过鼠标一曲接一曲，浑然不顾我在一旁又喊又跳。

实在没辙，我开始使用暴力，拎耳朵，却又舍不得用力，无效，硬性关机，他急了："最后一曲！最后一曲！"我总算抢得了鼠标控制权。

我坐下没三分钟，他就在旁催促："妈，上街好吗？帮我买衣服和鞋子！"

近一个月来，催他一起去买过年的新衣新鞋不下二十次，可人家勤俭节约，宁愿过年穿旧衣旧鞋也不愿上街。我刚上网，他就使这招儿，明摆着居心叵测嘛！

"去不去？再不去我就不买啦！"又在恐吓，这难道是为我买衣服吗？

依依不舍离开了电脑，一起下楼去。

一路上不肯与我并行，只是尾随身后，且美其名曰做保镖，说是怕人劫了他老妈的财色。咱这穷教员，一把年纪了，无财也无色，这话说的！禁不住哑然失笑。

南大街的梧桐树下，灯光影影绰绰，行人稀少。正走着，一个硬硬的东西忽然紧紧顶着我的后腰，恐怖的声音在耳边炸响："把包给我！"

我抬脚向后踢去，后面的人马上灵巧地跳开。

"帅哥，来点新鲜的，行不行？"

"嘿嘿，美女，把你吓死我就没妈了。"遂与我并排而行。这小子，唉！

突然想起几年前我们的战争，那次不知他做了什么让我特别恼怒的事，我拿了根棒要抽他，他一把把我按在墙上，还拿起手边的小板凳对着我。我什么话都说不出来了，在青春期的少年面前，我的强势已经再无喧嚣的市场，看来我得改一改自己的教子风格了。我丢掉手中的棒，低下头什么话也不想说了，沮丧的感觉让我成了一个脆弱的人。儿子也马上放下了手中的凳子，讪讪地回了房间。

藏鼠标

今天要送老母亲回乡下过年,把宝贝儿子一个人丢在家里,有些不放心。吃饭问题好解决,他会做蛋炒饭,那饭炒得那个香啊,香葱、青菜、火腿肠、鸡蛋……可丰富呢!虽说已半年没吃了,可到今天都回味无穷。那几次,要不是生病,还吃不到他炒的饭呢。

儿子今天上午上课,下午休息。我不在家,他一定会把自己整个身心奉献给最最亲爱的电脑。因此,昨晚就计划好了,今天得把笔记本电脑藏起来,他找不着,说不定就会看点书,逛会儿街,或者打会儿篮球。

早上,他起得比我早多了,七点五十分就跟我告别和小杰一起上学去了。临走,留给我一个特别青春灿烂的笑脸。

正美美地陶醉着,二哥打电话来催我快点送妈回乡下。我赶紧收拾东西,第一要事,藏电脑!找来找去,电脑哪儿去了呢?昨晚十二点半睡前,明明就放在我床头柜上的呀?电源插座和鼠标都还在,应该不会是小偷进来偷的。

我找,不停地找,卧室、书房、客厅、储藏室,连卫生间都没放过,竟然找不到。难道是孩子他爸藏的？

他爸藏东西，没有我找不到的。会不会是这小子？我突然想起他出门时的笑脸，那纯粹是不怀好意的笑脸呀，亏我还沉醉了大半天！

好呀，你藏电脑，我藏电源和鼠标！看是你厉害还是我厉害！

十点五十分，儿子上午的课已经结束，我已坐着二哥的车回娘家了。打电话给他，问电脑的事，他哼儿哈儿，还想抵赖。到最后只得承认，说是猜到我出门会藏电脑，所以就先下手为强。问他藏哪里了，他怎么也不肯说，还在电话里得意地笑。不过，你笑吧，笑到最后才是真正的赢家，没有鼠标，看你还痛快吗？

十一点十分，儿子主动来电话，说是吃过饭了，自己煮的面，还想我了。

"是想我了，还是想别的什么东西？"

"想你！更想别的东西！"小子实在"恬不知耻"，"好了，妈妈，告诉我，鼠标在哪儿？"

"做梦！我可不想你把大半天宝贵的时间都放在电脑上！"

"我只玩一会儿，下午还要和同学打篮球呢。"

"行，那就打完篮球再告诉你！"毫不犹豫挂断电话。哼，反了你了。

下午，任母亲和大哥大嫂一再挽留我住一宿，我也没敢答应。四点钟，就急急忙忙往回赶。

四点半时，小子来电话："妈，什么时候回来？真的想你了。"

醉翁之意不在酒，当妈的心里清楚着呢，等下一句。

"我打了好一会儿篮球，逛了街，现在刚到家。"

"嗯，真乖！还有什么要说的，不说我挂了！"我激他。

"鼠标到底在哪里？告诉我啊。"哈哈，狐狸的尾巴终于露出来了。没有鼠标玩游戏的痛苦怕是很多人都尝过，谁受得了？算了，告诉他吧，也整得他够呛了。

小子大喜，即刻挂断电话，连"再见"都忘了说。忘恩负义呀！

情书事件

　　下班回来，虽说是刚进入农历二月，却觉得天气温暖如仲春。今天，孩子他爸在家休息，已经买了菜，在厨房忙碌着，没我啥事。听儿子说我们家后面高静园的梅花开了，特别好看。我想换件风衣去赏梅，趁机接一下儿子。却发现我的衣橱被翻得乱糟糟，还少了一件风衣。谁会穿？儿子吗？想想又不可能。

　　我换了另一件风衣去高静园赏花，正好在那儿等等他。梅花开得真好，粉红、桃红、梨白，各有各的风韵。我快陶醉了，拍了几张照片作手机壁纸，时间不知不觉过去了，看一下手机，早过了儿子放学的时间。

　　赶紧到公园门口去等，隔着疏竹垂柳，远远看到小子的身影了。我的天，他身上正穿着我的黑风衣呢。衣袂飘飘，黑发一甩一甩的，青春勃发。只是他一边骑车，一边回头看着什么。原来后面两三米开外有个穿校服的女学生。看的是她吗？女生脸上笑意盈盈的，我有点不敢确定。再看，女生右转弯，走了。儿子停下车，脸朝着女生的方向，看了好一会儿。直到我走到他面前，很意外地问我："妈，你怎么在这儿？"

"我来看美女!"我盯着远方的小姑娘说。

"神经病!"儿子莫名其妙地骂了我一句,完全一副与己无关的样子,但明明白白是脱不了关系的。

与儿子同行,双方一句话也没有。进家门前,我叫住了他。

我问:"那个女孩子是谁?"他理也不理我。

我警告他:"反正我认出来了,明天我找你们班主任去。"

儿子急了,说是一个学妹,不在一个年级,只是普通同学,平时交流多一点而已。

"普通不普通哪是你说了算,我看得明白。这是一个不错的丫头,你不要害人家。"我声音响了。

"我又没谈恋爱,你急什么急?"

"那你的心还在学习上吗?你上学期期末考试成绩掉了多少,你自己说说?"

"青春期的人对一个女生有好感,不是什么吓人的事,但前提是建立在两个人共同进步、没有伤害的基础上的。"

"反正我没有谈恋爱,你不要在爸爸和老师面前乱说。"

回家吃饭,餐桌上气氛一下凝重起来。孩子他爸莫名其妙,不知道我们母子俩又闹了什么矛盾,不停地逗我们俩。好吧,我们又聊起来,似乎什么事也没发生。

饭后,因为是周末,儿子说约了同学去灯光球场打篮球,就风风火火出门了。风衣自然被我剥下了,说:"女式风衣,也不怕人笑话,想穿风衣我给你买。"小子龇着牙笑了,说:"难怪任老师看着我使劲笑呢。"任老师是他的语文老师,语文水平很高,对我儿子也特别好,一向是儿子拿来嘲弄我文学底子薄弱的样板。人家南师大中文系毕业,我一个中师生,跟人家比文学,哪比得过?

小子一出门,我就跟孩子他爸说看见一个小女生的事。孩子他爸倒好，马上从他房间拿出一大沓纸条给我。啊，情书。我简直是两眼发黑啊，原来我那刚出壳的小雏鸡竟然谈起恋爱来了，难怪学习成绩每况愈下，我像一只受伤的豹子在家里不停地转圈。我不是气儿子谈恋爱，而是气他刚才在我面前极力否认，还因为谈恋爱把成绩弄成这个样子。他怎么可以这样不知轻重呢？

孩子他爸说："我早就知道了，就怕你跳脚，上学期成绩差肯定有原因。我跟他谈过的，但他不当一回事，你今天这么说，我才把这事告诉你。"

"信你都看了？"我问。

孩子他爸笑而不语。

"你是不是很享受偷窥儿子隐私的感觉？"我邪邪地说。

"谈儿子的事，扯我干什么？"孩子他爸说，"我就看了最上面的。所谓情书，也就是孩子们谈自己的学习和生活，也没什么大不了的事。"

我不忍心偷窥孩子的隐私，不然总觉得有一双眼睛像法官一样在窥视着我。便把一沓书信原样折好，藏起来。

"那你什么时候发现的？"我问。

"你发现没，这一阵儿小东西老喜欢关着房门写作业。"

"对，还常常待在卫生间半天不出来，以前计较吃什么，现在特别计较穿什么，今天还穿着我的风衣臭美。"我一下明白了臭小子近来的异常，我还以为是长大了，晓得在乎仪表了，原来是心有所念了，我怎么这么粗心呢？

好吧，这件事今天必须好好处理。

于是，和孩子他爸达成协议。情书放回原处，当什么事情也没发生，但每天他爸爸负责送，我负责接。没有了和女孩子单独见面的时间，应该好得多，当然还要打听一下那个女孩子是谁。至于老师那儿，看来还得知会一下，毕竟他的班主任王老师也是我们的好友。

我打通了王老师的电话,很意外,老师也知道这事,说小孩子之间,异性相吸,互生好感而已,这也没必要紧张,但要引导孩子不能影响学习。他也会跟女生的班主任打声招呼,让其注意引导一下。

于是,这一页也就翻篇了。后来,听说女生转学去了另一所中学,不知道是不是因为这件事。

感谢 70 分

昨天,儿子拿出一张化学试卷,往我面前一放。95 分。

"嗯,不错,还要努力!"心里想,95 分,有啥可得意的,上学期期末不也是 95 分吗?"不要看不起这 95 分,好不好?这可是全班第一名。"

"有几个 95 分?"我仍有些不相信。

"90 分以上的总共四个,都是男生,两个 94 分,一个 90 分。"看小子这副苦尽甘来的模样,有些不像逗我开心。

心里有些欣慰,真的。化学,曾让我们母子俩不胜其烦。

记得三个多月前的一次家长会,我从化学老师处了解到,孩子连续三次的测验成绩都在 80 分出头,我立刻傻眼了。当晚回家就给他专门准备了一本课外化学练习题库,让他每天做一点。可儿子不肯,认为只要努力,就能很容易赶上去。儿子正是叛逆期,也不敢怎么跟他拗。只是要他答应下次测试必须有提高。偶尔我也翻翻他的化学题库,冷不丁地问上一两道小题。为此,常被他埋怨一两句。

此后不过一个星期,有次儿子回到家,垂头丧气地从书包里磨磨蹭蹭掏出一张试卷，眼里分明已经蓄满了泪。这可是他进入初中以来第一次流泪。我惊愕了！无言地接过试卷，鲜红的70分！像闷热夏季的一声响雷，重重地敲在我的心间，久久不曾散去。

"妈，对不起！对不起！"儿子抬起泪眼，"我要补课！"

估计这张试卷是被老师勒令交家长签字的，不然这张试卷大概也会悄无声息地被处理掉。儿子偷偷代我在试卷上签的字，小学阶段已经达到以假乱真的程度。要不是后来细心的班主任杨老师告诉我，我真不知道什么时候才能发现。还听说，他们班考得不好的同学，他都代其家长签过字。这小子练字多年，竟然伙同同学蒙骗家长，是可忍，孰不可忍！结果自然是被他爸一顿胖揍。胖揍后倒是改了，可见家校联系何其重要。

到了初中，我怀疑他考不好时，他也会故伎重演。所以，我时不时会同各科老师联系。感谢他们的老师，没有嫌我这个家长烦人，总能热情地接听我的电话，告诉我儿子的真实状况。天下最期待孩子成长的，除了我和他爸，自然就是儿子的老师们。他们那种视学生如子的责任意识，我深有同感，并自愧不如。他们学识素养高，专业技术能力超强，责任心也相当强，我很感谢他们，我不是一个人在跟儿子战斗，我有着一批同盟军呢！做家长的，得经常了解孩子的状态，和老师保持紧密的联系，发现不良苗头，扼杀在萌芽状态，这是我这个家长兼做老师的育子经验。

后记：遗憾的是，儿子的初中班主任王老师在儿子毕业几年后，因病去世。当时儿子已经读大学了。作为曾经的团支书，他召集了同学们一起去周城乡下王老师的坟前吊唁，也去王老师家看望了师母。这一点让我这个做妈的有点欣慰，毕竟他还有一颗感恩的心。

话又说回来，此前让他补课，他一直不肯吃这份苦，今天他不得不品尝更大的苦。

我点点头，拍拍他的肩："好，补！妈陪着你，我们一起努力！"

"老师说，让你打个电话给他！"果然没料错，是老师勒令他让我签字的，怕他撒谎，还执意让我回电话，再次证明家校联系是多么重要啊！

感谢他的老师。孩子是幸运的，碰到的老师都是那样尽职尽责，我相信这个70分会成为孩子前进的动力。

儿子开始每天痴痴地做着化学题，在培训班上认认真真地学。我也把儿子每天的化学作业作为头等关注的内容。相信儿子的老师也是这样的，因为我看到他学习化学的兴趣上来了。

三个多月过去了，儿子从当初的化学特差生变成了今天的第一名，也找回了学习的自信心。虽然这只是一次小小的测验，但是儿子的化学成绩在此之前的两三个月内一直是快步前进的。感谢那个70分！失败实在是一剂不可多得的良药！

春风得意马蹄疾

放学后,我急急忙忙赶回家给儿子做晚饭。虽然同事再三邀请吃晚饭,但也婉言谢绝了。家有初三的孩子,想轻松也不敢呢。

儿子放学回家了,开门的声音轻悄悄的,看来心情不错。

他一旦不高兴,所有的东西都会成为他手下的发泄物——门会哐当哐当响,换下的脏鞋横一只竖一只,书包毫不客气地往地下一丢……当惹得我火冒三丈时,就正中他下怀,家庭内战必然爆发。因此,碰到他不高兴,我必须装聋作哑,三缄其口。唯有如此,他那颗青春躁动的心才会缓缓平静。过一会儿,鞋自动摆齐了,书包也归了它应在的位置。

儿子长这么大,回到家也不懂得平一平自己的心境,所以常常只能由我来压一压火气。都说天下多慈母,可有多少人清楚地知道,母亲之所以成为慈母,也是多次碰壁、饱经风霜后的无奈抉择啊!

"妈,知道我政治考了多少分吗?"

"95左右吧!"

"再往上猜点!"

"不要，95分，我已经非常满意了。"我不敢妄想，这小子从进了初中，政治就没有突破过92分，为此我伤透了脑筋，可他从来不当一回事。记得我读师范、进修大专，就是这门功课让我品尝了不及格重考的痛苦和羞辱，每每想到这门功课，我都觉得好丢人。这消息唯有作为一级机密，绝不能透露。

"99分呀，妈！你相信吗？你相信吗？"

"祝贺祝贺！"我热烈地拥抱着他。他却龇牙咧嘴猛然把我抱起，又突然放下，害得我摔一跤。

"看来，这个跟遗传无关！"我兴奋得脱口而出。

"什么遗传？你当年政治学不好？"见我一副窘态，小子得意了。

"我一猜就知道你是个政治学科的学渣渣！"

"什么学渣渣？我中考可是全校第一！"

"吹吧，你就使劲吹，反正我也不会去调查！"

"不过，中师和大专时，政治确实补考过。"

我没法不承认了，他那双狐狸般的小眼珠上上下下打量着我呢，俨然一台扎扎实实的测谎仪。都说知子莫若母，其实这么多年的相处，知母也莫若子呀。何况，我是如此不掩盖。

没想到小子一听到这话，竟然同情地找来餐巾纸，作势要帮我擦眼泪，还说："可怜的小丫头，当年你是怎么面对外公外婆和你的老师的？眼泪流了不老少吧？"

"才没人管我呢。"

"你瞧瞧你瞧瞧，世界太不公平了。你考不及格，没人管你，我要考不及格，你看看你那态度，搞得我面对你，就好像欠了你八辈子的债，太不公平了！我要抗议！"

"抗议啥？这叫命！谁让你有一个如此爱你的母亲！"

"苍天呀，大地呀！我的命真苦呀，摊上了这样一个视分如命的妈！"

我看他那种捶胸顿足过分夸张的矫饰模样，骂道："见好就收啊，还没完没了了。说说其他学科怎么样吧！"

一语惊醒梦中人，没等我站起来，他又考起我来了："再猜猜，我化学考多少分？"

"100分！"我毫不犹豫答道，省得他又突然袭击。

"这倒没有，98分，不过，还是全班第一。"

"还有我的作文，可是全班第二，得了50分。"

怪不得小子开门声音这般轻，原来是春风得意马蹄疾呀！

其实第一也罢，第二也罢，这些都不是最重要的，重要的是孩子能有一个平和的心态，胜可小喜，败却不馁，更不要以自己的心态去影响别人的心态，学会享受生活的每一天，包括每一天的忙碌和压力。

陪跳绳

寒假里儿子说中考时体育要考 1000 米，另外实心球或者一分钟跳绳任选一个。他的实心球估计能拿满分，但跳绳实在太差了，都不敢在同学们面前跳。问他每分钟能跳多少，说是 130 次。

"简直太丢人了！"我气极了。

其实也不能怪他，他小时候我在乡下学校的教导处工作，学校先是争创省级实验小学，我没有双休日，天天加班。好不容易学校通过了考核。我还没松口气，又是争创省级实验幼儿园。当时我主管学校的体、卫、艺等工作，同时，教一个班的语文，并分管英语学科，值周工作。平时还经常忙于排节目，有三台文艺节目，把我的空闲时间都给占了。那时，把儿子一个人丢在家里，能喂饱他就算不错了，很少能陪他一起玩，更别提辅导他做作业了，这一直是我心中的愧疚。后来我当机立断，离开了原来的学校，为了他进城，做一个普通老师，有了更多陪伴他的时间。他也不负我们的希望，有了很大的进步，只是我和孩子他爸过上了牛郎织女般分居的日子。

我接过绳子,让他在一旁记时,一分钟,180次(年纪大了,成绩退了不少,记得我曾有个每分钟203次的纪录)。儿子无话可说,大概看我跳得轻松吧,又抢过绳子让我帮他计时。

"133,臭!"我给他一个"板栗",当然用力很轻,"从今天开始,每天晚上练跳绳。"

儿子的进步非常快,第二天就达到了160。第三天说是腿痛,不肯练。第四天更快,次数也多了,中间基本不断。他把绳子挂在脖子上,就算是进培训班都不拿下来,说下了课也可以练会儿。晚上起来上卫生间,竟然在卧室里又蹦起来。吓得我赶紧命令他停止,不然楼下的奶奶怎么睡觉呀。

小子朝我伸伸舌头,做个鬼脸钻进了被窝。痴了痴了!想想这般入迷,毕竟是好事。

一个星期过去了,他让我帮他计时数数,好家伙,一分钟,196!而我也天天练,不过多了4次,184次,累得我上气不接下气。

小子得意地在我面前手舞足蹈。

做仰卧起坐

这两天不知怎么的,儿子对形体美大大地在乎起来了。

前天就说要做仰卧起坐,以减少腹部肥肉,锻炼腹肌。能够幸运做他陪练的当然不会有别人,这家伙立刻找上我,逼着我帮他压腿。

一气儿做了50个!我刚想休息一会儿,他说:"你也要做,你的肚子这么大,难看不难看?要是我们班同学看到了,以为我要有小弟弟了。"说完嘴角还一撇。我倒是想为他生个小弟弟,小妹妹也行,两个孩子一起,成长路上才不孤单。

不过,儿子的话有理,得听。那些所谓的教育家不是说过嘛,"父母是最好的老师""其身正,不令而行,其身不正,虽令不从""学高为师,身正为范"……太多太多的名人名言像一只只蠹虫从脑海中源源不断往外爬。做吧,哪怕装装样子,总比只动嘴不动身有用。35个,简直要了我的命,做完最后一个,明显感觉腹部的肌肉要抽筋了似的,硬得像块板砖。小子看着我的脸色,来拍马屁了:"我班女生跟你比,简直是豆芽菜里的次品,弱爆了。咱家皇后娘娘这水平简直是'前不见古人,后不见来者，念天地之悠悠，独怆然而涕下……'"唉，这马屁拍得刹不住车了。

第二天，又要锻炼了，他说要做 70 个，果然又做到了。我没敢试，找了个借口：腹部肌肉疼。小子没勉强我。

第三天，小子说要做 100 个。我帮他压腿，做满 70 个，我都累得不行了。让他少做几个，他不愿意。

果然做到了 100 个！

"你是不是把 100 个作为衡量是否能考取省中的目标？"

"你怎么知道？"他得意地笑了。

每天进步一点点，你一定会变优秀！没想到，这小子的爆发力如此强，看来有目标真是好。我一面感叹，一面为他鼓劲！

拥有太阳

许多人都能快乐地活着，
那是因为他们拥有理想，
那理想就像是每日升空的太阳。

夸父拥有太阳，
他造就了河流山川。
普罗米修斯拥有了太阳，
他改写了人类茹毛饮血的蛮荒。

陈胜吴广拥有了太阳，
他们将楚国旗鼓大张。
沈万三拥有了太阳，
他成了富甲江南的传世巨商。

孙中山拥有了太阳,
他将革命之火点燃在武昌!
如今,我也想拥有一轮太阳,
因为我的骨血里铭记着中华民族的万古流芳。

那太阳是每个人心底深处的希望,
是我们为之付出鲜血与生命的心偿。
没有人愿意熄灭那绚丽的火光,
更不想留下心灵之上的创伤。

那么,就让我们握紧双拳,
为了国家的兴亡,赴汤蹈火!
心中的太阳代表着神圣与辉煌,
她是人们行为的自由,思想的解放。

既然如此,那就让我们昂扬向上,
为了中国的腾飞,
书写那令国人扬眉吐气,
令世界为之折服的伟大篇章!

这是小子的一篇应试作文,竟然写成了诗歌。要我发到网上,还不许改动一个字,就由着他吧,愿写总是好的。

洗　鞋

昨晚头疼,很早就睡了,家里乱糟糟的,也没劲收拾。今天早上六点多就起来了,洗衣服和被单、整理房间、拖地、抹桌,又到厨房忙了半天,就腰酸背疼起来。

八点多钟,小子一起床,"早安"都没问候,就问:"早饭吃啥?"

"公子大人,有香肠粥!"这可是我一早熬好的,对我们家来说,早上吃粥可就是吃大餐,因为太费时间了。

"不够!"小子又提要求,"一屉小笼包,一个油炸鸡腿,怎么样?"

"遵命!谁让咱是带薪的'保姆'呢?"虽然很累,我还是爽快地答应了,因为想让他有个好心情做作业。

急急忙忙买回早饭,他就吃起来了,我还要晾衣服。等我吃时,桌上有他为我盛的一碗粥,还留了五个小笼包。不容易,这个贪吃虫,心中有妈呢。

吃完饭,以为他会写作业的,谁知已上了电脑,正用 QQ 聊天呢。前几天刚设的电脑密码,不知什么时候又被解密了,看来我是斗不过他了。

"做作业，不然关机！"我吼道。

女人的"河东狮吼功"大概就是这样练出来的吧？这是经历了多少时间、多少战争的磨炼呀！不容易，实在不容易，在此向所有练成"河东狮吼功"的妈妈们致敬！

但这样的武功在小子面前竟然无效。

只能破釜沉舟了，我要硬性关机，他一下捉住了我的手腕，生疼生疼，手劲太大。

可看着我利剑般的眼光，他说："不聊了不聊了，听会儿音乐。"

此乃缓兵之计，我深谙其道，要求其保证不再上QQ，小子同意了。

我又到卫生间洗小子的臭鞋，哗哗的水声掩盖了书房传来的音乐。洗了一会儿，想想不放心，又蹑手蹑脚去偷窥一下，真是不看不知道，一看气得跳。

他竟然跟他哥哥聊到现在。

我已经不想骂他了，只是让他到卫生间来洗他的臭鞋。

他还有理由："那你干吗？"

"保姆做累了，休息一会儿不行吗？要不要写个书面申请？"

小子还想耍赖，我警告他："长这么大洗过几双鞋？有时间聊天，就一定有时间洗鞋。鞋子浸在水里半个小时就会严重变形，你看着办！"那是他心爱的"花花公子"鞋，好几百呢，他不会不管的。

果然，他洗起鞋来。我担心他洗不干净，不时地进去偷看一下。他倒洗得欢呢，洗了鞋帮，洗鞋里，只是浪费了好多肥皂。可鞋带还是脏的。

我提醒他："一双漂亮的白鞋子，配上乌黑的鞋带，这叫典型的'不和谐美'。要是我，肯定把鞋带解下来洗，否则，这种特殊的美就出不来了，后生可畏啊！"

"关你什么事！"小子鼻子里还哼了一声。

"当然不关我的事，我闲着难受！"

再过一会儿进去，小子已把鞋带解了下来，和着肥皂泡用劲地揉搓呢。

那双鞋洗干净了，被他小心地晾在了晒台上，电脑也已关机，他正在做着他永远做不完的试卷。

今日之战暂告一段落。

温柔一刀

"妈,我明天早上要吃南瓜饼。"

"妈要睡懒觉的。"我是夜猫子,不到十二点睡不着,早上是万万起不来的。再说今天接到杂志社的紧急催稿,两天要交两份稿,不开夜车是万万不行的。

"那明天早上我要吃麻团。"唉,小子真是无理取闹。

"那不同样要起早的吗!放过我好不好?"我懒懒地回答。

"就买点给我吃吧。"儿子可怜巴巴地又来了温柔一刀。我被彻底打败,唯有缴械投降。

半个小时后,小子又来烦我了。

"韦××(直呼我名,这种情况是经常发生的),你说,考省常中和占领网络尖端技术哪个更好?"

"这两者不好比。"

"一定要放在一起比呢?"

"先考省常中,打实基础才会有资本占领网络尖端技术。"虽是这么答，其实心里想的是，凭小子这点功力，省常中是考不上的，但决不能伤其颜面。

"不行，鱼与熊掌只能两者选其一。"小子还在无赖地坚持。

"占领网络尖端技术应该好些。"其实这是哪儿跟哪儿呀？但如果不答，我今晚的稿子是无论如何赶不出来了，他抛出的明显是钓鱼式的问题，答案是唯一的，我只能投其所好。

小子陶醉了，仿佛真成了比尔·盖茨。美了好一会儿，馋虫又出来作祟了。

"我要吃油煎火腿肠。"

"油炸东西不好多吃。"

"我决不多吃，就吃两小根。"

"不行！"

"好了好了，我政治作业又得优加，还是全班唯一的，不信你看。"

一看，果然是优加。

没法，煎吧，就当奖励，只是可怜我的稿子不知何时才能诞生。

我离开电脑刚到厨房，就听到书房传来动静。唉，又把他的QQ上线了。看到我来了，他鬼眼一挤，又挪回自己的书桌。这小子！

敲竹杠

"妈,我们同学都买补品呢!"前两天吃午饭的时候,儿子一边扒拉着饭,一边敲起了边鼓。

"都吃什么呀?"我随意问道。

"×××,听说特别提精神!"小子强调。

"那不等同于兴奋剂?奥运会明令禁止的。"真是的,现在的家长都急红了眼,只要听说什么好,都一窝蜂去买。

儿子看我一眼,没作声。

晚上回家,发现家里有了几盒×××,原来是孩子他爸买的。孩子他爸见我生气,还强词夺理,说:"他要吃,就买给他吃呗,不然考得不好要怪我们的。"瞧瞧,被集体绑架的初中生家长们就这德性,有什么办法呢?

"哼,想当初,我参加中考,什么补品也没吃,不还考了全校第一?"我气得点着小子的头。

"你那个乡才几个人?不就三四个班,一百几十号人吗?以为我不知道！"

我无语，觉得把当年勤奋学习的自觉意识跟他说一百遍，他都不会明白的。好女子提什么当年勇？

昨天，孩子他爸又拎回来一大盒西洋参，还说这个更好，益内脏，清虚火，生津止渴，吃了腿上有劲，饭量增加，听课有神。还说这几天发现儿子房里掉发比较多，是要给他补补的。

可儿子说："我不想吃这个。"

"那你想吃啥？"毕竟我和他爸就那点血汗钱，"说吧，想吃什么我去买！"

"我就想吃葡萄糖××口服液！"小子可是老实不客气地开了口。

这是道单项选择题，答案只有一个：同意。

"还有那什么牛奶我也想换换口味了，我特想喝××牌的。"

"为啥？"

"我班同学都喝那个。"

今天下班回到家，牛奶买回来了，××牌的。葡萄糖××口服液也买回来了。儿子吃过晚饭，发现了好东西，马上笑逐颜开，赶紧拿了一盒牛奶，很快喝了一口，就问："怎么是纯牛奶？不好喝！"便放在了一旁。

接着开了一瓶口服液，又问："妈，你知道我为什么想喝葡萄糖××口服液吗？"

"馋呗！"

"真是知子莫若母！"儿子搂着我的肩直夸，"我看到了那广告：葡萄糖××口服液……你不知道我有多馋！听了就想喝，哈哈哈，梦想终于成真喽！"

他哪里是为了中考？纯粹是借着这名头光明正大地解馋！

后记：若干年后，臭小子个子没长高，有医生说，孩子发育期间补钙过分了，会导致骨骼钙化，反而导致长不高，我也难辨真假。毕竟我们家族的男性长辈个子都不高，遗传的原因也有可能。可惜世上没有后悔药，我也是第一次做妈，没有经验，也没有机会第二次做了，再说家里也没有有经验的长辈指导我带孩子，只能是摸着石头过河，走一步是一步。

中考前的黑暗

这两天儿子有些烦躁。昨天放学一回到家就不高兴,说是最不爱吃鱼,而他爸爸老烧鱼。然后就拿着筷子搅着半碗米饭,嘟着嘴巴不停地数落。我倒觉着鱼烧得很入味,凉拌黄瓜清脆爽口,都挺好吃,可他就是不高兴,吃了几口就不愿吃了。刚放下碗,又说自己没吃饱。我问他想吃什么,说是想吃××咸泡饭。我从网上查了号码,打了电话过去,说是最低消费二十元。而我已经吃饱了,又不想浪费,只得作罢。

这时儿子已经很不高兴了,坐的凳子被他摇得山响。我又打电话叫了一份快餐。其间儿子一直没说话,也不说要吃,也不说不要吃,这是以前从未有过的。

几十分钟后,快餐送到了,他吃了几口,又埋头写作业了。

我要他去房间写,他理也不理我,那张小脸又不太好看了。瞪我一眼,还是跪在沙发边,佝偻着背,低垂着脑袋。这种姿势肯定会非常疲劳,但现在他就像个火药桶,一触即发。我只有闭口,悄无声息地退进了书房。

过了一个多小时,再来客厅,发现他已经裹着一条毛巾被,吹着电风扇,酣然入睡了。睡梦中眉头仍深深地皱着,大概梦中也在考试呢。摸摸他手臂,冰凉冰凉的。唉,可怜的孩子!

我抱了一床薄被,轻轻盖在他身上,却没想到惊醒了他。他睁开充血的眼睛迷茫地说:"几点了?是不是要上学了?"我拍拍他的背说:"早着呢,睡吧!"

他一躺下,仿佛又想起了什么,说:"过两个小时叫我,我作业还没做完呢。"看着他渐渐睡熟了,我早已困得不行,赶紧也睡了。

谁知半夜一点多,他又醒了,已经转移到他的房间里写作业了。我看看他尚有一大张语文试卷没写完。我要他先睡,不必做了,伤了身体可不是闹着玩的。可是他理也不理我,照写他的。

陪了半个小时左右,我的眼皮又忍不住打起架来,我自去睡了。我一觉醒来,发觉小子又睡在客厅了。这时已经是凌晨四点,我的走动又一次惊醒了他,他马上爬起来什么话也没说,又做起那张没做完的语文试卷,任我如何劝也不理我。

可怜的孩子呀,可我又能如何?人家的孩子也这样啊,我改变不了教育的现状,只能改变自己,陪着孩子接受并努力适应。

早上我主动要求做他的车夫,接送他上学放学。这正好跟我的上下班时间可以衔接起来。他坐在我车上,我跟他说:"妈妈想通了,只要一个健康的儿子。你别这样拼命了,读高中考大学不是唯一的出路,自己的身体自己要有度。"小子没说什么,只在我背上拍了拍。但我知道,他心中的压力不是我一两句话就能卸下的。我默默祈求上天免了这样的选拔考试,现在的孩子实在太辛苦了!可是,这祈求等于没说。此时的我,已经再没了前一阵的那种斗志。

这一阵子,儿子天天感觉累得不得了,晚上做作业常要做到很晚。我有些担心,就主动承担了接送孩子的任务。每天四次,早上烧了早饭让他吃，他吃完后就送他，然后我去买菜，再去上班；中午一下班，急急忙忙先回家烧饭，然后再接他；吃过午饭，让他稍作休息，我刷碗洗锅，然后再送他去学校；晚上下了班，他爸烧晚饭，我又去接他，确实有点辛苦。只是希望他夜里做作业可以少辛苦些。以前他是很少要我接送的，这一阵儿他竟很高兴地同意了。

这天他坐在我车后座上，手指在我背上不停鼓捣。问他做什么？说是要打开我的任督二脉，这样我的功力就能倍增，接送他就成了小事一桩，再也不会觉得辛苦。眼眶有种酸酸的感觉，刹那间，我真的感觉内力倍增，法力无边，似乎天地皆可由我驾驭。

晚上我有事，八点多才回家，到家后发现小子没有做作业，也没洗澡，而是坐在电视前津津有味地看电视。我走过去要他关电视，他不肯。一看原来是《夜宴》，确实比较好看。我要求他看一会儿就做作业，他同意了。

我的个性同前几年相比已经改了不少。换了以前，我可能当场就发飙了。与小子战斗的日子，让我学会了退一步再思考对策。当然，能够不用武力解决的事，尽量和平解决。心平气和，才容易解决争端。

我饮下满腹的气，平静地坐在他旁边。谁知，他还不停地跟我介绍剧情，说是该剧也是花了重金拍摄的，还说后来的打斗比《满城尽带黄金甲》还要壮观。我看着看着竟然也被迷住了，全然忘了这是小子使的伎俩。等反应过来，时间已过去一个小时，电影也快结束了。不好，入了他的圈套，后悔呀。

我想关又没关，想想还是让一步吧，毕竟是周六。但是当电影结束了以后，我再关电视，他竟然又打开了。我积累的火气已经到了火山爆发的临界点了，战争又起。我生气地嚷道："你看吧，你看个够，我不想管你了，好自为之。"卧室门发出惊天声响，内心却清楚知道，自己又过分了，关键时刻怎么就刹不住车呢？

他也不高兴了，马上拔了电视机的电源，一言不发进了他的房间，然后是他的门也发出"砰"的山响，与我相比，有过之而无不及。唉，上梁不正下梁歪，果然！

我忍无可忍，还是隔着门狠狠地训斥了他一顿，因为他的无礼，多少也有点"只许州官放火，不许百姓点灯"的意思，毕竟还要维护一个做母亲的颜面。再说，还有一个星期就要中考，孰轻孰重都分不清吗？什么时候才能长大？

看着儿子紧紧关闭的房门，我的心里还是非常难过。还有七天，还有七天，如果让儿子以这种心情进入第二天的复习，肯定不行，今晚良好的睡眠也无法保证，明天就更成问题了。我是一个母亲，实在不应该跟儿子赌气，于是平静了一下情绪，给他写了一张纸条：

亲爱的儿子：

我不知道要怎样做才能让你满意，我真的是这样让你失望吗？我知道你可能心里有压力，因而心情不好，但大事面前需镇静，请你对自己的前途负责，不要因为一点很小的事而影响了你的正常发挥。做一个大度的人，你才能成为真正的胜利者。你十六岁了，怎么还这样不懂事？别再让我的心为你滴血。我也只有你一个孩子，在跌跌撞撞中学习做妈妈，没什么经验，做得不好，只能请你多多包涵！

你的忐忑不安的妈妈

即日

我把纸条塞进儿子的房间，并敲了敲门，他应该能听到的。儿子叛逆心理特别严重的时候，我也常用这种方式和他交流。因为少了面对面，少了眼光、情绪、气场的相互影响，用书面交流，人能相对理性，因而也化解了母子间的好多矛盾。

过了一会儿，他的房间还是没有动静。后来我上网，无锡的一位初中语文老师告诉我，可能是孩子的心理压力太大了，应帮他减压，让他看一点轻松幽默的短文。我知道自己失职了，忽视了孩子的心理压力。

于是，我敲敲门，大声说："对不起儿子！今天我的态度太粗暴了，开门吧，别把气留到明天，你说过，我们一起战斗到中考的。"

儿子总算开门出来了，眼眶红红的。他虽然没跟我认错，却进了我的房间和我一起看起书来。

近几天，儿子的状态一直不错，连续一个星期，学校没有布置任何家庭作业，他也乐得逍遥，陪着我看电视、听音乐，或者练练手脚，活动活动筋骨。我们都清楚，一切都成定势，再看书也是空的。

终于，从6月18日到今天，六门功课考完，他的心情一直非常好。问他考得怎么样，总是一句话：稳到则勿得了！

这个小子，越是这样回答，我越是担心。他一直是个眼高手低的孩子，每次他认为考得不错时，结果出来总是让我失望。骄兵必败，这次估计又失手了。但是不管怎样，他总是我的儿子，我对他的爱不会改变，我们的母子关系不会改变。一个人时，我常常拍拍胸脯，悄声叮嘱自己，心再大一点，情绪再稳一点，多克制一点。还常自我调侃，每一个没有陪孩子经历过中考、高考的妈妈，都不是完整的妈妈。但心里又期望着儿子会考个好成绩。就这样惴惴不安，没考时忧，考完也忧，做父母的想来大多如此吧。

但今晚儿子可以睡个囫囵觉了，这么一想心里便轻松了。于是，打电话约来三家好友，共进晚餐，算是庆贺儿子中考顺利结束。

范进中举

"妈,拿钱来!"我下班一回到家,儿子就伸出他的"小爪子"。

"什么钱?"

"考到省溧中的奖学金!忘了?"小子眯细着眼,一副陶醉状,"俺的分数还超了省常中分数线八分,按说应该给付一万元的。这俺就不计较了,俺知道计较也没用。不过五千元还是要给的,你拿三千元,爸爸拿两千元,不许耍赖!"

可不,这次儿子是超水平发挥了,特别是英语、物理、化学离满分都只差2分。总分达到了656分,也算是不错了。一向认为要让孩子诚信,自己首先要讲诚信。马上取出早已准备好的三千元给了这小子。小子接过钱,脸上马上笑开了花:"妈妈呀,俺可从没见过这么多钱呀,这真是俺的吗?不是做梦吗?"说罢,就盘腿往床上一坐,一张一张数起来。数了好一会儿,抬起头问:"你究竟给了我多少?我咋数不清呢?"

"你都成范进了,当然数不清!"

"不,我是葛朗台。"小子哈哈笑起来。止住笑,又问:"今晚陪我买

MP4好吗？"

"不，我没空，自己买！学会还价就行。"

小子马上打电话约了好友去买MP4，眼睛没眨，就花去了638元。他哥哥回来一看就说，如果到他师傅的店里买，至少可省去200元。小子大呼："黑，真黑！下次买东西可得狠命砍价。这样我可以请你们多吃几餐了。"

话刚说完，就开电脑不停地下载东西，在我的胁迫之下，还下载了一部《三国演义》，不知他又会看上几页，想来不过是充充门面而已。

十二点多，我去他房间帮他盖被子，他竟然还在鼓捣MP4，走近一看，居然在读《三国演义》。

小老弟的帅哥

今天带着儿子和侄子小帆乘长途大巴去中山陵游玩,一路上,孩子们的言谈举止给了我很多安慰,主动让座,和乘客自然交流,落落大方,知书达理。

从江宁书香名门站上车前,小帆一眨眼的工夫就把大半瓶橙汁一股脑儿给放进了肚子里。公交车来了,上车一打听,从这儿到南京市区大约要一个小时。

上车买了票,车上的人挨挨挤挤,够难受的。屋漏偏逢连夜雨,大概过了六七站,还没出江宁,小帆急得告诉我,要小便。没想到平时老喜欢挑表弟刺的儿子这时挺大度,马上跟小表弟说:"有老哥呢,别急,我们提前下车!"

一下车,儿子就带着小表弟很快找到了解决难题的所在,真是让我有些刮目相看。他没有埋怨多花了公交车钱,也没埋怨拖延了时间。小帆直夸他:"俺老哥,真帅哥!"

去工地

昨天想儿子了,想得实在受不了,发了一个短信给他。一个小时过去了,竟然都没回。

中午,孩子他爸回到家,逼着他打电话给儿子。如果我打,这小子肯定又会笑我妇人之见了。他爸问他为什么不回短信给妈妈,小子说是一条短信一毛五,舍不得。天哪!上个月二十几天,花了奖学金两千元,现在竟说舍不得,这根本不是借口。

今天上QQ,这小子在线,我故意不主动跟他讲话,看他怎么着。过了五分钟,他发来信息:"老妈,你也在啊!"

"在!"

"干吗呢?"

"看你什么时候跟我说话!"

他发一个大笑的表情:"呵呵,跟我想的一个样!"

"我以为你重色轻妈,看到女生就忘了我。"

"哪有啊,我在玩《奇迹》。"

"龙哥哥好吗？"龙是他的堂哥，只比他大四岁，两人从小一起长大，感情特别好。现在在建筑工地学习工程预算。

"好的，就是太辛苦了。我的衣服没要他洗，我自己洗的。"

"真乖！你也应该帮他洗一下。"我也发了一个竖起大拇指的表情夸他一下。

"妈，你放心，我以后会好好读书的，我看到了那些打工人的苦。"儿子仿佛猜到我要说什么。

"哥哥挣钱不容易，别让他为你乱花钱。"

"知道！"

小子一直没去过常州恐龙园，他哥哥的工地正好在恐龙园边上，希望他去玩玩，增长一点见识。

"去恐龙园了吗？趁机可以看看你的同类。"儿子脸上长满痘痘，开玩笑时，常叫他"小恐龙"。

"太贵了，门票要一百多块呢。"

呵呵，居然知道节俭了，难得难得。

"去吧，钱不够跟龙哥哥借，下次妈还给他，妈希望你见识一下。"他只带了一百五十元出门，钱可能真不够。

过了好一会儿他没说话，然后发了一句："我晚上和同学去，晚上门票只要三十几元。"他的一个同学也在常州玩，在QQ上联系上的。小子会省着花钱了，高兴。

签名权被剥夺

2008年,是一个非常好的年份,奥运会在咱中国举行,真有些扬眉吐气,虽然囊中羞涩,不能亲自去看一场比赛,但自己那种骄傲的心理还是多少获得了一些满足。

因为小子读了高中,我有了大把的时间无处打发。2008年我做了些什么?想来想去,就暂定为写作年吧。其一,继续写我们母子的战争——《幸福的战争》。其二,写一部小说,展示人性的美好,揭露教育的现状,最好有些批判现实主义的味道,也算是凭一个教育者的良心,为孩子们为老师们说点没什么用场的话吧(大话说在这儿,就是想逼迫自己去做)。其三,为本班孩子写一本书,暂时就叫《四十二个好孩子的故事》吧,这事不用急,可以写两年(这活儿到今天才完成,看来我的拖延症也挺严重的)。其四,为孩子们写点外国儿童文学作品导读。这么一来,发现自己一下子真要忙起来了。因为本身学识浅薄,寒假里读点书是头等大事,尤其是外国经典儿童文学作品,真的不太了解。不知道书店有哪些可读作品,于是打了个电话给书店的老总,老总真客气,请他们的部门经理给我送来了他的书店里外国文学作品的书目。可这些书目中,值得我读的寥寥无几,于是约了几位好友去南京买书。

可是,买书的近一千元钱却在办公室遭小偷洗劫了,突然就感觉自己像极了孔乙己。不过生气之后还是庆幸小偷没偷走我的各种证件,没给我造成更多的麻烦。我的书就这样鸡飞蛋打了不成?好友已经约好,不能食言。真是屋漏偏逢连夜雨,三十号去取钱,找了半天没发现开门的银行,终于从包里翻出一张银联卡,可离约定的时间只有半个小时了。好不容易打通了同事的电话,了解了离我最近的、可以刷卡取钱的银行所处的地理位置,当我赶到那儿时,发现这张银行卡又丢了。福无双至,祸不单行,大概就是指这种状况吧。唉,为了区区几本书,今天竟然要开口借钱了。无奈,只好跟二嫂开口。有谁说过,最艰难的时候想起来的那个人,一定是你最信任的人。

就这样,前后共买回来几百元的书,儿童文学、小说、历史故事书、经书等,摸摸瘪瘪的口袋,看看堆成小山样的书,心中获得了一丝得意和满足。

昨晚,写完了学生评语,准备在书的扉页上留下自己的大名和购书日期,也好作为以后的怀想。刚拿起笔,小子放学回家了,看到这么一堆书,就欢呼了一声。其实那纯粹是随意的一声喊叫,没啥意义,不过是为了表示他发现了一点新鲜的东西而已。他对书的喜爱远不及我,近来读的《鬼吹灯》,我翻了翻,觉得没啥看头,小子竟奉若神书,天天背着我看。为此母子战争曾激烈地爆发了一次。

小子凑了过来,说:"干吗哩?"

"签名!"

"你那几个破字还签名?一边去一边去!"小子把我挤开,大模大样抢过我的笔就在书的扉页上题字,我乐得继续去网海邀游,和天南地北的朋友侃会儿大山,放松一下紧张了一天的神经。于是,我简单地指导了一下如何签名，并叮嘱他签上购书的书店、购书日期等，就上网去了。过了半个多小时，小子道一声"好了"，我感激涕零地接过书，逐一翻看起来。不看尚可，一看，真是气不打一处来。

"臭——小——子——"我恶狠狠地瞪着他，"说，怀着什么鬼心肠？"我伸出手想去揪一下他的耳朵。

小子马上灵巧地跳开，争辩道："这些书总有一天会变成我的财产，写不写你的名字有什么要紧？"

"可那是我的钱买来的！难道我连拥有权都没有了吗？"

"你的钱被偷了，那是我舅妈的钱。"

看看我那些可爱可叹的书吧，没有一本不是堂而皇之签着他的大名，那飞扬跋扈的字迹无不嘲笑着我的弱势。这个"恬不知耻"的臭小子，他把我的一切都当作他的私有财产了，一定得治他一下。

"舅妈的钱谁还？"

"当然你还！"他想都没想就说。

"那我找胶带纸去，把你的名字全粘掉。"

"哎呀，这么小气，我还就我还，用我的压岁钱还不行吗？"

"那这些书你看吗？不看也不算你的，反正我一定会看。"

"行行行，寒假里我将就着看点吧。"

谁知道他看不看呢，谁又知道他有没有时间看呢？拭目以待吧。但签名权被剥夺，却成了事实。

天道酬勤

今天晚上帮小子整理书柜，发现了几张他写的毛笔字，看来是今天中午写的，展开一看，都写了同样的字——天道酬勤。顿时，有些小感动。

儿子进了高中，学习上很不适应，第一次考试考了个第三十四名。我痛下决心在省溧中边上的小区租了个阁楼间，搬了家，为了帮他每天省出一两个小时的来回时间，也为他途中的安全考虑，同时中午让他可以睡一个午觉，让他可以多看会儿书。如今看着这简陋的阁楼，真有点说不出的滋味。好端端的家，空置不住，却在这儿将就。好在我也是个随遇而安的人，就这样过吧，不就两年半嘛。

第二次考试，小子得了个第二十七名，算是前进了五名，我不敢在小子面前表现自己丝毫的不满，嘴上还夸他："有进步就好，排名不重要。"其实心里是真的不满，别人能考班级第一、年级第一，为什么你就不能？你难道比别人笨一点吗？即使不考第一，你也进个前十呀，你进这个班可是以第八名进去的呀。但这样的话永远只能在心里叨叨，不敢显露半分。

小子知道我的心思，有一次趁他们班同学在，故意说起年级第一名那孩子，说是头发已经白了大半，背还驼着，我想是他有意夸张吧。他还特意问我："妈，你是要一个白头发儿子还是黑头发儿子？"

我不想落入他的圈套，答："我要黑头发儿子，第一名当然也想要。"

"天下的妈都这般势利！"他狠狠地剜了我一眼，"鱼与熊掌不可兼得。"

我感觉自己的话有些过分，于是想扭转一下局面，说："不过，如果两者只能取其一，那我有且只有一个答案——一个健康的儿子。我保证！"我伸出手做宣誓状。

儿子和他的同学都笑了。

"但是天下的母亲都一样，这山望着那山高，孩子健康有了，再有成绩那多好？"这样的结果对我来说，真是充满期待。虽然我心疼儿子，可我同样在乎他的成绩。不由想起报纸上看到的2007年经典语句，一位母亲的话——如果我给他一个童年，那么我将欠他一个成年！虽然这句话失之偏颇，但这多少反映了家长的普遍心理。谁不想孩子有快乐的童年，可当今社会如此激烈的竞争，允许吗？

儿子听了我的话，没再继续批判。但是晚上复习的时间长了，回家的废话也少多了。

三天前，儿子告诉我这次考得仍然不算好。我告诉自己要耐住性子听下去，不能有明显的情感波动，否则这个多疑的小子又会大放厥词。

"第几名？没关系的，我能承受，说吧。我早已经练就了金刚不坏之身。"

"十三名！"小子说，然后观察我的神态。

"祝贺你，我为你高兴！"我伸出手和他相握，心里是真真实实的快乐，脸上是真心的欢喜。我知道，孩子在尽着最大努力。

"天道酬勤！"面前的书法练习纸上清清楚楚地写着。是的，这肯定是儿子想到自己努力后的回报，然后情不自禁有感而发，于是挥毫泼墨。

今天中午，我要给二年级的学生分饭菜，没法回家照顾他。我不知道他写时会想些什么，但我肯定这小子已经找到了自己准确的定位。如果真是这样，这将省了我多少心啊。

我细细打量着这些字，如同欣赏小子熟睡的脸。这字写得还真有些味道，一如小子逐渐健壮的臂膀，已经很有些力度。我找出写得比较好的两张，找了几粒米饭，粘在纸的背面（这简陋的临时之家连胶水都没备），一张贴在他的书桌前，那是让他时时记住，努力学习——天道酬勤；一张贴在我的书桌前，那是告诉自己，努力教子，认真写作，勤奋工作——天道酬勤。

晚上，儿子回家，看到墙上我贴的字幅，笑了。我去厨房给他做夜宵，他又在房间里鼓捣起来。我端着夜宵出来一看，他又写下了几幅作品："奋斗""天生我材必有用""天行健，君子当自强不息""苦心人，天不负，三千越甲可吞吴"。

然后他吃饭，我继续把这些作品一一粘贴在他的书桌前。我贴完，他看着我，我们不禁同时哈哈大笑起来。

杞人忧天

好久没写和儿子的战争了,不是不想写,而是在几场战争中我常常丢盔弃甲、黔驴技穷,心情烦躁难得有一分安宁。今天来常熟参加第一届凤凰读书会,客居海虞宾馆,就深深思念起那个独自在家过夜的小子了。小子长这么大,我跟他爸爸还从来没让他一个人在家过夜过。可是今天,他爸爸要上夜班,我出差,虽然心里十二分不舍,但想到学习机会来之不易,也便狠下心把他一人丢家里了。虽然今天把他这两天吃的牛奶、水果、零食等都买好了,但心里仍是不放心,到常熟这一路上便时时牵挂着。

近来,儿子和我说的话已经越来越少,脸上常常挂着近乎木讷的神态。常常儿子回家我只问他一句话:"宝贝,今天过得开心吗?"如果他不说话,我就不再问。如果能跟我说些他们班的花絮,那对我而言,无疑是心花怒放。儿子已经成了一本越来越难读懂的书,但我还是想努力去读懂他。有时半夜起来,我会轻轻走进他的房间,悄悄看他一眼,看着他或皱眉或愤怒或微笑的梦呓神情,我就想,他的梦中有谁?是不是在做着那些他永远做不完的习题？是不是又想起他的父母亲白天的唠叨？是不是一个高中生的梦也如他们的现实生活一般沉重？他们的世界里除了学习已经再也容不下其他，青春少年的情怀于他们而言暂且大概只能在梦中达到圆满。

已经是十点十五分，该是我给他打个电话的时候了。儿子通常是夜里十点钟到家，然后洗把脸，喝一杯牛奶，吃个水果，坐下来喘口气。今天没人烧夜宵给他吃，估计他也不会自己烧了。我想，这个时候打电话应该不会让小子感到厌烦吧？不知什么时候，一个高中生的母亲和儿子说起话来竟然也要这样惴惴的，这母亲做得真是很无奈，而且这种无奈，做儿子的也不大会懂。

电话打通，听到儿子那边："喂，妈妈吗？"内心就不禁柔柔地一动，鼻子便有些酸意。我"嗯"了一声，那边又响起了儿子爽爽的声音："是不是想我了？"

"是啊，当然想你了！我们从来没把你一个人丢在家里过，真的不放心。"

"不会哭了吧？"

这坏小子明知我的眼泪不值钱，还故意逗我。被他这么一说，眼泪还真不争气地盈满眼眶。

儿子听不到我的声音，便傻傻地笑着说："放心吧，小杰来陪我了，我们自己烧了泡饭吃了。"

"今天开心吗？"

"开心，你不在家更开心！自由啊！"这小子时时不忘刺我一下。

"叫小杰接电话！"

"来，妈叫你接电话！"儿子的同学来我家，儿子都让他们叫我妈，他的那些要好的同学竟然也真的叫我妈，那份开心真是难以形容。儿子说我最喜欢占人便宜，其实我是真的希望这些同学能和儿子像亲兄弟一样相处，将来他们可以一辈子互帮互助。人活于世，除了亲情，友情同样必不可少。现在的孩子大多是独生子女，将来如果没有朋友，如何立足于世。

"阿姨你好！"

"嗯，你叫我什么呀？"

"妈妈你好！"

"嗯，小杰真乖，谢谢你来陪小鱼儿！吃完饭和小鱼儿一起复习吧。"

"好！"

"期中考试考得好，给我一个机会，我请你们喝咖啡吧！"知道说成绩孩子们不爱听，可还是脱口而出，这老毛病又犯了，内心便责骂着自己。

"好的！"小杰答应了一声，估计儿子在偷听我们讲话。

电话打完，心里就松了下来。我的脑海中老想象着这样的画面，小子一个人孤零零回到家，书包一丢，叹口气往床上一倒，眼睛直愣愣望着天花板，心里想着怎么就摊上这样一个妈。却没想到，他倒是让自己的生活过得更加有滋有味，有朋友，有乐子，有自由，看来天下做母亲的，很多时候是在杞人忧天。

鱼儿和小 K

儿子的学习成绩好长时间都是家里讳莫如深的话题。因此，这一阵儿，我和他交谈基本不提学习成绩。

每天晚上十点零几分他才能到家，我能为他做的就是准备夜宵，和他聊几句他感兴趣的话题，什么 NBA 啦，姚明、易建联啦，前几天他带回几张加内特的画像，还要考考我是谁，幸亏从网上查过这人的资料，总算没被他嘲笑。然后按他的要求，张贴在他的卧室里。做这些，不过是为了减轻他对学习的厌烦。

我小心翼翼地做着母亲，他大大咧咧地做着儿子，这其实是表象。我心里明镜似的，他的心里也是小心翼翼的。那天，他拿出一张数学试卷给我，94 分。说是同桌原先考第三名，这次也只考了 90 分。其实儿子以前不是这样虚荣的，难得一次高分也成了他炫耀的砝码，这是我的过失吧。

儿子是孤单的，我常常这样认为，毕竟是独生子，每次他回到家，总喜欢客厅、书房、卧室，挨个儿巡视一番，大概是希望找到一些新奇的玩伴吧。有一天，我无意中说了句："同事家的大狗生了三只小狗，说送我一只。"儿子听到了，关心得不得了。每天夜里回家都要跟我打听，小狗长什么样、有多大、会不会啃骨头？诸如此类，我以为专属于幼稚孩子而不是高中学生应关心的问题。

那天，和同事说了声儿子对于小狗的期望，下午同事竟把出生才二十几天的小狗带给了我。那么小的狗，只会待在纸袋里像婴儿一样哼哼，颜色和样子都像极了熊猫。只是脸上一半黑一半白，眼睛周围的毛也一边黑一边白，那般滑稽，两只小眼睛胆怯地望着我，它是那般娇小，那样娇弱，让人情不自禁地生了怜爱之心。

我把小狗带回家，儿子晚上回家刚推开门，竟然就听到了那小婴儿般的哀怜声，于是满家去找。找到后，一把抱在怀里，轻轻哄着它，满脸的欣喜。接着就找来他最喜欢的酸奶喂小狗，一勺一勺，还挺像回事。那小狗居然吃得很欢，看来儿子是真的懂小狗，这就是孩童的天性吧。然后就忙着取名字，想了好一会儿，就取了个小K的名。小鱼儿、小K，看起来像兄弟俩。那我成什么了？不禁哑然失笑。管它呢，儿子愿意，小K就小K吧。

此后，小K就成了我们家最受宠的家庭成员。每人回家的第一句话必定是问：小K呢？也就两三天吧，那小东西竟然就知道了小K是它的名，一唤，就颠颠地跑到门口来迎接我们。尤其是儿子回家，小K本来还在我书桌下面静静地趴着，忽然听到楼梯响，就像箭一般冲向门口，然后坐在门前，边摇着它那短而粗圆的小尾巴，边睁着两只黑亮亮的眼睛一眨不眨地盯着门口。儿子进来了，就又蹦又跳，尾巴摇得像风车，跟在儿子的脚边极尽拍马屁之能事。此时，无论我怎么唤"小K"，它都不会到我身边来，顶多回头很烦躁地看我一眼，那意思是说：唉呀，你烦不烦，没看见我正忙着吗？然后马上观察着儿子的动静，理也懒得理我了。儿子就抱着小K，抚摸着，亲吻着，还不停地问着：在家听话吗？有没有随地大小便？饭吃完了吗？那时的小子像极了一名慈父。

儿子爱吃冷饮，每次吃，总忘不了给小K吃一点，就这样，小K强烈爱上了冷饮，只要看见冷饮包装纸，必定要找出来舔舔，那副贪吃的样子像极了一个贪嘴的孩子。

因为小K太小，还不会定点定时大小便，我便有些烦，说要把小K送乡下去。儿子坚决不同意，为了留住小K，便主动承担了清除小K大小便的任务，并且从网上下载了好多教育小狗定点定时大小便的小文章，说要琢磨琢磨，一定要把小K培养成一条可爱的绅士狗。

因为小K的加入，儿子和我们的关系一下子改善了许多。话多了，事儿也多做了，为了多和小K在一起，写作业的速度也有了提高。小K呢，也一天天地迅速长大，卫生习惯也一天天地好了。不知道是儿子改变了小K，还是小K改变了儿子。

今天我在外面吃了晚饭才回家，儿子已经帮小K洗完了澡。小K雪白的毛更白了，黑毛的地方也闪着亮亮的光。人和狗的身上都散发出一股沐浴液的清香。我同意小K进卧室，卧室里开着空调，现在儿子和小K都睡在了我的脚边。儿子裹着毛巾被，头歪向右边，胸脯一起一伏，睡得那么香甜。小K趴在儿子的身旁，下巴架在小鱼儿的腿上，白白的小肚子也一起一伏。好一幅温馨的画面，我静静地看着，静静地写着，心里涌起一股热热的满足。

宅男出门

放假了，由于大哥生重病，住进了我家附近的人民医院，动了手术，胃切除了四分之三。这个假期我便在不断的奔波中度过，医院、菜场、厨房成了我演出的重大舞台。

自从放假后，儿子天天对着电脑、电视，吃着冷饮、西瓜，每天的生活过得比蜜还甜。好不容易大哥的手术顺利结束，出院了，我终于可以松一口气了，专注地看向儿子，才发现儿子已经变了，变成了典型的宅男。眼见网上把宅男宅女赶出家门的活动越掀越烈，我心里也急得不得了。电视加电脑，儿子的眼睛受得了吗？已经成了150度的"小四眼"了，照这样发展下去，假期结束近视度数肯定会加倍。

你看他正在电脑上忙乎呢，走近细看，正下载什么新的杀毒软件。说是我原先那个软件已经过时了，漏洞补丁也需要补。好家伙，软件一下载，没有四五个小时是不会完的。音乐也一首接一首地下载。又是QQ空间秀，又是网络游戏，忙得不亦乐乎。任我在边上怎么催，他自岿然不动。还时不时地训我两句："你呀就知道用，不知道维护，要不是我，电脑还不知中毒多少次呢。"瞧瞧，敢情他是我的家庭电脑专业维修工程师，没跟我要工资还是人家客气了。

想个什么法子赶他出门呢？对了，先帮他办个"天目湖／南山竹海旅游年卡"吧。赶他出去玩玩，让他看看山水，陶冶一下情操，岂不比什么都好？

年卡很快办好了，我一张他一张。他还有些当宝贝，但迟迟懒怠出门。有一天，我要赶稿，实在没空给他煮饭，就让他出去玩。还主动开出条件，赞助他一百元，随便他去天目湖或者南山竹海，两个地方都去也行。听说有钱自由支配，他还是有些高兴的。听，拿着一百元，已经在叨咕了："那我买什么吃呢？薯条？太干！不过还是需要的。西瓜？太重！冷饮？景点的太贵！烤鸡？唉，这倒不错。再带几瓶饮料，一瓶雪碧、一瓶可乐、一瓶营养快线。算一算，大概多少钱。"他急急忙忙找来小灵通一顿按，哦，只能花掉五十元左右。"花不完，怎么办呢？"听着他的嘀咕，我止不住地笑。还没去玩，倒愁钱花不完了，这就是现在的孩子吧。

"我陪你去玩好不好？"我想试探一下我在小子心中的魅力。"跟你？那我情愿不去。"说着就把钱丢给了我。

"切，你求我去我都不会去。在德国，像你这么大的男孩子，早就一个人拎着包，身无分文独自在欧洲旅行了。哪像你，一天到晚在家里无所事事，虚度光阴，简直是糟蹋生命。"

可是儿子仍不愿一个人出门，就挨个儿打电话，用他最迷人的话音吸引着一个个同学，希望能上他的"贼船"。可是，运气不太好，打了两个电话也没找到同舟共济的。第三个，终于有眉目了，是打给小鉴同学的。对方问，要带些什么？他答："把你的所有证件都带上，什么身份证、学生证、帅哥证，呵呵呵……"两人已经在电话里大笑了，真个是未成曲调先有情。看着宅男还没走出家门，开心已经满怀，我也就傻乎乎地开心起来了。

然后，两个小子约定了见面的时间和地点，很快就出了门。

我长叹一声："生命诚可贵，自由价更高！"唉，一个假期，终于有一天，家里只有我一人，可以安安静静地码点字、读点书，饭也可以不做，实在是幸福啊。

电脑前的光阴总是过得特别快。转眼已经是中午了，不知道他们玩得好不好。电话打给小鉴，竟是小子接的。

"喂，妈妈，你好不好？你吃饭了吗？"

"当然好啊，还没，我不想吃了。"

"我跟你说，不吃饭可不行，冰箱里有饭，你可以炒饭吃。我就知道，我不在家，你就偷懒。所以我才天天在家里，就是怕你饿死。"

我给他做厨师他不说，原来是为了成全我，这话术，做律师倒是不错。

"你吃了吗？"

"正在吃，呵呵，就是快撑死了，东西买多了。"儿子的声音里充满了阳光和喜悦。

我只得乖乖烧饭去，以免等他回家还得挨他骂，再说肚子也真饿了。

下午一点多、两点多、三点多，几乎每隔一个小时，我都有想再打个电话的冲动，但还是克制住了自己，我知道这俩小子品行都不错，在一起没问题。好不容易熬到了五点半，我已包好了馄饨，菜馅是我剁的，馄饨皮子也是我擀的，就想弄点干净的食物喂饱他们，可俩小子还是无声无息的。我打电话过去，电话是小子接的，说是因为钱没花光，正在家附近打台球呢。唉，晕死！要换了我，能存下钱，那是多好的事。可他却一定要花光，这是什么逻辑？还好，听说有馄饨吃，俩小子没几分钟就冲到了家。

一进家门，就丢给我一包东西：薯片、饼干、饮料、口香糖……还说是送我的,其实是没计划好,没吃完。

一人一盘馄饨,这俩小子吃得好开心。边吃边跟我汇报今天的旅行,又是水上自行车,又是动感电影,又是车上让座什么的,眉飞色舞,喜笑颜开。

哦,我的宅男,走出家门,外面的世界很精彩吧?

小狗望月

小狗会不会望月？我好像应该思考这个问题。因我家最近养了一条小狗，取名为"小K"，跟我同名。养了俩月，便成了我的另一半。因母亲嫌它不讲卫生，所以送到乡下外婆家去了。

这几日放学回家，已无"人"恭候门前热情迎接我，便觉得有些清冷。听妈说，它在外婆家过得挺开心的。外婆有个小院子，它便可以在院中尽兴跑跳。外婆摘枣子，掉了一颗，它便"偷"走，然后像小猫对待老鼠那般调皮地玩弄。逗自己开心，也逗得外婆少了些孤寂。妈说，狗比人好，它替她尽孝呢。

与小K分离一月，如隔三秋！因而萌生了疑问，小K会不会想我？它是否也会在心里念叨我呢？它会不会埋怨我把它送到乡下呢？人类早就知道当空皓月可以遥寄相思，况且中秋也已临近，它是否也会对月遥望呢？

至少，在我们离开时，它直立起身子，攀爬在栏杆上，不断地发出如受了委屈的婴孩般的呻吟。这足可证明，小狗，也有着丰富的感情。

　　虽然我不在乡下，但妈说，外婆也挺疼爱它的，如疼爱儿时的我一般。外婆走到哪儿，便会把它带到哪儿，还让它睡在自己的床前，身下垫的就是外婆的旧衣裳。时不时，外婆也会买点带瘦肉的骨头喂它吃。这小家伙儿也通人性，就算是外婆半夜起夜，它也会攀扶于床沿，看看外婆有什么动静。外婆的院子给了它快乐，它给了外婆热闹和开心。我的对月相思又有什么意义呢？倒不如像庄子一般鼓盆而歌，为它有了一个更好的去处而快乐。不然，时常回乡下去看看它，不要让它忘记我吧。

　　我始终相信小K是会望月的。犀牛望月是一种习性，猴子望月是一种快乐，小狗望月应是在从狼到狗漫长的驯化过程中慢慢沾染了人的多情吧。而这一动作被我上升到理性也是不无道理的。谁能证明万事万物不在进化过程之中呢？

　　在这样一个皎洁的月夜，我想念着我的小K。我想，此时的小K也应当是专注地坐在院子的老枣树下，在银光点点的月影中，两只黑若点漆的双眸，定是一眨不眨地凝视着那轮悬于半空的圆月，嘴里偶尔发出一两声深沉的低吠，目光也便更趋深邃……于是，这样的画面一直刻于我的脑中，连梦里也不时重现。

　　儿子的这篇习作，是偶尔翻看日记时读到的。征得他的同意，收进了我的博客。读他的日记，对小子多了一些了解，尤其是儿子对小狗的那份尊重和思念。原来在我的感情字典里，我眼里不懂事的儿子，完全是我的片面观点。对小狗，儿子一直在付出他的真情，洗澡、清理粪便、带去小区里溜达，都是他极愿意做的，甚至还常省了零花钱给小狗买食物及玩具。大人总一味地责怪孩子不懂事，不爱大人，只知享受，其实对于孩子来说，让他承担了责任、付出了爱，他才会真正珍惜那份爱。从儿子对小K的思念中，我明白了如何教会孩子爱他人，那就是让他承担起他该承担的义务。爱不是单方面的付出，而是相互的。一味地接受，只会让他的感情迟钝。感谢小K，感谢儿子，也感谢儿子的语文老师——任老师的真情评价：文章写得婉转低回，字字含情，细腻动人。

胖婆子

　　暑假到了，小子放假了，深知可爱的电脑再也不会完全属于我了。早饭时，想起还有一篇小文章没改完，便匆匆忙忙扒拉了几口饭就先下手为强。

　　没改几个字，书房门口叫阵的声音已经响起。

　　"胖婆子！"

　　这是典型的挑衅！不理。

　　"胖婆子，你看看你那样子！"

　　听听，这是我亲生的儿子，正靠着房门口朝我叫嚣呢。

　　我侧头看一眼，依然不理。不是心里不气，而是一气就会上当。只要我一挪身，他那尖屁股绝对会以迅雷不及掩耳之势扎进我的座椅。这样的当上得太多了，想不积累经验都不行。

　　不理归不理，心里总是受了点打击。唉，我不就一百零几斤吗，怎么就成了胖婆子？

　　门口倒是没了声音，客厅里的电视已经开演，大概可以安静一会儿了吧。

正改着,头上就挨了一下。一个沙发靠垫砸在了我的头部,幸而不疼,倒真是吓了一跳。是可忍,孰不可忍。堂堂老妈,怎可如此受辱?我寻找可供反击的武器,书桌上倒是有一摞书,只是容易伤人,也会伤了书,作罢;手机,万万不行的;餐巾纸?没有震撼力。低下头,唯一能称为武器的只有两只黑底碎花棉拖。这好,不轻不重,倒也可以泄去我心头之气。于是,捡一只在手。门那厢刚探出一颗黑黑的脑袋,"胖婆子"的声音也刚刚响起,我就砸了过去。方向很准,速度奇快,只是敌人身手敏捷,没中。

他倒得意了,又砸来一个靠垫,这次落在背上,正好可以给我靠着。但反思一下,唉,究竟道行浅了,不理他不就结了?看着剩下的那只拖鞋,不禁为另一只鸣不平。

想起金庸先生笔下武学最高境界——无招胜有招,于是不再反抗,任一只只靠垫飞向我。只是可怜那只流浪的拖鞋不知何时和脚下的这只团聚。还有这种水深火热的日子,如何能安静地改文?我只好续写《幸福的战争》。

一回头,又一黑影飞来。顺手接住,庆幸!那漂亮的碎花棉拖终于团圆。我把它们置于脚下,并排放着,左瞧瞧,右看看,嗯,美!

那个身影已经抖抖索索走近我。想来,没有对手的战场应是世上最无意义的战争吧?

敌人挨着我了,弱弱的声音如舞台的幕布轻轻开启:"妈妈,给我玩会儿吧?"

此刻来玩温柔,晚啦!

"小矮子,一边去!"小子个子不高,我以为用这个称呼能痛打落水狗,可以让他蹦开。

谁知,人家脸皮厚得像城墙,听,还大声地"嗳"了一声,大言不惭地说："人家是矮，怎么了？"脸皮厚的人见过很多，像小子这样的还真不多。

鼠标用了三年，老化了，用起来真不爽。边上站了半天的儿子突然热情地要为我买鼠标。想想此法不错，至少可以让他离开好一会儿，我这懒娘也省得跑路。

给了他五十元，他乐颠颠去了电脑城。

听着关门的声音，我这才有闲去照一下镜子。镜中人穿着一件棉睡袍，臃肿自不消说，再加上乱乱的长发、无神的眼睛，脸上的斑点也毫不客气地突显。晕！叫"胖婆子"还算是客气的了。这哪还有母亲的形象？典型的黄脸老妈！立马梳洗换装，对镜帖花黄，决不让这小子再有嘲笑的机会。

时间不长，小子回来了。看着我，笑笑，又笑笑，不知怀着什么恶意。还好，不再叫我"胖婆子"了。鼠标接上了，挺好。查账，说是花了二十元。索要剩下的钱，说是被私吞，买了他喜欢的耳机。一边就从客厅里拿出了他的爱物显摆，还自我标榜说是会还价了，鼠标还了五元，耳机还了十元。不过人家还说，他可不是为自己享用的，一切都是为了我。说着，已经把耳机套在了我的头上，还帮我打开了前几天我常听的《昨日重现》。

到了我改行做保姆的时间段了，刚移位，那尖屁股已经落在了电脑椅上。不知他们学校还补不补课，这是大事，不然家里会天天硝烟四起。我只能悄悄嘀咕。

学烧菜

因为常州这座城市对我文字的接纳，在征文比赛中连续得了几次第一后，我对这座城市有了好感，感觉生命里找到了一份真心的欢喜，便对这座城市心生向往。一个多月前，狠下决心去常州应聘，儿子和他爸也非常支持，本以为可以把儿子一同带去，谁知高三毕业生不好转学，他也不肯随我一同去，说是换一所学校无法适应。最可气的是，说趁机培养我的独立生活能力。心里当真是万分不舍，可木已成舟。

终于调令到了，这两天要去新单位培训，他爸爸要上班，儿子一人在家。我叫儿子去舅妈家蹭饭，他爸爸不同意，叫他自己学着做。想想也是，马上高三了，也应该学学生存技能了。

昨晚，儿子主动请缨，学烧菜。正好家里有肉片、嫩黄豆子、豆腐干，还有番茄和鸡蛋。番茄炒蛋小子已经学过了，也做过好几回，今天就学肉片炒黄豆子和豆腐干。儿子围上围裙，就开始忙乎起来。先切豆腐干，边切边嘟囔："为什么你切得那么薄又那么快，我切的就大大小小呢？"

"无他，但手熟尔！"我笑答。

"哟哟哟，酸文人，又卖弄了。"儿子嘲笑我是家常便饭，我已颇能忍受了。

火开了，油热了，儿子很熟练地把肉片下了锅。边翻炒边哼歌，挺像回事。肉片炸出油，大约五成熟时，提醒他放黄豆子。他就叽咕："为什么这时放，晚点不行吗？"真烦，我也不知该怎么解释："叫你放你就放吧，中餐讲究的是模糊，一种感觉，哪里说得清呢？"

"那可不行，做什么也应该讲究科学的。"那"的"字还拖了长长的尾音。

"熄火，咱们电脑上查去。"我实在不敢跟他扯嘴皮子。

"那菜的味道会不会变？"

"烧菜的火候极其重要，你说呢？"

"算了，听你的吧，老生姜！"上帝，我成老生姜了。

我理智地想，不能督厨了，否则麻烦不断。转身离开时还好心好意地叮嘱一声，等黄豆子熟得差不多再放豆腐干。

回到客厅，刚拿起书没一分钟，那边厢大喊："豆腐干已经放了，本人不想按常规出牌。"

唉，儿子，这就是儿子，我的话等同耳边风，随他吧。

一会儿又是放盐、糖和味精的分量，又是在厨房里朝着我大喊大叫，这里终于晓得常识还是要顾了，毕竟味道重要。我猜邻居大概以为我们母子在吵架呢，也许习惯了。教了他放的大致量，又是一大堆问题，什么你怎么就知道盐放这么多，糖放那么多，就不能多点少点吗？

我吸取教训，装深沉，一言不发。"师傅领进门，修行在个人"，这道理都不懂，还学什么厨艺？

儿子只好独自干起来。过了一会儿，大概菜熟了，撅了粒黄豆到客厅，硬要我尝尝味道怎样。

说老实话，咸淡还适宜，只是卖相太差，还有点煳味儿。原来，豆腐干放早了，粘了锅，又没有及时洒点水，不煳才怪呢。儿子尝了一口，大言不惭地说："如此美味，只应天上有啊。"如此恬不知耻的儿子，大概天下也少有吧。

儿子端菜上桌，拿了双筷子一定要我再吃。我接过筷子就专心致志地吃起来，人家第一次炒菜，当然得采取赏识教育。我看了他一眼，搛了一筷子就往嘴里塞，然后第二筷、第三筷，一筷比一筷来得快，嘴里咀嚼的速度也呈加速度推进，其间没说过一句话。儿子先还得意地笑，突然发现盘里的菜已经少了好些，急得抢过我的筷子就吃，边吃边笑，那几根小胡子也随着牙齿的咀嚼顽皮地跳跃。瞧着，心里真乐！

今天中午，我从常州打电话回家，问他吃过饭没有。他在那边得意地吹，吃过了，还是肉片炒黄豆子和豆腐干，味道可美了，因为洒过水，豆腐干没有粘锅。还说，今天的作业做得特别爽。

娘不在身边的孩子早当家，希望儿子从此快快独立，成绩一步步上升，以减轻我心中的歉疚。

上帝不允许你流泪

儿子，今天是开学第一天，此刻你应该坐在教室里认真听课吧？我忙完了手头的事，正在给你写信。

早晨出门时，才五点钟，你爸爸醒了，你尚在睡梦中。四点十分起床时，我怕吵醒你，第一件事就是看看你，看到你熟睡时恬静的脸，我觉得很欣慰，然后轻轻关上你的房门。五点钟，我悄悄背着几大包行李下楼，也把深深的思念带走。

路上的车很少，这对于我这个新手来说倒是好事。开着车，我一路上想着你和你爸，想着妈不在身边，儿子该如何度过他人生中最重要的一年。

儿子，离开你去另一个城市，是妈妈最不能忍受的，但也希望坏事变好事，你可以快点长大，你毕竟是个男孩，我陪你的时间太多了，不要让女人的阴柔主宰你的一生，正好爸爸陪着你留在了那个不是老家的家，也弥补前些年他陪你太少的缺憾。溧阳有句老话，"女大背父，儿大背母"，背离母亲的日子，才能真正学会如何做一个男子汉。

儿子，我不知道我的离开对你有多大的影响，但真心地希望你能对自己的人生独立地负起责任来。想着你，就想起小时候的事。那时候，我们家的小鸡都是自己家的老母鸡孵出来的。我看到老母鸡带小鸡很讲究策略，在小鸡刚出壳那一两个月的时候，老母鸡会带着小鸡四处觅食，每找到一只虫、一粒米，就咯咯咯地招呼孩子们来吃。可小鸡的羽翼渐渐丰满，老母鸡找到了食物，小鸡再抢时，它就不停地又赶又啄，甚至把小鸡啄得遍体鳞伤。我曾狠狠地踢过老母鸡，恨它的铁石心肠，对自己的鸡崽儿竟然如此绝情。可是，长大后才知道，老母鸡的铁石心肠正是一种理智的爱。它要让小鸡明白，长大的鸡必须要学会独立觅食，否则难以存活。我也是这样的一个母亲，也希望你能独立，能对自己负起责任来。

也许是想你想多了，到了厚余镇，我竟然忘了转弯，走了好一会儿才发现我走错了路，于是停下来问路，不同的人说着不同的行路方向，我不知道该相信谁。我边开边想，或许我可以找一条新的去常州的路。怀着侥幸心理，我继续前行。路越来越搞不清，这时发现路牌显示那是往奔牛机场方向。于是，我只能掉头，此时已经浪费了二十几分钟。

儿子，那时我真的想哭。我强忍着眼眶里的泪水，告诉自己，流泪没用。"既然选择了远方，那就只有风雨兼程。"我不知道这是谁的诗，可我只能用这句诗压制自己的惊慌和伤感。

掉转车头，准备重回到厚余镇。走着走着，我终于到了厚余镇的收费站。我不能判定路是否走对了，把车停在路边，镇定了一下情绪。是的，路应该走对了，只是又要交一次过路费。你也知道，妈近来经济上有些困难。由于调动两个月没发工资了，虽然过路费只要十元，妈还真有些不舍。可是，路走错了，只能再次买单。我把车驶到收费窗口，收费员问我为什么停在路边不走，我告诉他原因。他说，你早些说，可以不收你的钱。可钱已经交了，单子也开了，那就没法还给你了。但这句话也让妈妈感到安慰，毕竟这世上还是有很多善良的人的。

　　我终于找到了长虹西路，我唯一认识的通往常州的路，这时已经过去了四十分钟，六点四十几分了。今天是九月一日啊，我的新学生等我上课呢，我怎么能迟到？儿子，你平时看到的妈妈像个铁人，即使面对他人的百般责难都不曾流泪。可是，此刻，妈妈真的想号啕大哭。可是，妈没有了哭的权利，再难，我也得咬紧牙关，只有往前，无法后退。

　　我很想开快些，好早些到常州，可是我更知道我的生命对于你的重要性。我想起你从小到大对妈妈的一次次保护。这世上，最在乎妈妈这条生命的人应该是你了。儿子，你知道吗？有了你，我才会变得这般坚强，你是妈妈的脊梁骨啊。我小心而迅速地开着，终于赶在七点二十到了学校。我微笑着跟校门口值班的领导和老师们打招呼，我微笑着问候我的学生，了解他们的预习情况……没有一个人知道这一早上妈妈的辛苦与焦急，还有妈妈强吞下的泪和对你的思念。

　　儿子，上帝欣赏勇敢的人，从不在乎别人的泪水。我们都不能流泪，只有在自己的路途上勇往直前，跌倒了爬起，受伤了自我安慰，咽泪前行。儿子，但愿妈妈的离开能让你真正长大，你才能尽快找到你前行的路标。妈妈虽然不能给你更多的照顾，但是妈妈一直会在下一个路口翘首遥望着你。爸爸是男人，没那么细心，他能照顾你，但你要多担待些，不要挑刺，要常怀感恩，也要替妈妈多关心他。这些年，你被妈妈照顾得过于细致，也该学一点男人的粗犷和豁达了。儿子，我一直相信，我的儿子，一定会奋蹄扬帆，活出自己的精彩。

妈妈

生命离不开关爱

可能因为生于农村，长于农村，农耕情结总是割不断的。

搬了新家后，楼下的草坪被住户装修堆放垃圾时损坏了，土地光秃秃地裸露着，看着总不顺眼，就想着种点什么吧。

家中却没什么可种的，有天烧鱼，忽然想起香葱的根可以剪下来种上。于是，就把那根儿用水果刀整了一下，今天一把、明天一把地种起来。这葱挺顽强，种下去浇点水，第二天就长出几毫米的新绿，像个初生的婴儿般惹人怜。

今年入夏，不觉间已种了十几株了。青青翠翠，已显现出生机。边上裸露的地，小区管理人员已铺上了草坪，却没损伤这小生命，看来也是心善之人吧。

有一天，楼上的大姐告诉我，她掐了几根用来烧鱼，味儿特别香！于是便有些兴奋。若是能种更多一些，给邻居多一些便利该多好。种葱的乐趣就应该是与别人分享。于是，就更加勤勉起来，每天下班总要与小葱一起待会儿，给它喝点水，和它说会儿话。

暑假里，要出门旅游、学习，连续十多天呀！不放心香葱，就请家人代管。谁知，他们父子竟都嗤之以鼻。我只好怏怏地，唯求天佑了。

等到十多天后回到家，这些小生命竟如孤儿般憔悴不堪，死的死，黄的黄，全然没了往日的生机。

唉，生命怎能离开关爱？

走进家门，我赶紧放下旅行包，拿起水果刀，打了一桶水，兑上复合肥，小跑着下楼去。先松土，再浇水，不一会儿，那葱好似缓过气儿来了。

第二天一瞧，嫩嫩的小绿芽探出头来，正朝我笑呢。

儿子你瞧，关爱是多么重要。今天，你关爱了谁？是尘世的人间烟火，还是精神世界里的诗词歌赋？

书信之三

  儿子，今天狠心把你送到老师家补习，自然也是征得你同意的。而你之所以愿意也是无奈的选择，你知道胳膊拧不过大腿。这"大腿"当然不仅仅是父母亲，高考才是套在你头上最厉害的紧箍咒。我甘愿当司机，接你，送你，无怨无悔，还有点欢喜雀跃。老师肯接收你，也是妈妈一次次请求来的。不然，哪个老师愿意放弃自己的休息日为你补课呢？

  在你看来，妈妈和爸爸挣钱也许是极容易的。其实，妈妈真的挺累的，新单位的工作，既琐碎又要追求完美，真有点跟不上趟。每周五我回到溧阳家里时，浑身的骨头都像散了架，仿佛经历了一场激烈的战斗。我总想好好地睡一觉，但是家里那么乱，总要收拾。你们两个男人都不擅长打理家务。第二天，妈妈既要去兼职给你赚点补课费，还要买菜洗衣做饭，只能少睡一点觉了。我多么期待能完整地享受周末呀，带着你去附近的山间树林小村逛逛，窝在沙发上多读一会儿书，听听音乐什么的，或者把家打理得像个五星级宾馆似的，但很多事我只能草草了事。生活总要积极面对，尤其是面对你读书这样的事，更不敢大意。该补的课是一定要补的，钱是一定要交的，情也是一定要还的。而我最喜欢的写作就只能放在每一个深夜了。既然选择了做母亲，那就得一生风雨兼程。

今天我问你，为什么老要我不停地为你买单？你竟然大言不惭地对我说："你上辈子欠我的！"私下我问自己，我真的欠你的吗？不对，我并不欠你的，只是自觉自愿地为你操心。看样子真的要学会放手了。前天某少儿出版社的陈阿姨和金爷爷来常州，我跟他们说到把你和爸爸丢在溧阳，心里挺不是滋味的。陈阿姨却说："这有什么要紧的？男孩子就是要让他学会独立。"还说，他们家乐乐就常常一个人在家，这次就把他丢家里三天了，他还知道每天打个电话给她，汇报自己的学习和生活情况，日子过得挺自在，人家学习成绩也在一步步提高。陈阿姨的理念真让妈妈茅塞顿开。

可是，我总觉得你依然是个长不大的孩子，对什么都好奇。我买了新手机，你比我还着急，忙忙地帮我下载音乐，调试墙纸，改变各种你认为的好的设置。这一点，你从来不需要教，一切无师自通。我也常骄傲，我的儿子多么有用。虽然下载的歌曲大多是青春少年喜欢的，也许你已经忘记你妈年届不惑，不过，四十岁的妈妈在长途开车的路上听着青春的歌，倒也和你缩小了代沟。只要是你喜欢的，妈妈也愿意努力尝试，这大概也是爱屋及乌吧。

妈妈
2009 年 9 月 5 日

书信之四

亲爱的儿子：

  秋天的夜很宁静，学校除了门卫，就只我一人了，这是我在常州生活的常态。世界几乎把我遗忘，而我却不能忘记你。我开始给你写信，此刻，妈妈是幸福而安谧的。

  儿子，上周的一个晚上，你一人在家，我极为不放心，很想赶回去，你说没关系，其实是怕我太辛苦。我正准备打电话给你，你却打过来了。我真高兴，你是极少打电话给我的，能想起主动给我打电话，实在是难得。除非是我出差在外，你想吃什么东西了，或者看中了哪双鞋、哪件衣服，要我为你买单。而现在，你却是担心我，这电话的含金量就变得高起来了。

  今天，你又是一个人在家过夜。我打电话过去，你说在做作业，还说要我早点休息，别太辛苦，我真的感到幸福呢。你还问我什么时候回家，其实上周回去，我们俩又吵了一个小架，但吵归吵，吵完就忘了。我知道你也在想妈妈了。

现在，你一个人在家，我已经不再担心了。因为据你们老师反映，你的作业做得还不错，正确率也比较高。我想你一个人在家苦读，倒也好。毕竟你自主学习的习惯已经养成，没有了父母亲的聒噪，你可以静静地思考你的人生，也许会成长得更快。闲暇才能出智慧，这样也许你更能真正理解你在为自己读书，在走一条你自己的人生之路。儿子，我们每个人虽然都离不开家庭、离不开社会，但每个人都有每个人独立的人生。每个人都不应该完全依赖于别人而存活于世。

记得2008年汶川地震时，妈曾问过你，如果我们生活在汶川，大地震发生了，我们家只有你一人存活，你准备怎么过？你说，我们这儿不是地震高发地带，不可能的。我知道你不愿想也不敢想，天灾、人祸、疾病，常常充斥在我们的周围，谁都不知道这样的事哪天会发生。我们常常会傻傻地认为身边的亲人好友都会长命百岁，永远不老。那只是人类思维中无奈的侥幸心理和天真情怀，人是自然和时间的俘虏，当自然的手伸向人类时，不管你是达官贵人还是平头百姓，你都无可奈何。唯有以平和的心态看待到来的一切。当然，一般人也做不到像庄子那样妻子死后鼓盆而歌，但也不必一蹶不振。人类繁衍后代，不是为了要让后代记住上一代的恩德，而是要让后代能够更加顽强地生存，努力地适应自然，适应社会，继而改造自然，改善社会，改变我们生存的世界。妈妈就是希望你能这样，在什么样的环境下都能生存，坦然地对待人世间给予你的一切。快乐、悲伤、痛苦、磨难都是生活必不可少的一部分。淡然地面对，坦然地接受。

儿子，妈妈不在你的身边，但一直在你的心里。我们之间只隔着一条电话线，我在线的这头，你在线的那头。妈妈想你的时候，可以问候一声，骚扰一下，你也可以这样。只是，妈妈常常不忍心打断你的思维，更不喜欢让你也变得婆婆妈妈。但我一定要告诉你，每个安静的夜晚，你在灯下苦读时，妈妈也一定在遥远的地方陪着你，也在苦读，在笔耕，在祝福，在深深地想念着你：我最心爱的人儿，他好不好？他累吗？

他开心吗？

今天，妈妈骑着那辆用征文比赛奖金刚买来的折叠式自行车，走了常州很多的街道，几乎转了大半个常州城。脑海中遗失的关于常州的回忆也一点点被找回。以后，你来常州，我就可以大胆地带着你畅游了。

今天，我也见到了我的表妹，妈妈阿姨的女儿，那个从小一起长大的玩伴。她只有初中文凭，却在常州打造了一片属于自己的天地。虽然依然辛苦，依然忙碌，但姨公公姨婆婆一家，以及她的兄姐们，都享受着她用辛苦和智慧换来的生活状况的改善。妈妈是一介书生，书读得比她多一点，却不能为外婆和生病的大舅担当再多一点的责任，真的很愧疚。她说，她也很想做个家庭主妇，可是家里的那些人怎么办？儿子，每个人的背后都有着一个家族群体，我们虽然独立，却又不仅仅为自己一人而生存。每个人都应担起属于自己的担子，为身边的亲人，为你的同学朋友乃至这个社会。妈妈和你表姨谈了好一会儿，当然，我主要是一个听众，这是妈妈一贯的风格。只有面对你，妈妈才会滔滔不绝。但妈妈心里却一直记挂着你，所以还是匆匆而回，只为赶回来打个电话给你，写封信给你。

妈妈答应过你，每周给你写一封信的，我没有食言。第一封信给你时，你看了几句，就把我赶了出去，说要一个人看，不许人打扰。看完了，你好半天没说话，其实说什么都是多余的，我说的一切你都懂。我们俩一直就像朋友一样相处，这颇让我欣慰。我有一个儿子，这个儿子还是知己，这实在是作为母亲的最大的幸运。

九点多了，很想再打个电话给你，但我克制住了，还是到十一点再打吧，那是你上床睡觉的时间。妈也该回我的临时小窝，开始读我的书了。儿子，今晚你一定会睡得很甜。

祝好梦！

妈妈
2009年9月28日

书信之五

宝贝：

  叫你宝贝，不要觉得肉麻，那是我对你发自肺腑的称呼，请让我暂时拥有这点自由。今晚打了个电话给你，听到你快乐的声音，我也就快乐了。下班后，本来准备回我的窝睡一会儿觉的，结果因为你的快乐，我就激动得睡不着了。对一个高龄妇女而言，最快乐的事莫过于孩子的平安和快乐。"高龄"一词，是你时刻提醒我的用词，还好，不是老龄，我就苦着脸自己重申一遍，旨在提醒自己，我的身后站着一个青春勃发的少年郎，自己不能过于幼稚了。

  今天想跟你说说我一天的经历。

  早上一早就起来了，六点四十五分就往学校赶。一个中年妇女，行色匆匆，目不斜视，面无表情，来不及闲看周围的人流，这实在有点对不起清新的早晨。广场上又有好多位老奶奶在一心一意不慌不忙地拿着球拍在玩球，那球跟着拍子，怎么转都不会落下来，虽有些玄乎，我却无暇细看。只是想着，有一天老了，孙子也带大了，那时我就加入她们的队伍，冬练三九，夏练三伏，既练体质，也练心情，尽享美好时光。

美好的老年生活打算还没想完，已到了食堂。同事们一个个匆匆往嘴里扒着饭，我也得赶紧了。只是学校的早餐特别对我胃口，每次早饭，我都有一种浓烈的幸福感。但每次吃着，又想到了你，你吃鸡蛋了吗？牛奶有没有热？饭是否吃饱？叫你带水果去学校，你老是不肯，今天肯定也不会带的。没办法，天高皇帝远，由着你吧，只有周末回家才能好好"饲养"你了。

说了半天废话，才发现又犯了老年人的毛病。下面言归正传。

今天行色匆匆，其实就为一件事，陪六年级的学生去常州外国语学校听半天课，体验初中生的生活。

我带着六名同学，从本校向常外进发，进入七年四班，坐在他们的教室里，浓重的怀旧情绪不由得又一次井喷。这次你得原谅我，常州外国语学校校园的前身就是常州师范学校，妈妈曾经在这儿度过两年最美好的少女时代，那时姑娘十八九啊，画画、弹琴、唱歌、舞蹈、摄影……常外校门口的水杉就是我和我的同班同学们二十年前亲手栽种的，如今已长成参天大树。可我却没长高。窗外的小路上、柳树下、池塘边、操场上曾留下我多少的脚印？那艺术楼里的琴房、舞蹈房、画室曾经让我怀揣过多少年轻时的梦想。二十年岁月如猛虎下山，眨眼就到，让你不得不感叹日月如梭，人生如梦。这二十年，我绕了一个大大的圈，然后又回到这儿，回到这段人生中我以为的最美好的地方。

好在初中的课还是比较有意思的，再加上那上课的小伙子，又年轻又帅，很快吸引了我的注意力。别翻我白眼，我喜欢看帅哥正如你喜欢看美女，人之本性，呵呵。最重要的是这帅哥上课挺幽默的，搞笑的样子有点像你。要知道我读初中那会儿可没什么帅哥看，大多是爷爷奶奶辈的老师，唯一一个姑娘，教英语的李老师就成了我的偶像，是她把我的英语成绩从初二时常考五十几分的泥潭中给解救出来的。看来年轻的魅力可不是一丁点儿的。你的那些老师都那么年轻，真便宜你小子了。我认真地坐在教室里，像初中生一样地起立、敬礼、向老师问好，那种感觉真是好到家了，做一个学生，多么有意思的事。我乖乖地听课，认真地记录，积极地思考，心无旁骛。好几次看到同学们回答不出正确的答案，我都有想举手的冲动。读书是这般神圣，怎么现在的学生却有那么多人毫不在乎呢？唉，真想不明白。语文、数学、地理、英语，一堂堂课都运用着高科技手段，什么想不明白的，都能用立体图像，用色彩，用线条给整得明明白白。短短的二十年，教育跨了多大的步伐呀，我真为你们这一代感到庆幸。如果上天再给我一次读书的机会，我肯定会更加用功，决不浪费一分一秒。但是机会却再也不会有了，这偶尔的一次陪读，终于让我又一次重温了少年时的感觉。做一个少年真的好美！

今天是10月13日，是中国少年先锋队的建队日。下午回到学校，孩子们帮我领了一条鲜艳的红领巾，说是给我戴的。原来，我们这些班主任要观摩一年级的入队仪式。学校大队部很重视这个仪式，来了好多家长，也有电视台的记者，那闪光灯在不停地闪耀。我戴着鲜艳的红领巾和同事们一起站在一年级学生的身边。我们只是身高比孩子们高了好多，脸上有了些皱纹和沧桑，但掩不住的笑容和孩子们一样单纯、一样憧憬。我看到孩子们举手宣誓时一本正经的样子，就好像看到你入队时的样子，也好像那宣誓的就是我自己，好似一下子回到了童年的时光。感谢我们生在了好的时代，没有战争，没有饥饿，没有灾难，没有贫穷，我们的国家到了比较强盛、安稳的时代。人生最美的是什么？是童年，是少年，是那些过去了的再也回不来的时光。

我突然想，如果六十岁、八十岁，乃至一百岁以后再回想今天，想到我曾作为一个初中生坐在教室里上课，重温少年的时光，想到我戴上红领巾和一年级孩子一起参加神圣的入队仪式，重回少年时代，一定也是极美好的事。因为这样的日子里我都在认认真真地过着，快快乐乐地融入这幸福之中。这么一想，发现人生虽然如梦，人生也着实当歌。

  亲爱的儿子，有一天，你也会想起今天的你，想起今天吃过的苦，今天受过的累，还有今天对妈妈的思念，那也必定是一个美美的回忆。那就一点点地努力，努力让回忆无憾于青春吧。

  我的儿子，祝你天天快乐！

妈妈
2009 年 10 月 13 日

书信之六

亲爱的儿子：

今晚睡不着，就给你写信了。刚才是十点四十分，我以为你还没睡，打电话回家，竟然把你从睡梦中吵醒了，后悔莫及。睡眠对你如此重要，我却扰了你的好梦，太不应该了。

还是跟你聊点轻松的话题吧。今天妈妈想跟你吹吹我的英雄壮举。不过，既不是车轮前救人，也不是水下捞儿童。此等"好事"，希望这辈子永远不要遇到。但今天这事对于妈妈这样一个高龄妇女来说，应该还是够得上英雄的。

今天下班后，感觉特别累。因为昨天带学生去天目湖秋游，吹了凉风，又走了很多路，感觉很疲劳。今天又是一整天的课，弦紧绷了一天，回到住处就想睡一会儿。谁知，卧室的门无论如何都开不了，好像是从里面上了保险。我不需要担心有小偷进来偷东西，我的房间里除了书还是书，实在找不出值钱的东西。但进不了房门可是大事，我一心盼着回家来能好好睡一觉的。然而这门大概是专门找女人来欺负的，我气得踹了一脚，希望能把锁踹开，然而它依然纹丝不动、面无表情地对着我。虽然楼下有办公室的同事，但想想这种私事还是不好意思去麻烦人，我得自己想办法。这可是你经常表扬我的，万事不求人。

抬头一看房门，有辙了，房门上面的小窗可以打开。我可以通过小窗进入房内，再从里面把房门打开。

说干就干，我搬来客厅唯一的一张凳子，又找了块抹布，推开小窗，把灰擦干净。然后我爬上凳子，借助门锁一只脚攀上了小窗。只是这空间过于逼仄，跨进去一条腿后，另一条腿怎么都过不去了。人一下子被卡住，就像被锁了大钳子的长荡湖螃蟹，除了抻手抻脚，什么也干不了。我深深后悔没把手机揣口袋里带上来，现在想打求救电话都打不成了。我无奈地看着下面深深的悬崖般的地面，唉，不知道这老天爷为什么跟我过不去。儿子，如果你亲眼看到这精彩的镜头，你一定会把晚饭吃的饭菜全部笑喷出来的。我也觉得很好笑，可惜没有音乐伴奏，不然，来点劲爆的音乐，我也可以自我陶醉一下，体会体会顾大嫂骑门楼狂舞劲歌的感觉。在这高危之地，我得想法子下去呀，毕竟那张虽不算舒适，但还算温暖的床还是比较有吸引力的。定了会儿神后，我终于可以挪动另一条腿了。双手紧紧拽住门框，一条腿试探性地踩住了房间里面的把手，另一条腿也可以挪下来了，好，不错，双脚蹦下。呵呵，老妈的杂技表演成功了，门终于开了！

你看，我没有打一个求救电话，就把这问题解决了，你说妈这把老骨头是不是还过得去？我庆幸没有打电话给建平和小平叔叔。来常州这段时间，我给他们带来了不少麻烦，每次有困难，他们是随叫随到，让我颇觉这座城市的温情。今天有些小得意，如果让我再练练杂技，说不定还会成为一个大器晚成的杂技高手呢。当然，如果我儿子在身边，攀个门对于你来说还不是小菜一碟？唉，把你白养在家里，真的浪费了你这攀高奇才。这话，你可不要告诉你老爹，不然他会嘲笑我的。

眼皮打架,我得睡了,今天就跟你胡乱聊到这儿吧,希望带给你一点儿小小的快乐。晚安!

　　愿你每个梦里都有微笑相伴!

妈妈
2009 年 10 月 23 日

书信之七

亲爱的宝贝：

上封信让你笑了，可你说那是带泪的笑。这说法有点夸张，我可没觉得难过，反而感觉惊险有趣。别忘了，我小时候可是爬树高手，捉知了、掏鸟蛋、采桑果，树是经常爬的，不过也常常因爬树被打，被洋辣子扎得又红又肿又痛。这样的事在我小时候可是屡见不鲜的。

其实，像这样的事，我俩也曾经历过几次了。记得有一次在我原来的学校，我要上公开课，在学校制作教学课件，你杨娟姐姐也来了，你和姐姐就在一旁看书，结果过了十二点才回家。校门锁了，为了不打扰门卫老爷爷的睡眠，我们仨只好悄无声息地攀校门出去。你还说搞得像地下工作者，挺刺激。这可是真正的野蛮与独立并存。不过，咱可没有犯法，记住这是原则，不可逾越。

今天，是我非常开心的日子，因为你的期中考试成绩出来了，让我意外的是数学成绩进步较大，而语文竟然考了班级第一。这个第一，你已经失去了整整一年。记得去年你也说过，作为语文课代表，语文不考第一，实在对不起自己和语文老师，更对不起妈妈这个启蒙老师。这话我爱听，你语文不好也是我最生气的地方，因为别的学科我无可奈何，只有语文，还可以偶尔在你面前嘚瑟一下。虽然目前英语学科还有待加强，但比起上学期，你已经又在进步了。

我开心，是因为你进步了。所以，请让我给你一个小小的祝贺。我只敢说小小的，怕祝贺大了乱了你的分寸。你的情感丰富，敏感而细致，这是好事。可也是坏事，闲情多，容易分神。

我就怕你分神。这不，这周回家，你又对那架坏了的电子琴产生了浓厚的兴趣。作业不做，却用老虎钳、起子、电笔等鼓捣了半天，那破玩意儿竟然被你修好了，结果你就兴奋地弹了半天。尤其《读者》封三上那首《神话》，反复地弹，那曲谱我都快背下来了，你还在不停地弹。我的天，而且还在书房弹，害得我那写了一半的小说怎么都无法进行下去。那时你的作业好像也没做吧，副业与正业调了位，这可是你一贯的作风。友情提醒一下，什么时候改改吧。

再谈回到你的学习吧，你看，成绩的获得，除了老师的认真负责，父母亲的照顾和支持，最关键的是你自己的努力。我打电话给你的老师们，你的老师们也说你这一阵学习状态挺好。你终于知道为自己而奋战了，儿子，这比我知道你的成绩进步更让我高兴！

记得考语文前的那个晚上，是上周三吧，妈妈知道你一人在家过夜，心里特别难受。那天我们学校的会议到六点多才结束，天全黑了，可我想着你，特意开着夜车回去，到家时已经快九点了。结果我回家后，你激动起来了，你跑到书房里跟我说闲话，竟然还在我的身边不由自主地一遍遍唱那么幼稚的歌——《世上只有妈妈好》。唉，弄得我不止一次地流泪。那时我好后悔去常州，又不忍心责备你。第二天早上五点三十分我烧好了早饭离家时，你还睡得很香呢。我抚了一下你的头发，没想到把你弄醒了，你刚睁眼居然还知道叮嘱我慢些开车，迟到一会儿没什么，真把我感动得稀里哗啦。那一刻我想，即使你成绩再差，我也不会责备你了，因为我如此幸福，有一个这么在乎我的儿子。

考试结果出乎你我的意料，成绩还算可圈可点，我当然高兴。也许你以为我上面这样说是想居功，根本不是这样的。我只是从你的变化中发现了一个简单的道理，当你能被家人的真情打动时，你就会真正感觉到学习的重要性，你就会找到前进的目标，你就能从内心产生一股向上的动力。如果是这样，妈妈为你再多做一点，再累一点又有什么要紧？

人生难得几回搏，此时不搏待何时？大道理不再赘述，不然你又说我犯病了。

亲爱的儿子，你这一生，没有哪个人会给你一条现成的路走。再苦再累再难，你都得奋力拼搏，坚持再坚持。而且坚持到最后，等待你的还不一定是鲜花和掌声，也许是泪水，甚至还有嘲笑和鄙视。这些，你都得面对。人们的眼光大多只注目于成功者，没有几人会在意失败者。但是，妈妈不会那样，妈妈始终会在下一个站点等你，成功了，我拥抱你，失败了，我会更深情地拥抱你。

天冷了，你应该知道怎么穿衣，身体健康可是硬道理！

祝快乐多多，收获多多！

妈妈

2009 年 11 月 9 日

书信之八

宝贝：

　　今冬无雪，唯留空盼。想到雪，自然就想到了你。

　　你从茫茫大雪中向我走来，一步一个趔趄，一步一声响亮的啼鸣。你随漫天风雪降临人世，有你的人生我满是骄傲与自得。你是雪的宠儿，你是雪的精灵。

　　宝贝，有雪的冬天，是我们的节日。

　　我们在铺雪的山间奔跑作画，我们在积雪的林间嬉笑躲藏，我们撑起红伞躲在树下摇落一伞的银屑，我们从蜡梅上取下一块块积雪，放在嘴里细嚼品香。那些日子如同外婆的丝绸被面，被静静地收藏在心的箱底。

　　宝贝，我们把自己埋在雪中，要与大地同眠，那愉快的笑声震荡得树上的积雪也呵呵轻笑着四下飘逸。

　　宝贝，是否还记得林中的小雀？大雪掩盖了它的口粮，我们取来一块木板，放在空旷之地，撒下一把把红豆和米粒。雀儿在欢唱啄食，我们却躲在飘雪的树后，听鸟雀快乐地歌唱，我们的心也藏在胸腔阵阵窃喜。

宝贝，明日有雪了，我不担心风雪会漫了你的前行路，不经历风雪的男儿成不了真正的男子汉。但我担心你忘了在雪中睁开那双眼，你可得好好享受这自然的恩赐。等大雪铺满山间，我们再一起去深山看雪。

祝你快乐！

妈妈
2009年12月14日

疯狂《阿凡达》

　　这几天,《阿凡达》首映了。多大点事呀,可许多人激动得不行。虽说 70 元一张票,但我们同事眼都不眨一下就去看了。我一个人客居常州,下了班去亚细亚影城看了一场 3D 版的《阿凡达》,果然很值,超凡的想象,唯美的画面,生动迷幻的情节,不可多得的大片。詹姆斯·卡梅隆,这样的导演让人不能不惊叹,他该是上帝之子吧。该片全球票房 27 亿美元(打破《泰坦尼克号》18 亿美元的纪录)。周末回家,儿子嘴里颠来倒去的就只有这部电影。

　　"快期末考了!好好复习!"

　　"妈妈,你说本次期末会不会考《阿凡达》上的内容,我们班同学都说有这个可能。可是,咱们小溧阳看不到呀,你知不知道这可是国内上映的第一部 3D 电影,第一部呀,知道不知道,知道不知道?小溧阳呀,小溧阳,你害我不浅呀!"

　　"怎么可能考外国电影呢?"

　　"你不知道,现在的试卷邪门得很!最流行啥,一定考啥,这叫紧跟时代脉搏,与现实社会密切接轨。懂不懂?懂不懂啊?"

"很不幸地告诉你,期末试卷至少已经出大半个月了,你的想法很好,试卷确实是要紧跟形势,但也来不及了。"

"可是,我就是想看,真的,我就这点想头了。你知道吗,潘多拉打开了宙斯的魔匣,播下了祸害、灾难和瘟疫,为什么还让人津津乐道?那是因为留下了希望!希望,人世间最富贵的东西啊。你一个光荣的人民教师,人类灵魂的工程师,以教书育人为己任,你让天下孩子怀揣希望和梦想,难道你想让你唯一的儿子失去人生的希望、唯一的梦想吗?"

"吃你的饭去!一个高三学生,整天电影电影,你还有完没完了?你再啰唆,我马上搞一个高考倒计时悬挂在客厅正中央,让你校内校外都不得安生。"

"好好好,你饶了我吧,我们许老大天天提醒,用不着母亲大人再痛打落水狗了啊!"

吃完午饭,我洗碗、拖地、码字,他做那永远做不完的试卷。

"快做,做完了今晚就给你放假,追美国大片。"这小子每周末最喜欢的就两样,打篮球和追美国大片。为了让我同意他追剧,说是追的原版,趁机学习英文。我也偷偷检查过,确实是有字幕的英文,所以也就睁一只眼闭一只眼了。此刻,我的心里其实已经另有打算。

"真的?那还差不多!我的卡梅隆!我的《阿凡达》,我只能跟你们说声对不起了,我还是移情别恋吧!没办法呀,没办法!退而求其次吧,退而求其次……"

他在那儿神神道道地念着唱着,竟然真的安心做起作业来。

五点,作业做完,我已经准备好了烙饼、牛奶、苹果,装包!他爸有事,没人干涉我俩,自由的感觉像轻风,像细雨,像明月,像流云……人家不是说要留下希望吗,那就让希望成真!

"出发!"

"做啥？"

"看《阿凡达》，常州！"

"真的？！韦老大，爱死你了！"

"再不抓紧时间就算了！"

"哦耶！"口哨吹起来了，青春痘亮起来了，小胡子舞起来了。

于是，母子俩一同，一边嚼干粮、喝牛奶、啃苹果，一边车轮滚滚，赶往常州看电影《阿凡达》。70元一张票，豁出去了！本人第二次看，陪看！还没到常州，大概是食物的作用，他已经睡着了。到了停车场，任其睡着，我去买电影票，观影者爆棚，只买到十点半的电影。天哪，实在有点冷，车上有床小被子，盖在他身上，我也躺下睡去。正睡得香，他醒了，眼睛正一眨不眨地看着我呢，小被子已经整个盖在了我身上。车窗外，观影散场的人流正熙熙攘攘晃过，怀德桥上一辆辆车也淌成了七彩银河。桥下的运河水倒映着点点灯火，一派祥和温暖景象。我握了一下儿子的手说，可以进电影院了。

155分钟的电影，第二次观看，依然觉得精彩绝伦，不舍得分神。儿子更是眼珠都不曾眨一下，看完直呼过瘾。出电影院，已经十二点半，明天是星期天，儿子一早得上补习班，继续开回溧阳。怕他睡眠不足，我开车，他睡觉。哪睡得着，一路回味电影画面情节，聒噪不停，说了近一个小时。我只顾专心开车，懒得理他。一个半小时车程，到家两点，他已经睡得很深。回到家继续睡。第二天六点半，我已经做好早饭出发，他还在美梦中，脸上却笑得邪乎，估计自己已经变身杰克·萨利，正在潘多拉星球的家园树上，与纳威公主爱娃上演一场美妙的花前月下呢。好吧，你慢慢梦！我再检查一下闹钟设置，出发，开车回常州加班排节目。十二个小时里，第三个90公里。我承认，这晚我像个疯子，为了那臭小子。七点，车到湟里，打儿子小灵通。儿子快乐的声音响起："老妈，早饭真好吃，谢谢妈妈，爱你哦，注意安全！"

《阿凡达》，完美！谢谢你，卡梅隆！每个青春都会有疯狂，做妈妈的偶尔也疯狂一下，未尝不可！210元人民币，外加三趟汽油费、30元过路费，我的天，这电影贵得离谱啊！想想还是有点咋舌。

小子，榴梿也

许多人喜欢把女生比作水果，什么苹果女孩、橙子公主。我家有男生，男生味儿杂，用什么水果来比喻男生呢？一时没找到。

这周五回家，男生的味道充塞于卫生间——那个臭，简直能把你的好心情打退到原始社会，于是"河东狮吼功"猛然而起。不过，这功基本无用，前几周也仅仅换得父子俩臭袜子塞进方便袋而已，遂偃旗息鼓。

儿子的房间，更让人目瞪口呆。高高的窗框上竟然悬挂着一个上下口敞开的纸袋，实在想不通有何妙用。窗台上的绒毛大熊，不知犯了何罪，竟然铁链加身，两眼极无辜地看着我。半人高的试卷和书堆上啥都有：鸡毛毽、饼干袋、咖啡杯、臂力器、断了龙头的二胡、染过墨的榜书毛笔，还有一盏女生送小子的生日香烛。它们乱糟糟地和平共处，让我又心疼又好笑。这丰富的乱！

那十五公斤的沙袋也被搬进了屋，不知挨过儿子多少老拳。这沙袋是本人运用体罚式教育无果，又承受了他正当防卫的两拳后买下的。小子受了我气时，沙袋肯定挨打，那时，沙袋是他老娘。我生气时，他常常也自作多情助我，边狠命出击，边喊着他自己的名字。这时，沙袋就是他自己。打完后，握手言和，各忙各事。

边想着边整理着小屋，儿子放学也已到家。我打探那悬挂纸袋的用处，小子不言语，放下书包，拽来一盒面包，定点，漂亮起跳。呵，进了，面包落入纸袋！终于明白，此袋乃篮筐也，此面包另一称谓当是"篮球替代"。这些不幸的面包，一周投下来，竟然无恙，耐砸度是相当高。面包——居家投篮的最佳选择！我不得不感叹这小子的创造性。转过身来，发现对着窗台的墙上有幅画，画里的凯尔特人三巨头——加内特、皮尔斯、雷·阿伦，正专心致志瞅着小子的篮筐微笑。臭味相投啊！

"比一场咋样？"比就比，谁还怕了谁不成？在小子杂乱而又臭味弥漫的卧室里，"母子投篮赛事"隆重拉开帷幕，一局下来，我败北，被逐出场外。自罚洗臭袜子、换床单、清理一周的垃圾。

房间清理干净后，我还指望得到他一两声表扬，殊不知他极有型地斜我一眼，嘴角一撇："谁让你打扫的？房间干净了，做作业就没有灵感了，知道不知道？笨笨的小妈妈！"然后猛然甩过来一个吻。那吻，闻着臭，想着却香，原来是榴梿的味道。

生死泰然

　　刚刚看完电影《2012》。平静，像一个人驾车随意走在没有终点站的路上。没有害怕，没有痛苦，没有担心，当然，也不必期待。

　　地震、海啸、瘟疫，这样的灾难本来就随着地球的存在而存在。它们也同世上万物，有生，也有死，能来也能去。不管人类是否欢迎，它们都会毫不客气地存在。虽然它们的存在将使地球无数生命结束。

　　翩然而至？站在它们的角度也可以这样说。它们以为，这腐朽了的星球该推陈出新了，于是它们就来了。要来就来个轰轰烈烈，要来就来个措手不及，这是它们一贯的做派。人类欢迎不欢迎与它们何干？改造一个新的地球是它们自己的权利。微小如人类，有何权利剥夺？世上万物都有其存在的理由，地震、海啸、瘟疫，以及由此引起的珠峰下降，陆地成为海洋，海洋成为新生的陆地，甚至整个村落、城市的灭绝，也必然有其存在的理由。数亿年来，地球不是一直在按自己的规律生活着吗？就算有文字记载以来的自以为聪明绝顶的人类又能奈其何？

　　既然如此，如果2012年真如人们所预料的那样，来就来吧！也许那时我已来不及牵住亲人的手；也许我来不及品一口我爱的香茗；也许那华丽的衣裳也只能永远藏在我的衣柜，与世间万物一同化为灰烬；也许，有太多的也许……但我希望能深情地看着这最后的风景，坦然与周围的一切融合，并走向新物质的转换，走向涅槃。其间定然有风沙、洪水、山崩地裂、电闪雷鸣，甚至还会有身体被撕裂的疼痛和折磨，只是不必再去留恋。所谓生命，其最后价值就是与自然的深切融合。2012年的末日，来与不来，其结局都是一样。不同的，只不过是时间的早晚。生与死，都当处之泰然。

午夜十二点半，儿子的试卷仍未做完。我陪不下去了，不禁感叹："儿子，你要受尽考试的折磨，时也，命也，我们无法改变现状啊，只能改变自己。"

儿子答："不，我很幸运，因为没有生在有战争的国家。"

细想，极以为然！儿子的积极心态远胜他娘，得大赞一下。

有些事，只能一个人做。有些关，只能一个人闯。有些路啊，只能一个人走。

爬梯子亲嘴

开车接了儿子放学回家,对面走来一个漂亮姑娘,身材苗条,双腿修长,极为养眼。母子皆目视良久。便问小子:"流哈喇子没?"

"没流,"儿子答,"咽下去了!"

趁机早教:"以后找老婆,就要找双腿修长的,以改良咱们家族的遗传基因。"

儿子答:"最好能找一个《阿凡达》中的纳威美人,更高,三米多!"

"我不反对!"

"但你要给我准备一梯子!"

"做啥用?"

"亲嘴用!"

晕!险把油门当刹车。

母亲节一乐

昨晚由于爬格子，清晨两点才睡。今天早晨，儿子的早饭就没有顾到。等我醒来，发现家里没人，老公上班去了，臭小子哪里去了？每天早上，他起床的第一件事总是问，早餐吃啥哩？好像他每天一早睁开眼睛的意义就是为了吃早饭。这时，他就是一只典型的小饿狼，只要你喂饱他的肚皮，啥都好说。不然，嘿嘿，就够你受的了。今天他早餐还没吃，野哪里去了哩？打篮球还早啊。正狐疑着，听到了开门声，门锁响处，声音也起："懒妈，起床！早饭！"

哦，为我备早饭去了，嘚瑟！瞧，咱这妈当得多舒服？

赶紧起床刷牙洗脸，厨房里已经忙开了，那边叮叮当当的，不知鼓捣些啥。一会儿，那坏蛋跑到我面前耍起了无赖，对着我左擂一拳，右踢一脚的。像小猫围着老猫练扑食功一般。不过，都是虚的，闹腾而已。家里没有玩伴了，我很荣幸成了他的玩伴。这么些年来，被他闹惯了。面对他的闹腾，本人通常是波澜不惊，只是趁其不备时偷袭一下，以满足他小小的快乐，不然对着空气舞拳头，人家可是挺没劲的。

正闹着,突然见他急急忙忙冲向厨房,嘴里还嚷着:"坏了坏了!"跟过去才知道,锅里热着豆浆呢。

他倒了豆浆,加了白糖端到餐桌上,才对我说:"老妈,母亲节快乐!"

桌上还有公婆饼、煎饺,都是为我准备的,实在太丰盛了。哈哈哈,原来是母亲节,这一大早的,大乐!

我边吃边给老娘打电话,祝她节日快乐。再给老师、老姐、老友等发短信,祝她们节日快乐!最有创意的是沈梅老师的回信:祝家里各级母亲快乐!于是,再道一声:祝龙城博客上各位的母亲,以及本来就是母亲的,各家的各级母亲天天快乐!

写在儿子高考前

日历一天天地翻,宝贝,恍然间我们已经翻过了十二年。十二年的寒窗,不知不觉间如水般流逝。回翻一幕幕隐退在身后的江湖,内心多少的情感便波翻浪涌起来。

这十二年,你陪着我,我也陪着你,有你我就拥有了整个世界。

还记得上学的第一天,你背上崭新的小书包,快快乐乐地准备出发,我拉住你,按外婆的要求在你书包里放了一把葱,希望为我的小宝贝讨一个吉利,从此以后聪慧伶俐地走进知识的海洋。

事实却不如我所愿,一至三年级,你的学习成绩一直让我忧心忡忡,总是停留在中等水平,我还一度怀疑你的智商有问题。最让我生气的是,每隔两三天就会有一次家庭作业不做。有一天早晨,弥天大雾,你的数学老师告诉我,你又一次没完成作业。当时的我因为腰椎间盘突出症,请了病假,卧床休息两周了。我那时从床上起身都非常困难。这两天吃了医院的药,疼痛减轻,能下地走走了。那天我一气之下把你拖到学校的操场一角,茫茫大雾里,谁都看不到我俩了。我折了校园里一根柳条一下下狠命地抽你,那是我第一次打你啊,却抽得你背上、手臂上好几条凸起的红印。你不停地哭，我也不停地流泪。打完后，你保证不再拖沓作业了。看着你小肩膀一抽一抽地往教室走，我拿柳条用同样的力度对着自己的手臂抽了几下，果然很痛。打你，我后悔极了。后来，也许你怕我打，慢慢地改正了不做作业的坏习惯。

儿子，不知道我打你的事你是否还记得，可我常常想起那天的大雾，想起那根抽打你的柳条，还有你身上的几条红印。一直到今天，我都很后悔自己下手怎么能那般重。

四年级，我自私地跟校长申请教了你们班的语文，我以为这是我此生极为正确的选择之一。教了你，才发现你身上毛病一大堆，我一点点地纠正着你，改变着你，却从未偏袒过你。班里评了你三好学生，到了教导处审核，我把你取消了，我清楚地知道，你还不够格，不能因为妈妈在教导处，就包庇你。两年后，不但我教的这个班成了年级里最优秀的班，你也成了一名非常优秀的学生。

在你要升六年级时，我急了，镇里中学教学质量比较逊色，你离读初中也已经只有一年，我不敢把你放在那儿做试验，因为我只有一个孩子呀。那时，我在教导处的工作得到学校领导、教师乃至上级主管部门的好评，学校领导也已经找我谈过话，说下半年要提我做正教导主任了。在你与我的所谓前程之间，我毫不犹豫地做出了选择，为了你，放弃一切已有的成绩，竞聘去城里的学校教书。我竞聘成功了，你和我一起进了城里的重点小学。我很自豪，你竟然一点没有落后，仍然是一名非常优秀的学生。而我也从零开始，做了一名一线的语文老师兼班主任、语文教研组长，累并快乐着。因为我可以专心致志地从事自己喜欢的语文教学，可以花点时间陪伴你，不必为杂事所累了。

宝贝，这期间，爸爸在镇里开五金电器商店，生意忙，不能天天回城，我俩就一起相依为命，那段日子虽苦却甜。还记得吗？我们在城里搬过三次家，有两次就我俩搬的，那么重的床板和行李，你和我一趟趟地扛，上四楼下四楼，流了多少汗。为了省钱，我们没有叫搬运工，我拖板车，你就帮我推，我们像两只蚂蚁，一点点地把我们简陋却沉重的各种行装，从一个巢穴搬到另一个巢穴。因为有了你协助的快乐，我一点没觉得苦。

还记得有一阵半夜里，总听到卧室外发出恐怖的叮叮当当声，我以为是小偷要上门，吓得大气不敢出，你却拿了一根棍子大大咧咧开了房门就出去，要与小偷拼个你死我活。结果你却发现，是小老鼠在月光下的露天走廊里推着酒瓶玩儿呢，多有趣呀。我俩快乐地欣赏了一段月光下的奇幻景象。就这样，你一天天男子汉般成长起来了，我却心甘情愿地享受着你越来越男子汉般的保护。

儿子，记得吗？还有一次，为了在城里买新房子，我们家把所有的钱都交出去了，连你的压岁钱都一分不剩地给了我。为此，我们还借了许多钱。有一周，我俩只剩下了五十元生活费。我的上月工资已经取光，当月的要到下一周才能拿到。和你一商量，你赞同我们这周就用五十元钱熬一熬。每天的中饭你在学校吃，四元五角钱万万不能省，我的是学校一次性结账，唯一可省的是早饭和晚饭，我们就买了一些方便面权且对付。结果到了最后一天，竟然还剩下十元钱。那是开年后不久的一天，下着冷雨，雨里还夹着雪花，但我们决定要用最后的这笔"巨款"改善一下伙食。我们来到了城中"天津水饺"店，点了三两水饺和一碗牛肉粉丝汤。我看到你吃得那么香，没舍得多吃。正吃着，你却发现一位流浪的婆婆在水饺店外的风雪中不停地张望，营业员一遍遍地赶她走，她不肯远离。你看到这些，停下不吃了，你说那婆婆长得很像外婆，多可怜啊，我们把没吃完的送给那婆婆吧。我们的水饺还剩下六只，也就是一两吧。我同意了，你马上送了过去。那婆婆赶紧用手抓了往嘴里塞，你看着却快要流泪了。我们都只吃了个半饱，但你却很快乐。你说以后要赚很多的钱，让这些可怜的人都吃上饱饭。好多年过去了，你还常常说起那顿没吃饱的饭，说那是我们最难忘的饭。

后来，你读中学了，我帮你选了一所不在学区的学校，因为那学校口碑特别好，而且学校里还有一位我信任的王老师可以做你的班主任。但是上学放学我却颇不放心。开始的两周，每天早上，我骑着自行车先送你，然后再上班，中午我下了班再去学校接你，吃了午饭再送你上学，然后自己上班。下午我放了学，再去接你。那辆自行车吃了好多苦啊，你终于不忍心了，提出自己独立骑车上学。但上学的路上，车辆特别多，要经过好几处红绿灯，我实在不放心，就提出跟在你后面一个星期，如果没问题，就让你独自走。结果跟了两三天，你就不许我跟了。那时，许多同事都说我操心太多，但事实证明我的选择没有错。初中三年，无论是品行、能力还是成绩，你发展得都非常好，学得也非常轻松，最终以优异的成绩进了重点高中。宝贝，以后无论到哪里，你都不可以忘记那些辛苦培养你的好老师，你的成长离不开他们的悉心关怀。

都说高中的学习非常苦，但你却不同，依然快快乐乐，回到家还要看看电视，玩玩电脑。当我批评你时，你却极不高兴。你的成绩开始大幅度地下滑，不知是不是你玩心太重，还是精英都集中到了一起，让你颇感压力。看着你的成绩每况愈下，我的心绪越来越难平了。问你原因，你说自己也已经努力过了，可就是跟不上。你说聪明的人实在太聪明了，就靠上课听讲成绩也遥遥领先。言下之意，便是说自己智力平平，再努力也白搭。

看到你这样，我真的不知如何是好。难道是爸爸妈妈安于现状的生活方式让你找不到效仿的榜样？还是你本身缺少奋发的动力？我们每天围着你转，结果是你看到我们就烦。于是，我决定再一次改变一下生活现状，为自己也为你，想让你跟着我到另一个城市就读。你同意了，结果妈妈调动成功了，你因为是毕业生却无法转学。我后悔已经来不及了，但你却坦然地接受了这一切变化，并且向我保证，我不在你身边，你会更加奋发努力。结果证明，你真的说到做到了，短短的两三个月里，你很快从班里倒数的名次上升为中游，并逐渐向上游进军。儿子你瞧，你并不是智力不如人，而是缺少那股子劲啊，当你鼓起了劲，所有的难题也就迎刃而解。看着你接连拿回的奖学金，我知道了你的努力，以及你努力背后的滴滴汗水。没有妈妈陪伴的你，终于知道了要潜心学习。宝贝，想要读好书，怎么会不苦？多少读书人不都是这样苦过来的吗？只有苦过后才会知道，苦过的甜比任何的甜都更值得回味。儿子，因为你的进步，我从遥远的地方回家，常常是一个人在黑夜里行走，但行走的路上因为有了你的牵挂，有了对你的牵挂，再远再黑的路也变得一片光明。每个去上班的早晨，我怕吵醒你，轻轻推开你的房门，想吻一下或抚一下你的脸再走，但依然怕惊醒你，我悄悄退出房门，你却常常醒来，总会嘱我一句："路上慢点开！"这一句话给了我一路的温暖。

宝贝，十二年寒窗苦不苦，你自己最有发言权。从一个丁点儿大的小毛孩，成长为一个帅气可爱的小青年，其间的变化是可想而知的。你房间里那摞几乎齐人高的试卷，堆得像山一样的各类书籍资料，记载着你流过的每一滴汗、熬过的每一个夜。庆幸这十二年，你走上了一条正规的路，你成长为一个明辨是非、善恶分明的人。你的学识在一天天地积累，你的人品也在一天天地提升。不管你进怎样的高校，我相信你为人处世都不会让我失望。

今天，为了让你放松，我载着你到了一个远离城市的农村一隅。那里有静静的水域，有浓密的树林，有一座清朝嘉庆年间遗留下来的无人小寺庙，更有数不清的鸟儿婉转的鸣叫，还有无边的田野。你开心极了，打起了水漂，追赶着蝴蝶，采撷着野果，你成了一个地道的农村孩子。你不停地跑跳喊叫，还跟我学着搓起了草绳，这些都让你露出天真的笑容。田里成熟的麦子、碧绿的玉米和黄豆、结了果的蚕豆、爬满藤的豆荚和黄瓜都让你看了又看。你缺少的就是这样简单的快乐啊！你说这么多年都没有放肆地玩过，你说是要在大自然中好好地放纵一下了。

看到你这样，我真是高兴又心疼。是的，读书让你错失了多少美丽的风光，连假期和每个休息日几乎都排得满满的，这究竟是得还是失，我都无法评说。可是除了这样，我又能为你做什么别的选择？我把大把的钱交给了各类培训机构和补课的老师，连同把你的自由也一起买断。

这不是我要的选择，这是我不由自主的选择。我们无奈地被动接受，并且痛苦地自我执行，甚至累垮了身体都在所不惜，就为了，为了那即将到来的三天。宝贝，其间苦乐唯自知，欲说还休……

回想陪着你一路走过的历程，我却要跟你说声"谢谢"！宝贝，感谢你让我没有懈怠于母亲这个角色，感谢你让我在老师这个角色上一步步提升。是你的成长逼着我走得更远，也更踏实；逼着我一步步超越原来的自己；更逼着我把只关注你的眼光转向更为广阔的生活和社会。十二年后的我，再也不同于十二年前那个小镇上的我，对于爱和责任的解读再也不是那么轻浅。对你付出，已经不再是我唯一的选择。我扶助你走好你的人生，你也在扶助我走着我的人生，我们都不想让自己的人生虚度。真的谢谢你陪伴我一起成长！

亲爱的宝贝，后天，你将踏入考场，但那也是我的考场，是我们共同的考场，但是只能由你一人走进去，妈妈就拜托你了。妈妈不会请假陪你，我在常州也有一批不省心的学生娃。正如你所说，也没这个必要。你有你的考试，我有我的教学，我们都是社会人。但我会每晚赶回来陪你，90公里的路，说远不远，说近也不近，但妈妈可以为你做你喜欢的早餐和晚餐。至于午餐，妈妈这两个月把你托付给了舅妈，她的人品有口皆碑，是个一诺千金的人。她的两个女儿也特别优秀，一个已经考入211大学。你也一直尊重并信任她，说舅妈烧的菜比妈妈烧的好吃。中午在她家吃完饭你可以好好休息一会儿。舅妈说，上午场考完她会接你回家，送你赴下午场的考试。妈妈特别感谢她，舅妈的恩情你可要一辈子记得。所以妈妈这辈子更要努力帮助别人，那也是帮助自己呢。

我也会一直为你，为我们祈祷，愿我的宝贝顺利如愿，愿你的同学以及踏进考场的莘莘学子都能载誉而归，在你们人生的第一场实战中实现你们的抱负！

考前低碳游

明天就要高考，小子变得像小儿郎一般，大早上就吵吵着要吃这吃那。他爹满足他的一切愿望，荷花新村的小笼包买回了，鱼头蒸上了，啤酒鸭烧好了，他能想得到的都给买回来亲自下厨做了。下午逼着午睡一会儿，可人家怎么都睡不着了。我说，什么题也不用做，什么书也别看了，跟我去乡下转转吧。往八字桥方向有个庙，庙前有棵菩提树，庙旁有一口 L 形的大池塘，人迹罕至，静影沉璧，鸟飞虫行，鱼潜蛙鸣，是我偶尔驱车小坐、闲读散步的地方。

车行一二十分钟，便到目的地，小东西一下车就欢呼雀跃起来。蔚蓝的天空，碧绿的大地，凉爽的树荫，菩提树像个巨大的绿伞高高擎着。红墙黄瓦的小庙里飘出缕缕袅袅轻烟，木鱼声也约略可闻。池塘水一片静谧，几只螃蟹正趴在水草上晒着太阳，一切那般平和安宁。我们坐在池塘边的茅草地上，什么话也不说，把思绪放空。过不久，惊飞的白鹭慢慢又落回周围的秧田、水塘。儿子闭上了眼睛，仿佛进入了禅定状态，青春的脸上，出现了前所未有的祥和。真好！一只癞蛤蟆不知何时爬到了儿子的脚边，撑起身子定定地看着儿子的脚尖，儿子惊呼一声，癞蛤蟆才慢悠悠地爬走，又从茅草上滑进了塘底。儿子想把癞蛤蟆从池塘里弄上来，却无计可施。

小庙边有一个草垛，我扯了一把草，准备搓条粗粗的绳。小子竟然大为仰慕，跟我学起了搓草绳，然后叨叨起结绳记事乃至古老文字诞生的畅想。绳子搓好，癞蛤蟆早不见了踪影。但池塘里的鳑条鱼多得很，还有趴在绿荇上的小田鸡，也萌得可爱。小子把绳丢下去，竟然也吸引了好多小鱼围过来。田鸡慌得跳进水里，扎个猛子不见了踪影。小子丢了点面包片，就大喊，鱼上钩了，鱼上钩了！上钩个鬼啊！绳子提起来，啥都没有。母子俩不由得哈哈大笑。快乐的笑声，惊飞了树上的老鸦、远处的白鹭。我们又捡了好多瓦片玩起了打水漂。儿子的水漂打得比我好多了，啪、啪、啪，有时候连续跳了七八下，成就感爆棚！

夕阳西下，天边的红霞漫了半天，不远处的村庄也有炊烟袅袅。偶尔有农人扛着锹巡田路过，对我们的到来也见怪不怪。臭小子撒开脚丫子，在绿草茵茵的田埂上奔跑起来。向着远方，向着霞光，也向着明天……

后记：6月7日上午考语文，作文试题是《倡导绿色生活》，儿子说，这次作文写得很爽，写的就是这次乡村游记！老天助我们呢，无意之中，为儿子积累了一个好素材。只是不敢多问写作内容，以免影响他的情绪，影响其他学科的考试。数天后，成绩出来了，语文考了一个特别好的成绩，据说是理科班的最高分，作文得了高分无疑了。陪伴是最长情的爱啊！

将就的志愿

儿子超过一本分数线几十分,听到的人都说"祝贺祝贺"。想想也是,那么难的数学试卷,儿子也考到了不错的分,够不容易了。语文考完后,听听他的作文选材,极一般,我当时就觉得完了,一颗心悬了多少天,也没敢跟儿子嘀咕。结果发挥超常,他班里好几个语文尖子也就一百一十几分,还有几个数学极出色的就栽在语文上,才一百零几分。英语虽说低了点,也还好。但是,这几天过的却是惊魂的日子。

罪魁祸首就是选修课的等级。儿子的化学是 A,物理却是 C,模考时,他的物理还考过 A+,失手到这种程度真没想到。查分那天,儿子听到物理等级,在家里就蹦了起来,说怎么办,怎么办?从那以后,我和儿子就没过过安稳日子。这 C 实在是如鲠在喉,这鲠还在你的喉咙里不停地上蹿下跳。原来这 C 已经不是普通的 C,它成了决定考生命运的唯一砝码,连许多我并不看好的大学都有这样的限制。如果不是这样的门槛设置,也不至于这么多的高校对孩子关上他们的大门。我不知道有多少江苏的考生因此而与心仪的大学失之交臂,相信为数也不会少吧。昨晚，当我发了疯似的在网上搜索，一个一个打着问询电话却无果时，孩子极为抱歉地跟我说："妈，对不起！"此时，我只能无语流泪。

呜呼，将就吧将就吧，考命如此，还能怎样？一家人唯有自我安慰，总算全家都熬过了最艰难的日子，此后当可以放松一点紧张的神经了吧？

送儿上大学

儿子要去南京读大学了,那可是我第一次开车去南京,为了不走错路,特意买了导航仪。行前,和孩子他爸准备了换洗衣服、洗漱用品,想着,小崽子第一次远离家,又没有亲朋好友可以依靠,一定会不习惯,我俩得在南京陪他一晚,趁机带他熟悉一下学校周边环境。

这小子独立能力比较强,没报到前,已经加入了学校团委QQ群,毛遂自荐去团委宣传部担任宣传委员,也联系好了学长报到那天接待他。所以把他送到学校,我和他爸基本上可以袖手旁观了。只是宿舍挂蚊帐时,他不太会,帮了一下小忙,然后灌棉胎、铺竹席、放物品,他都挺熟练,我只是偶尔帮他打个下手,看来懒妈自有懒妈的道理,悄悄赞一下自己。闲着没事,只好把泛滥的母爱奉献给没有父母护送的孩子,福建的、四川的、湖南的,好几个小伙儿都是远道一人而来,正笨手笨脚地忙活着。看着他们挺会答题的手,无法熟练对付那顶小小的蚊帐,便搭个手,帮个忙。听着孩子们"谢谢阿姨"地客气着,内心便觉得安妥。

只是,这宿舍里连孩子带家长十来个人,却没有可喝的水。我轻轻嘀咕了一下。一转身，儿子不见了，一会儿，便见他拎了一箱矿泉水来，说："阿姨、叔叔，你们喝水吧，我们这儿暂且只有这个招待你们了。"还开了两瓶水递给我和他爸。啊，这小子，已经把自己当主人，把我们当客人了。高兴之余，便有一些小小的失落。

那边，一个家长因为来得最晚，屋顶柜子里的棉胎塞不下了，骂骂咧咧的，弄得先到的几个小伙你看看我，我看看你，不知所措。我家小子便攀上高处，把自己装棉胎的拉链包拽了出来，放在一张上层的空床上，又接过他们的包帮着塞进那个顶柜，说："你们先放进去吧，我怕爬上爬下的，放在外面方便。"

我放心了，知道小子已经完全具备和同伴相处的能力了。

儿子见一切安顿好了，突然笑着问我俩："走，我送你们吧。"

我很意外，愣了一下，恍然悟出这是逐客令。孩子爸拉我一下说："走吧，回家。"我愕然了，却不得不做出一副轻松愉快的样子。

我走出那宿舍门，又回头仔细看看，儿子的床在上层，他以后睡觉要爬上爬下的，不知道会不会从上面摔下来。又指着他放枕头的一边说："睡觉时一定要睡在有横档这一边，不然摔下来会骨折的。"儿子不回答，笑着拉着我的手就走。唉，一切的担心已嫌多余，这儿将是他的新家，虽有好些不舍，但还是不得不返程了。

我上车，坐在驾驶座上，儿子站在车窗外跟我挥手，一脸灿烂地说："开慢些，到家天还不会黑！"是的，一个多小时的车程，当然不会黑。希望儿子此后的生活也一片明朗。

我潇洒地跟儿子挥挥手，一脚油门就离开了这所强占我儿子的学校，想着后备箱里的换洗衣物，侧目对着校门怨道："切，儿子原来是为你养的！"内心刹那间一片空落落，眼眶就不由得湿了。先生拍拍我肩，那意思不言自明。

不知是不是心绪不好，那导航竟然也找不到回家的路。我的车在南京外环高架上转过来掉过去，走了三四十分钟，才找到回常州方向的高速入口。一路上，我和先生都不知道该说些什么。不知不觉，这十九年一眨眼竟过去了，一对没有育儿经验的父母，陪着那小子跌跌碰碰走过多少坎坷，一幕幕如放电影般在眼前清晰地闪过。

　　小时候，他常常发高烧，我们就三天两头儿地抱着他去医院打点滴，有时是白天，常常是深夜。有两次小东西烫伤了手，手上起了好多水疱，我哭肿了眼，小子却不当一回事，还伸出伤手帮我擦眼泪。他还常常全身荨麻疹发作，一发作就是三四天，连头皮、手板心都有，吓得我不敢带他去树林、草丛这些有腐蚀物质的地方。为了让他读好一点的初中，我带着他背井离乡，来到城里，自己换了一家工作单位，放弃了熟悉的工作生活环境，一切重新开始。为了他读高中能有多一点睡眠和做作业的时间，我还在他高中附近租了房……一桩桩，一件件，仿若就在眼前。其间这小子不知让我们担了多少心，放弃了几多曾经的梦想。如今，他突然不再要我们为他烧饭、洗衣、找家教，不再要我们逼着学琴、学书法，不再要我们看着不让他上电脑……我们有了大把的空余时间了，却好像把什么东西给丢了，我们的感情，我们的灵魂，那些赖以寄托的东西都好似不在了。原来这十九年，一切只是以他为中心地活着，这几乎成了我们工作之余的全部。

　　在高速道路上，我只开到了七八十迈，那车似乎怎么也开不快，仿佛走快了，儿子的人，儿子的心便离得更远似的。终于到了家门口，已经和儿子分别了整整三个小时，先生恨道："这小子，我们都到家了，也不打个电话问问我俩的情况。"

　　算了，去饭店吃点吧，我说。他要了一瓶酒，白的，我们对饮，那么高的度数却喝出一片冷寂。是的，我们生命里最重要的那只小喜鹊，已经真的飞离了。此后，我们得为自己活了。喝完酒，吃完饭，那小子竟然还没来电话。我想打个电话问问他，先生不让。过了半小时，我还是很没出息地打了个电话。谁知,人家正在开新生联欢会,快乐着呢,根本没空搭理我这个无聊的女人。唉!天底下没有舍不下父母的子女,只有舍不下子女的父母。我俩发现,我们一下被大学夺子,沦为空巢老人。

　　孩子读大学,是父母情感的一道坎。空巢的日子里,我渐渐明白:孩子,只是我们生命里的过客,陪伴一程就够了,送他们踏上下一个旅程时,不必多挂怀,好好活自己的吧。想起《目送》中龙应台所说:我慢慢地、慢慢地了解到,所谓父女母子一场,只不过意味着,你和他的缘分就是今生今世不断地在目送他的背影渐行渐远。你站在小路的这一端,看着他逐渐消失在小路转弯的地方,而且,他用背影告诉你:不必追。

　　后记:一年后的新生开学季,接到儿子的电话,他说在迎新生,看到一个大一女生空着手悠闲地走在前面,她爸爸大包小包亦步亦趋地跟在后面,突然想起前年我们送他的情景,特别是还没让我们休息一会儿就打发我们回家,觉得很内疚,赶紧打个电话跟我说声迟到的抱歉,说:"原谅儿子当年忒不懂事!"那声音已经带着成年男人的磁性,哦,原来儿子还是我的儿子,大学真是大学呢。

自驾游，好玩

高空速降。把自己挂在陡峭的山腰，命悬一线。任秋风在耳旁簌簌低语，任绿树哗啦啦从山顶笑到山腰。举头望蓝天，一望无际。低头看脚下，山壁峭立，深不见底，灵魂不免出窍，不那么真实，却也不惧。紧握着腰间唯一悬命的绳，跳几步停一下。闭眼，深吸气，一步一步踏踏实实地滑下。在山之巅，在海之角，你是谁并不重要，重要的是你还活着，你在经历。其实，自然的凶险、社会的凶险、精神的凶险到处充斥，我们常常无力改变，唯一能改变的是自己对待凶险的态度。同伴一个一个降下来，脸色由恐怖到欣喜，胜利者的欣喜。能降的都是勇士！过后，教练才说，这是此次桐庐野外拓展训练中最安全的项目。讶然！

高空抓杆。先爬上八米高的单根铁管，然后就站在只容一双脚的铁管的顶端。脚下钟摆样不停地摇晃。怕吗？怎会不怕。站的时间越久，管子摇晃的频率越大，真摇得你眼发花，两股战战，心要跳出嗓子眼，好像一不留神就会一头栽下，摔个粉身碎骨。人最怕的就是能够预见的危险，还不得不面对。不能预见的危险哪怕再险，常常也不知害怕，无知者无畏，便是如此。但是，也不应该怕，毕竟背上还有一根保命的绳。于是，一个个紧拽着那根绳，既不敢站，也不敢跳，就望着脚下，或者看着眼前一米多远的那根横木。勇敢一点的，心一横，眼一闭，双腿下蹲，"嗖"一下就跳了出去，一把就抓住了那根横木。胆子小的，再也不肯跳。那个二十大几的瘦高个，死命抱着那根铁管，哭着喊着要下来，看来是恐高者。在危险面前，充分看出了一个人骨子里带来的天性，以及面对困境的勇气。

  我也怕，站在管顶，感受到管子发了疯地摇动，好像经历了大地震一般。同伴喊："跳呀，跳呀！"我老实交代："有点怕！"底下，我的宝贝儿子正在为我摄像，没有一句安慰呀。想来那可怜的模样都已经进入了相机，往日威风何处寻？不能怕不能怕！摇到后来，也就真不怕了。好像一个人在外独立生活，害怕、哭泣、呐喊，都没用，谁也帮不了你，当然你也不会轻易死掉。再加上底下同伴们一声声地喊着"加油"，那就跳吧，松手，屈膝，努力上跳，双手拼了命地去够对面的杆，果然抓住。有点劫后余生的感觉。稳了，松口气，以胜利者的姿态环顾四周。晚风轻拂，远山含黛，桂花染香了周围的一切。成熟的水稻、翠绿的松柏都在这旷野中静默观望，感觉自己真勇士了一把。

  还有其他训练项目也是各有千秋，不再赘述。

  此次国庆长假，选择了本市车友俱乐部的自驾组团拓展训练游，且大多是家庭出游，哪里好玩多玩一会儿，哪里不好玩少玩一会儿。想吃随时吃，想闹随便闹。不必再郁闷于"上车睡觉，下车撒尿，景点拍照，回来啥都不知道"的随团游，倒是有些意思。最有意思的是，晚上出去喝酒，随性的朋友们聚到一起，街上随便哪个排档，点上几个小菜，不必豪华，不必摆谱，大家围坐一起，想喝啥喝啥，酒一杯一杯，废话一篓一篓，随性恣意中，快乐就漫溢出来了。最重要的是儿子首次放假归家,陪我一同出游。老公只休了三天假,已经上班,没办法同游。我知道,这样的机会将越来越难得了,我得珍惜。

  自驾游,好玩!期待下次。

来过，心安

"明天来看你，好吗？"

"明天挺忙，上午有一场篮球赛，下午有几个初中同学来看我。星期天还组织了羽毛球赛。"

这是他第二次婉拒。上周也是，理由是宣传部出板报，搞活动。

呸，狠狠啐自己一口，鄙视自己一下。天下最没出息的，大概就像我这样。

已经又有一个多月没见着这小子了，现在看到十八九岁的小伙儿，就忍不住多瞄几眼，似乎每个孩子身上都有我那小子的影子。知道大学丰富多彩的生活已经把小子的心给勾走了，却不知道自己是如此不受待见。其实，去看望他的阴谋，早在两周前就策划好了，上周他说忙，计划流产。这周我已经提前跟家长和闺密们请过假了，不回老家，去南京看儿子去，他却又拒绝我。"山不过来，我就过去。"管他待见不待见，看一眼就走人。

可是，小子这态度，明显是不欢迎。落寞。不去吗？动车票已经由服务公司代购，送至门卫，岂不浪费？不管，这趟我去定了。

晚上，买零食。十几个品种，都是他以前爱吃的。然后炸春卷，他好这一口。做足功课，以免自己遗憾。此行，不是为他，而是慰己。

九点十九分，坐上动车，去往心心念念的地方。那车风驰电掣，但还是觉着慢，手里的书也看不下去了。四五十分钟吧，到达南京站。刚下车，小子来电话了。

"妈，在哪儿？"

"刚下火车。"

"哪里下的火车？"

"南京！"

"哈哈哈，我就知道你会来。我在等你！篮球比赛结束了，我们部是冠军哦，儿子厉害吧？"

呵呵，云开日出。急急忙忙买地图，找公交车站，很快到了儿子的学院。不愧为老大学，树木繁盛，花卉如云。银杏的金黄，枫叶的火红，垂柳的浅绿，都那么丰盈。小子说，他们校园里有六百多种树木呢。花坛里，金黄的、橘红的、淡紫的菊花，都开得那般奔放。一批批年青学子出出进进，脸上洋溢的青春气息如花香般醉人。进门，打电话给小子。一会儿，那边过来一抹熟悉的身影，脸上带着笑，有点羞，也有点得意。呵呵，我的世界呀！儿子接过我的行李，马上打电话："过来了，准备！"奇怪，啥意思呢？

很快到了男生宿舍楼，登记，进小子的"家"，哟，好干净啊！小子说，今天是我们寝室最干净的一天。哦，明白了：刚才那电话，原来是打给同一战壕的战友的。很快，"儿子们"一个个站到我面前来了，请他们吃我亲自做的食品，一个个都彬彬有礼地接着，谢着。这个说，小鱼儿是个好小伙儿；那个说，小鱼儿特别乖；还有的说，小鱼儿是我们学习的榜样！

连对面寝室的孩子们也过来了，一个个争相粉饰臭小子。

努力吹捧，大概成了他们对付来看孩子的妈妈们的不成文规定。功课做得很到位，他已经早早收买了难兄难弟，我这"微服私访"算是正式泡汤。

喜欢这寝室，处处充溢着小子的气息。独特的鱼氏软笔书法，写在宣纸上，周正地张贴在每一个柜子的小门上。还有"仁者无敌"的大幅横幅。小子说，他们正在营造具艺术特色的寝室文化。许多寝室跟他索要横幅，有的准备写"群魔乱舞"，有的准备写"一丘之貉"……

"这是文化吗？"我诧异地问，孩子们全部大笑。代沟啊，真正的代沟。难怪他老说忙，这群魔乱舞的，当然忙得不可开交。

正聊着，儿子的几个初中同学打电话说，已经在来看他的路上了。这些孩子也是我家的常客，曾经看着他们一个个长大，接着进入重点高中，然后考取不同的大学。儿子毫不客气地说："来吧，妈来了，正等着你们敲竹杠呢。"

中午，幸福地被敲着竹杠，看着他们在餐桌上快乐地谈笑，极是欣慰。我代替妈妈们把他们一个个细细看了个遍，这个高了，那个瘦了，这个俊了，那个黑了，反正都帅了。女孩子比较想家，常常打电话回去，男孩子都没回过家，电话也打得少。我替那些妈把他们批了个遍，再忙也要跟家里多通通电话呀，不知道爸爸妈妈现在都处于艰难的"断奶期"吗？孩子们都笑，也都赞同。其实打与不打，又能咋样？我帮他们夹菜，倒饮料。每个孩子都说，谢谢阿姨！到了小子时，他也说："谢谢阿姨！"这小子的调皮劲依然没改。我说："叫妈，都得叫我妈。"孩子们一个个都唤我"妈"，好开心。其实，我家这小子，也常去同学家混吃混喝，换成有奶便叫娘的角色。于是，他到处享受着不同的母爱。谁说现在的独生子女孤独？得到的爱太多了。我们小时候哪有那么多妈疼？

听到孩子们计划下午去玄武湖公园玩，我说，下午要见一个南京的好友。南京确实有几个相当要好的女友，儿子是知道的，他以为是真的，就同意了。与他们分手，我回了酒店睡大觉。对不起了，在宁的密友，下次再聚吧。这一觉睡得好长、好舒坦，那是把一切都放下的一觉。原来这一个多月的辗转反侧纯属多余，睡吧，尽情地睡，无梦地睡。

黄昏时睡饱了，醒来，很是惬意。以往的黄昏，常会思虑重重，忧心这小子是否又在吃什么垃圾食品，是不是玩得忘了学业，那臭鞋臭袜是否又懒得处理，出门是否忘带钥匙，身边的卡与现金是否又下落不明……现在知道，孩子大了，一切的担心都是多余。今日，我要在这学院内，慢慢走个遍，我要把这儿的气息一点一点地尽数收藏。

天上银月半轮，地下闲步当歌。校园静谧幽深，却又活力四射。翠竹路、樱花路、梁希路、朝阳路，各有各的风韵。落叶在脚下旋舞，灯光在叶间奔泻，这一切的温馨与浪漫，都将成为小子日后的回忆。突然想起母亲，打个电话给她。母亲极其兴奋，问我吃饭了吗，衣服穿得多吗，又把我当小孩儿般一遍遍叮嘱。想当年我离家求学，不知老父老母当初是如何思念，又是如何打发这难挨的时光的。当日父母亲连来看我的旅费都不易筹措，三年里，从来没来校看过我。看着别人的父母亲来来往往，只有心生羡慕的份儿，也曾愤懑，但知道，怎么样的家境就该怎么样地活。还记得父亲开学时送我，没法当日返回，在我宿舍悄悄将就了一夜，一天半里连顿饭都没正经吃过，就拿家里带来的长糕，用开水泡泡权且充饥，为的是多省几个钱可以让我少些经济上的局促。父母亲想我了，只得让偶尔回娘家的二姐和村人写上一封封的信给我，所嘱不过是些穿衣吃饭鸡毛蒜皮类的小事儿，不读也能猜到大概。开始我还有信必回，后来就慢慢倦怠了，回的信短了，也少了。父母亲也不曾恼我，只以为我忙学业。每次寒假回家，母亲必说我瘦了，一个劲儿地给我做好吃的。我却少有感动，只以为做母亲的就该这般，何曾换位想过父母亲在没我消息时的百般惊心？电话里，母亲听说我去了南京，责备我不早些告诉她，说她可以为我敬一炷香，保佑我来去平安。唉，老母亲哪。

转累了，后街看到一家吉祥馄饨店，便踱进去。正等吃，看到小子和他两个同学隔着门注视着我。小子的眼神有那么一丝诧异，他大概没想到，我并没有去看我的同学，而独自在他的校园附近晃荡。不想让他难堪，赶紧出来打招呼，邀他们和我一起吃晚餐。他们说吃过了，正在帮扬州来的同学找旅馆。我赶紧把他们打发走，不是不想多聚一会儿，只是不想惹孩子烦，增加他的心理负担。

来看看小子，知道他这般充实，有这么多要好的朋友相守，足矣。孩子，终究要走向社会，多陪一会儿少陪一会儿，又有什么要紧？感谢生命里的十八年，有他相伴，让我的生活幸福而充实。来过，心安。从此，不必多虑，我将在自己文字的花园里，悠闲地侍弄，顺带着守望远方的那朵小白云。

听说栖霞山的枫叶红了，早早睡觉，明天瞧去。

睡了一个多小时，被急促的敲门声惊醒，那臭小子和他的两个同学竟然找不到住宿的酒店了，跑过来讨住。我的天，我说下楼帮他们开一间，根本没房了。幸亏我住的是标间，他们两个小子在一张床上凑合了一夜，我也只能凑合一下了。但有一点高兴，臭小子总算近在眼前了。即使不能抚摸一下他的脸，但看到他的样子，听到他的呼吸声，内心都是满满的妥帖。

寒假的沦落

多好的寒假，可以大休近二十天，想想都美。俺计划好了，早上不睡到十点决不起床，晚上不玩到一两点决不睡觉。玩啥？逛商场，看大片，读闲书，邀三五朋友聊天喝茶，开车到旷野之中找新奇……哎哟，可干的事多着呢。

美梦美梦，美梦太美就成了梦。这不，美了一两天，梦就醒了。破梦的，除了我那"小情人"还能有谁？

话说我家公子比较听劝，寒假勤工俭学去了电脑城上班。每每回家，常转述电脑城里阿姨、姐姐的话：鱼儿真是好小佬儿，大学生了，放假还愿意出来打工，现在还有哪个大学生愿意这样？切，这样的人不要太多。俺心里这样想，嘴里可不能这样说。于是，俺只好自贬身价，从当家做主的一把手一下子沦落。

第一身份，厨师。

八点闹铃响，俺赶紧起床做饭。公子的口味要调换，不能老做同样的饭菜，不然人家会吃腻的。人家不吃早饭，那事儿就大了。香葱烙饼，嫌厚，说没外婆烙的正宗。蒸馒头，嫌面没发开。骨头汤泡饭，嫌弃咸菜品种太少。我的妈呀，有的吃还不够，摆啥谱呢。俺也算享受副教授薪资待遇的，还要服侍你这乳臭未干的臭小子，反了你了。好在每次被我训后，他都乖乖地把饭给硬生生吃下去了。吃就好，俺要的就是这结果。

送他走后，就去菜场买菜，考虑晚上做些什么大菜。红烧的，清蒸的，白煨的，花色、营养都要考虑进去，要的就是公子回来乐颠颠地吃。管好他的胃，就是管好俺的后半生。他吃惯了俺的饭菜，将来还担心他成了家不回来看我？冲着他喜欢的饭菜他也必然常常念起我，这叫未雨绸缪。

第二身份，司机。

公子早饭后在卫生间磨磨蹭蹭地照镜子臭美（那阵地本来是俺的，现在被动禅让，不是不想臭美，而是没有时间）。俺这司机已经在楼下热车等候，容易吗？

公子上了车，俺要快速送他去单位。一路上还要极尽忍耐他的聒噪，什么小福建开学要补考了，小泰兴已经在谈第三个女友，小东北好不容易买到回家的车票，竟然还是站票，可怜要站二十几个小时……总之，就是他宿舍里那几个男孩的破事，但俺怎么听着就不觉得烦呢？冷不防又逼着我听他刚录在手机里他自己配乐唱的《明年今日》，刚被他的音乐迷得有点云里雾里，他已经在埋怨我没看后视镜，又抢了非机动车道，整个一个不良司机。我哪儿不良了，不一直被他牵着鼻子走吗？可怜我在做司机的同时，还得兼职做听众、做粉丝，以及做废话收购桶，我这司机做得容易吗？

下午五点，俺又得开着车提早在电脑城下候着。别人一个个下班了，我那公子拎着一电脑包混迹于人群中，摇摇摆摆，不急不缓而来，正眼也没见瞧我这儿一下，倒也一步不差地走过来了。

问他,上个破班,还有美女作家天天接送,感受如何?公子头转过来调过去端详了我一会儿,道:"就凭你,还美女?你也不嫌寒碜,人家夸你两句你就当真?女人的可怜就在于好骗!"

就在我要啐他之际,他又道:"你还问爽不爽,极度不爽。要自己握方向盘,旁边坐一美女才叫爽。"

切,这车俺还没开够,就想篡位,过头儿了吧。还要旁边坐一美女,小小年纪,色心不小,我呸!终于,啐出去了。

第三身份,免费取款机。

请允许我先自我解剖,俺还真是个小气鬼,这辈子出身贫穷,赚钱不易,真的不是舍得随便花钱的主。但到公子这儿,可管不了这些。一回来,说他的生日礼物我还没送。天地良心,我在他生日的前一周已经邮了600元给他自个儿买衣服了。但人家说不算,不算就不算,行,那还要啥?剃须刀!剃须刀,青春男孩成长的标志,俺怎能不送?总不能别的女人抢我一步先送了吧。一个字,买!100余元出去了。

前天下班,说要送我一礼物,顿觉心里热乎乎的。哈,没白疼!拿出来一看,一个鼠标护手垫。晚上,用着这鼠标护手垫,越用越觉得舒畅,把我感动得心潮澎湃!小子恰在此时挨到身边坐下来,甜甜地喊妈。俺美美地应承,根本不知温柔的陷阱早已挖好,就等我心甘情愿往下跳。

然后小子就说,瞧这款电脑多么好,内存4G,硬盘500G,网上卖6000多元呢。就在我说不错的当儿,小子已经宣布,他让他老板帮他买了,只要5000元,明天付款。在我还没晕倒之际,公子说:"不急不急,你只要出一半,还有一半老爸出。"原来,他已经对他爸用过那招儿了,而且把他爸的银行卡已经拐到手。嗯,只拿2500元,买电脑,感觉不多呀。

这哄骗的手段且不提了,而且行骗过后还让被骗者感觉骗得幸福,这招儿实在过狠。

刚才他又在叨叨了,什么同学小王,父亲在外打工,母亲又是家庭妇女(言下之意,不像你们两个都是上班一族),脚上穿的可都是名牌鞋。俺和他爸这次听了,都同时患了选择性失聪,听不到,任其叨叨。嘿嘿,效果奇好!他只好去弹他的吉他——《老男孩》。一边弹一边做出一副忧伤的样子来:

梦想总是遥不可及,
是不是应该放弃。
花开花落又是一季,
春天啊,你在哪里?
……

在他沉迷梦想的同时,俺已经被哄得努力在为他削菠萝,以换取他洗刷今晚的饭碗,这样俺这厨房清洁工的身份可以暂换成水果侍应生了。

晒晒"小三"

"小三",这称呼刺耳。可有人愿意自贬身价,做我的"小三"。没法子,俺也只好再俗一次,权且默认吧。

说儿子是"小三",也符合一定的条件。一、人家年轻,风华正茂。二、我女他男,还是大学生,没有"同志"之嫌。三、人家时不时地敲敲竹杠,让我买单。四、常常发条短信,说个笑话,唱个歌什么的,逗我开心。

再说那日,说是看中了知名品牌衣裳,本人心情一好,准备放血。去逛商场时俺搂着儿子的肩膀喜笑颜开地站在电梯里,儿子突然回头,说"别人看我俩眼光有点不对"。问怎么个不对,说是别人大概把他当作了我的"小三"。

"小三?有这种大庭广众之下明目张胆恣意妄为带着小三逛商场的吗?"俺斥责。再抬眼,看客们确实眼光有点不正常。俺赶紧松了搂着儿子肩膀的手,怕学生和家长看到了怀疑俺的人品有问题。

后来一起去看《建党大业》,本人初衷是,让儿子补补近代史。好家伙，俺俩进去一看，都是勾肩搭背卿卿我我一对一对的啊。俺和儿子也是一对，大婶带一帅哥。俺的心跳出体外，站在第三者角度看，越看越像带着"小三"。

"儿子，给我买杯奶茶去！"儿子屁颠屁颠跑出去，端了两杯奶茶来，当然还有爆米花。带着儿子看电影，有吃有喝有快乐，嗯哼，小日子不错。

但是，"小三"真不好养。来常州几天，白吃白喝白住白买衣不说，离开时，皮夹翻开，抽出车票一张，言：行行好，高铁费给报销一下。俺一生气打电话朝当家的嚷："还不管管你儿子，整天跟我要钱！"

当家的甩我一句话："自己惯出来的，自己负责！"

得，找不到同盟军，再买单。再说这属于孝顺单，值。顺便关照儿子一句：以后，看俺的车费都能报销。心里思忖，只怕以后为他买这种单的概率一年比一年少了呢。那个目前还不知道在哪里的，将被儿子迷上的年轻女子，是俺铁定的"情敌"。俺一定要把笼络"小三"的实践进行到底。

放假了，儿子回到家中享福。因为暑假要考驾照，这个假期没什么打工赚钱的时间了。儿子说，能不能赞助点旅游费啥的，都跟同学约好了。前几天他刚跟着我从牯牛降旅游回来，又要去旅游了。俺一听跟钱扯上关系，当然老大不愿意。

当家的却在一边讨好起来："你要多少？"言下之意，要星星要月亮都行！切，一个大男人敢情也把儿子当"小三"了不成？横刀夺爱的事一定要扼杀在萌芽状态。

"一边待着，我来谈判。"俺打发走了当家的，谈判开始。

"小伙子贵庚？"

"免贵，年方二十。"

"二十了，还想吃闲饭？"

"没想吃，就是想旅旅游啥的。"

"旅游要钱不？"

"不要……是不可能的！"其间观我脸色，神情随机变化。

"钱从哪儿来？"

"下学期打了工还你！"

"你打过两期工，也赚了几千元了，还过我吗？"

"那是……你没跟我要。"

"你看到黄世仁跟杨白劳要过钱没？"

"要过，"声音怯怯的，看我愣神了，立马补充，"还差点把喜儿逼死了。"切，瞧我这张臭嘴，怎么举了这么个破例子，真想掌自己的嘴。

"黄世仁的事咱先不说，你姥爷经常教育我说，天上掉下来的馅饼也要早起去捡，不起早点也要被别人捡了去。你天天睡懒觉，还想要钱旅游，做梦啊！"

"嗯，我姥爷就是英明。我不做梦了，明天起早。"

"起早做啥呢？"

"给您老人家做饭！"

"还有呢？"

"买菜！"已经咬着牙了。

痛打落水狗，一定要坚持！

"还有呢？"

"实在不行，再加洗碗、拖地，行不？我知道您老讨厌做这些。"

俺心里蜜一样地流，这一流不打紧，嘴角忍不住拉开了。

"多少钱一个月？"已经扶着我肩头摇起来了。唉，给他点颜料就开起染坊来，小子一向如此，但是那温柔一刀已经打动不了我这颗曾经沧海难为水的心了。

"一个优秀的老妈子一个月差不多八百。你嘛，"我看他一眼，"四百足矣。"

"四百，我堂堂大学生……"此处省略，狡辩语不做记录，有损俺形象。

"这年代，文凭算个啥？"

"增加两百，行不？"

一个月有六百，两个月一千二，他的什么近距离游基本达成。算了，得饶人处且饶人，谁叫他是咱的正牌"小三"呢。

开心啊。

一大早我还在睡梦里，儿子已经张罗早饭了。绿豆粥，加杂粮烙饼。这幸福的小日子过得真是滋润哪。然后我去给车做年检，儿子买菜去了。

中午回到家，桌子上已经烧了几个菜，有青椒炒空心菜、丝瓜蛋汤、炒韭菜，都是我喜欢的素菜。还有一个什么王八汤还在锅里炖着，说是来不及，晚上吃。

儿子拿了双筷子恭恭敬敬请我品尝。一样样尝过，除了青椒炒空心菜有点咸，其他都不错。儿子得意地大嚷："青椒炒空心菜是老爸烧的！"晕，敢情又夸错了人。

不放心，问他是怎么买菜的。儿子说，看人脸，哪个菜贩子看起来善良，就买哪个的。哟嗬，学到一招儿，买菜不看菜，只看脸。原来买菜就是买善！高，实在是高！

丫头不怕

"要小心呀，今天是中秋，丫头不怕不怕！"

千般辛劳、万般惊恐所垒起来的委屈山就在这一句话里轰然一声消散。心不再战战兢兢，腿不再柔软发酥。安慰就是最好的良药呢。

不知道从什么时候起，我那帅哥就把保护、安慰我当作了他的义务。受了委屈，如果告诉他爹，常会像小学生犯了错误，遭家长、老师一顿埋怨。其实女人的诉说，不过是一种倾吐，并不指望男人给予什么经验指导、什么生活阅历的应对培训。挨埋怨多了，在家长面前就努力缄口，小事不说，大事没有，天天像个傻大姐。家长看我傻傻的，也放心，日子简单而充实。

可有时候，也会有不小的委屈。忍不住跟帅哥叨叨，谁谁谁怎么难说话，谁谁谁老喜欢占人便宜，谁谁谁做事一点不公正……过后想想，其实也不过是鸡毛蒜皮的小事，可咱家帅哥总能四两拨千斤：哦，就当他们是你的学生，不气不气！然后看着我，眉头拧成个疙瘩，一脸的长者不放心晚辈的神情。是呀，如果是我的学生，我哪还会生他们的气？

一句话，就温柔地化解了我的心头烦恼。

　　私下想想，自己这四十不惑，竟然不如那二十弱冠。莫不是自己已老得让小子当孩童在宠了？但被宠的感觉总是好的，该享受的时候还是坦然地享受。也许这十几年的教育，让小子遭受了太多的挫折，生生培养了儿子的好脾气、好性格。难怪见过儿子的同事们都称小子为"新好男人"。

　　有时候我来常州上班，不管他爹送不送我，只要小子在家，总会拎起我最沉的包送我上车。临了，总不忘关照一声"路上开慢些"。也许，恰恰是分离让孩子长大。也许，是小子天生的高情商让他细腻。虽说离家时，心里总有小小的不舍。那种浪迹天涯的惆怅也会情不自禁地升腾。但小子真诚的关怀，总让我心存温暖，在这温暖里，一切的人、一切的事都是善的、美的、顺的。静下来的时候，心里却也如明镜般，不要太贪恋孩子给予的爱，他终将拥有他的家庭、他的生活。我和他父亲即使再爱他，也终将是他生命里的过客。在这深深的母子情分里，我依然还得学会拿起、放下。当有一天，我成为他小家庭的外人，我还得学会豁达地忍受那份被遗忘的清冷。在张望他幸福的小家时，不必失落，更不必嫉恨，唯有真诚地祝福再祝福。我们能拥有孩子多少年？有一年，便珍惜一年。有一天，便珍惜一天。

　　其实今天，只是因为中午出家门不久，刚开上正道，俺那宝贝小红车就和一辆飞驰而来的摩托车狠狠地撞上了。我以为一场血祸在我的手下被制造出来，差点儿闭上眼就不敢看了。结果，被撞的那先生竟然自己站了起来。看到我吓傻的样子，竟然说："我有数的，不太要紧。也怪我，开得太快了。"好生感动，撞了人，竟然还遇到不闹事的好人。我还以为他站起来一定会送几个老拳给我的，我都做好了受伤的准备。没有大伤最好！于是，飞快地打110，打电话向孩儿他爹求助，打电话给保险公司，急送伤者去医院，再打电话跟领导请假，打电话请同事代班，总算交代清楚。还好还好，那人没有大伤，只是一点小小的皮外伤。老天保佑，没让我背负一辈子的良心谴责。去交警中队把事情处理完，已经几个小时过去了。

强作镇静赶到红梅公园时，同事们已经把演出的准备工作做得差不多了，真诚地感谢一下他们。

等孩子们在今晚的"月满龙城"诗歌朗诵圆满结束，回到家后，我突然觉得两腿似乎再也抬不起来，迫切要寻个人安慰一下。儿子中秋没回家，他在学校忙着宣传策划迎接今年的大一新生。有了大家，就顾不上小家了。我发了条短信告诉儿子自己闯下的祸，很快小子回信息：你和那人不要紧吧？听我说不要紧，马上就回：要小心呀，今天是中秋，丫头不怕不怕！

感动！

当年强势的母亲，如今已甘愿做一个被小子宠的"丫头"。不知儿子打出这样一个称呼时，内心对那迫切寻求安慰的母亲，怀着怎样的疼惜？

看来，女人的一生，应该是由弱到强再到弱。女人当年的强是因为孩子的弱。而女人后来的弱，则激发了孩子的强。身为女人，该弱的时候就弱一点吧，不管自己生的是女孩儿还是男孩儿。你不弱，也许孩子一生都不能强了。

这个中秋，虽然烦心事不断，但因了那份宠溺，因了周围一干人的宽容和善，心头依然圆月高悬。

中秋快乐，中秋共月！对自己、对家人，也对一切的地球人说。

带着娘看儿

想娘,也想儿了,就接了老母亲和二姐去南京看儿,一举多得。

路有些远,导航又出了问题。好在朋友雪中送炭,解了我的危机。二姐不放心,也陪着我,省了我好多心。

母亲没去过南京,听我说要带她去看宝贝外孙,竟然做了红烧鸡、煮了茶叶蛋,要带给那个心心念念的宝贝疙瘩。二姐也煮了螃蟹,作料都调好了。加上我也烧了一只啤酒鸭带着,小子的口福大了。比起我当年读三年师范却没人来看,不知幸福多少倍呢。

一路听着母亲快乐的唠叨,听着二姐对母亲话多的责备,像夏日的微风吹动树叶般的宁静安详。有儿女陪伴的母亲,此刻该是孩童奔逐般的欢乐吧,就如当年母亲带着我去外婆家一样的美妙。

大学的校园浓荫蔽日,鲜花满坛。一个个活力四射的年轻人更是搅热了这满园的馥郁芬芳。停了车,贪婪地欣赏着,尽情地吮吸着。因了一个人,这校园里的一切都是那样的灵动而迷人。

远处来了一道风景,那个万千人中也能一眼看出的青春活力的身影,就那样迅速进入了我的视线。这个身影一步步跑近，笑意便从心中一层层荡漾。到了车里，这身影一把就抱住了外婆，把我这妈晾在了一边，可我心里却还是快乐的。

玄武湖里的游船，载了一舟温馨，儿子请客坐游船呢。湖里的残荷，岛上的梧桐、香樟，苇叶上摇晃的水鸟，湖四周的高楼亭台，堤岸靠椅上偎依的一对对小恋人，都把这湖渲染得一片清灵通透。二姐唱起了歌，郭兰英一般的清亮，她的歌声一直是我喜欢的。儿子也和起来。歌声在湖面飘着，像水鸟打着旋儿在湖面上翩飞。母亲笑了，极甜，极舒心，尽显八十几岁老妇人的妩媚。这是我第三次来玄武湖了，二十多年前来过，十多年前也来过，那时从没觉着亲切。今日，却深深喜欢起这并不清澈的湖来。南京，如果少了玄武湖，那将失去多少的美？

我给母亲照相，给儿子照相，给二姐也照，一张一张，以南京站为背景的，以小子学校为背景的，以芦苇、香樟、画舫为背景的。背景在变，主角却一直是笑着的。我要尽早把这一张张照片洗出来，希望这一刻，这些照片，成为母亲孤寂日子里的一份快乐的思念。

离开南京，收到二哥的指令，又去了禄口。这里有二哥的工程队，工程队就在一个休闲会馆内，集餐饮、休闲、娱乐一条龙。母亲更喜欢了，她喜欢的不是吃喝玩乐，是因为她的女婿、侄子、外孙、邻里，多少相亲相熟的人都在这工地上。酒宴上，母亲意外得到了许多的见面礼，也得到了更多的祝福。侄儿对奶奶更是宠得不得了，半年多没见了，这会儿就搂着奶奶一起坐着，还把袋里的零花钱都掏给了老人家，还嫌不够，又跟大表哥借了100元。母亲不肯要，说自己有工资呢。她指的是近日民政部门刚发给她的七个月敬老费，有350元呢。母亲一说有工资了，大家伙儿就都要跟她借钱花，把母亲逗得直笑。一个农村的老太太，年轻时大概做梦也没想过有一天也拿几个国家的钱吧，这惠民措施还真打动了像母亲一样的老年人。我们给得再多，也没有国家给的让她扬眉吐气。

其实大家都清楚，对母亲来说，缺少的不是钱，而是儿孙绕膝的天伦之乐。母亲一生勤劳，一生与人为善，还用她的土医术救了许多孩子，她的积德行善换来了儿孙的幸福安康，这让她颇为安心，也活得理直气壮。但她却依然孤独着，因为不习惯城里的生活，不肯坐等现成的饭菜吃。不安分的儿孙们却一个个远离了她在外地打拼，她却用她的老迈之躯为我们守着那个温暖的避风港，给我们一个安定而温馨的念想。如今农村留守下来的大多是跟母亲差不多的老人了。老有所养的养，已经不再是普通地养活老人，而是如何养乐老人、养安老人。可这乐和安，如何才能做到呢？幸而一生劳碌的母亲，依然身体健朗，尚能自我照料。只是，想着母亲一天天衰老，心里始终是悬着的。

夜路回家，母亲已在后座睡着了，盖着我准备的那条小花被，均匀的鼾声伴着轮胎声一起响着，一样的恬静。把母亲送到二姐家，已经七八点了，我再走40公里回城里的家。虽然辛苦，却让我对母亲愧疚的心稍稍得到一点安慰。希望以后能多花点时间陪陪母亲吧，与她相处的机会，已是弥足珍贵。儿子在想着背离我的时候，我却想着离儿子近一点，这也是给我带来的感悟。

低进尘埃是爹娘

儿子回家。
"想吃什么？妈给你烧。"
"不要吃。"
"你爸买了鱼头、草鸭，还有牛肉……"
"我和同学在外面吃。"
"在家陪你妈吃餐饭吧，啊？"
"算了，让他和同学一起吃。"
"好好好，我晚饭陪你们吃。"

我回家，娘家。
"你想吃什么？我去烧。"
"不要吃。"
"你看，我买了肉还有鸭子，知道你放假会回家。"
"不吃，我要回家给儿子烧晚饭，他一个月才回一次家。"

"你上个月回来也没吃饭。"

母亲脸上没了笑意。

"我割点菜你带回家。"

"不要。"

"你总是不要,人家女儿都要。"

母亲黯然。

"好,我要。"

菜地,韭菜、莴苣长势真好。

"前几天我端着痰盂想给菜浇粪,摔了一跤,腿肿得不能走路,烧开水都没力气。三天后才消了肿。"

"我打电话你为什么不告诉我?!"我大吼。

"我怕你不教书就跑回家。"

母亲泪流满面。我帮她拭泪,弄了她一脸泥。

又是母亲节

　　昨夜，超级月亮来了，错过，一错再错。下回超级可否有？再过三千年。儿子不在家，那位加班，顶着月亮返回常州，心情凄冷打了结。半夜，月色惊梦，坐廊间听月。高架扰月月不静，此月非彼月，彼月成回忆。一个人独处的日子，多了点自怨自艾。

　　今天上午，同事帮我领来一个小邮包。打开，是一条银项链，缀一颗象牙色透亮珠子。生平不喜首饰，何人替我网购？同事戏谑，情人送的吧？想起本周日，五月第二个星期日，暗喜。打电话给小子，不接。短信："谢谢帅哥节日礼物，极意外！极喜欢！"小子中午才回电，嘿嘿笑，曰："特意没告知，怎么就猜到了？"九月怀胎，二十年相依，打断骨头连着筋，焉能不知？今晨挂脖间，窥镜自醉。为这链子，配波希米亚裙，尽被乐包围。

　　傍晚接小子电话，言初中班主任王老师不幸病亡，年五十又一，本周日他们全班同学从各地高校返乡去恩师坟前祭奠。悲恸欲绝！王老师也是本人同乡，爱学生若子，家长、学生、同事，对他颇有赞誉。人说选名校不若选名师，当年同小子选光华初中，就是奔他而去。三年光阴，小子及该班进步非凡。小儿常叹，他日不论是否有作为，定当报答师恩。然而，一命灰飞，徒留怀念。今夜皓月当空，就当遥寄问候，望王老师辞别人间悲痛，天国安好！

独巢被占

家有小子比较胖，自认为"矮穷矬"。小胖子还说成不了"高富帅"，暑期就要自食其力，不用爹娘钱了。这话让人偷着乐，明知话里有水分。接着电话里联系了"恐龙园"，说找了个暑期工，每小时9元，胖手指那么一掰："哇，每月两千几！五千元可以带着妹子旅游喽！"就搂着我跳起来。跳完立马约了另一大学瘦哥们儿，说包吃包住月薪两千几，一同进发恐龙园，干不干？"当然干了！"同学说。

小子的同学常来我家蹭饭，我问谁给你们包吃住呀？"你呀！"原来小子看上我那暑期闲置于常州的闺房了。

得儿驾，回常州。打扫卫生，采买生活用品。男士防晒霜、洗面奶、水果、牛奶、米、生姜、大蒜、茴香、花椒……能想到的都买了。空调坏了，冰箱坏了，悲哀的，一个人时从来想不到要修，宝贝来了，焉能不修？我的钱哗哗哗都化作雪片飞了。近来囊中羞涩，出的书还没卖出一本，仅存的生活费就被盘剥了，找谁报销？先不管，把烦恼打包再压缩。完了，写一横幅："欢迎帅哥入住！"贴在大门上。

接了俩小子大包小件地上了楼，走到大门口，他们抬头一瞧，心情大畅，两只"爱疯"立马疯拍起来，说要发微博。哈哈，满足了他们的自恋，瞧瞧咱这几十年的心理学修为。

　　为培养孩子们的独立生活能力，俺先从给丝瓜削皮训练起。不好意思，这临时的住所没有刨刀，只有菜刀。在俩小子的精诚合作之下，削了皮的丝瓜华丽登场。呀，整个一山水雕塑，俺吟："奇山丽水狗儿嚎，远近高低各不同。"那俩不才者，竟然又厚着脸皮拍下发微博，名曰：屌丝瓜！

　　夜里，竟然没占我的网络，但俩小子在客厅里电脑一摊，空调一开，连起了局域网，玩起了游戏，再也没空理我。

　　把俺气得柳眉倒竖，河东狮般叉腰训问："敢情你们不是来打工赚钱，而是来玩游戏的？"

　　俩小子竟然异口同声厚颜无耻又极其无辜地说："被发现了！"言罢，还摇摇头，撇撇嘴。

　　夜十点，我困了，关起房门准备睡。胖小子说："今晚保证你睡得特别安稳，两个保镖保护着你呢！"

　　"切，我更担心。怕你们偷了我钱去外面上网。"

　　瘦儿子说："又被发现了！"

　　门关好了，还听到那胖儿子悄悄说："走，我们去上网，别给娘听到。"

　　切，还在逗弄我，装没听到。

　　陪住了一夜，一切安排好了，想一周来看他们一次，顺便送点补给，问他们一周后会不会垃圾堆满门口进不来？胖儿子一本正经地曰："不会的！"正窃喜，他又接着曰："苍蝇直接把你推下楼！"瘦儿子补曰："还有臭鞋子、臭袜子、臭脚丫子把你熏下楼！"

　　可怜我的闺房唉！

瘦儿子一早起来联系恐龙园打工事宜，那边说等回音，急呀！

胖儿子就苦着个脸对着我边舞边唱起来："找工作的日子真辛酸，没有妹子没有饭，想回家都没有买车票的钱。"

唱完就问："大姐，是不是上一天班就结一天工资？"

"当然不是，怎么也要一月一付吧。"哪知，人家陷阱挖好了，就等着我跳呢。

"那行行好，拿几个生活费来吧？"

"前几天见你手头还有好几百的，怎么就花光了？"

低着头，小眼珠子偶尔抬起偷看我一下，一副哈巴狗状。这几天就见他跟同学一起疯玩，听说，那开支都是这小子一人付的，这事也埋怨不得。

"说吧，假期生活费要多少？"

"每月五百？"

"我们合起来一千！"瘦儿子插话。

"电费、水费、煤气费大概要五百吧，房租为零，你们还剩下五百吃饭，两个月哦。"

华丽转身，留个背影给他们。

早饭，我烧的，再尽点义务。一人一碗粥、一个麻团。其实都是昨晚剩下的，特意节省着没倒掉，以身作则呢。

胖儿子喝了半碗不喝了，说留着晚饭吃。瘦儿子吃了半个麻团，也放下，说留着明天吃。

看我不理他们，又厚颜吃起来，而且狂吃红烧肉，这是我准备给他们吃三天的荤菜啊，大概准备今晚就吃完！

"猜猜一月后，你来会看到啥？"胖儿子又来惹我了，不答！

瘦儿子说："一个倒在厨房里，手里拿着锅铲，硬邦邦的。"

胖儿子马上接口："一个躺在客厅，手伸向冰箱，墙上血书一封：饿！"

本人练就了百毒不侵之功，于无招儿处胜有招儿，不抬头，不吭声，无表情。

吃完，碗一推，曰："今天我吃了中饭走，从现在开始，我是客人，你们是主人。"俩小子同时长叹一声，一起收拾碗筷，然后下楼买菜。

不一会儿回，瞧，在"他们家"做客，就一条小鱼儿、一把青菜，抠门儿到了一定的程度。

行行好吧，恐龙园，早点把我家两只小恐龙招去，不然这鹊巢白占了。

七夕之"作"

女人大多是喜欢作的,哪怕是做了娘,成了祖母。

这不,今早终于有权利作了。

前一阵儿陪了老娘二十天,这老太太也挺爱作。自从北京归来,天天叨咕:"我要回家!我要回家!"好像我把她当作了童养媳天天虐待她似的。要不是天如此暴热,我早就把她丢乡下去了。这几日烧饭、洗衣、拖地、抹桌,挥汗如雨,写作计划已丢弃一旁。

嘿嘿,昨天老娘被我送乡下去了,耳根清净,一夜好睡,不曾有梦。今早饿醒了,一睁眼,八点。往日老娘五点多就醒了,她在家东转西转,"噔噔噔"的脚步声,转得我灵魂出窍,生怕她一甩门,离家出走,少不得起床安抚一下,然后再睡。

饿得头晕眼花,俺推开大学生的房门,还在酣睡。我往他床边椅子上一坐,就嚷:"饿死了,俺想吃早饭!"伊眼皮都没张一下。

拧一下屁股蛋,那肉好紧,继续嚷:"俺要吃早饭!"

伊抬手一巴掌,不偏不倚打在我手背上,特疼!俺揉揉发红的手,坐在床侧，反思一下，才八点，虽然饿，但根据儿子的生活规律，不到九点是不会醒的。没饭吃，咱吃书。这不，前天收到童话王子冰波老师快递来的签名版七本童书，已经读了四本，以弥补创作中悲哀衰弱可怜可气的想象力。转眼半本读完，再抬头，亲娘哪，他还在酣睡，嘴边还流着哈喇子，这还让不让人活了？

我把他肥硕的左招风耳一揪，对着轻吼："出人命了，出人命了！"

这小子终于睁开惺忪的眼问："干啥？"

"我要吃早饭，饿死啦！"

这家伙一骨碌爬了起来，立马进了厨房，锅碗瓢盆交响曲顷刻响起。我捂嘴偷笑，阴阴的，这一顿"作"，终于有了效果。

一刻钟过去，厨师喊起来："饿死鬼，吃饭啦！"

"来啦！"俺打冲锋。哈哈，桌上好吃的一大堆，一碗金黄的鸡蛋炒饭，一杯开水，一块豆腐蛋糕，还热了一盆莴笋干红烧鸡，虽然糙了点，但比起饿肚子总还是好的。

我陶醉地吃，小子一边刮着小胡子一边踱步问："饭熟没？刚才一边打瞌睡一边炒的，鸡蛋壳也不知有没有掉进去，那壳上好像还有鸡屎……"

话没说完，抽身就逃。我才懒得追呢，就算你胆子再大，也舍不得如此捉弄老娘。

一会儿小子出门，说是买啥礼物。

我饭没吃完，小子回，手里拿两朵玫瑰。哇，七夕情人节呢。小子抱拳送俺一朵，曰："娘，情人节快乐！替老爹送的哦。瞧，没情人有啥要紧，生个儿子当情人！不过，玫瑰确实有点贵，一朵20元。"

小子穿戴整齐，拿另一朵花出门去，回头丢一句："今天我不回来吃中饭，你自己解决啊。"

切，我也有女友相邀！

最恨是刀塔

　　如果问我恨啥，毫无疑问：刀塔！

　　不知是哪个"小可爱"设计出来的，什么一百单八将，什么力量型、敏捷型、智力型，什么五人一组，两队决战，什么去年在上海举行的亚洲邀请赛光奖金就300万美金，在美国西雅图举行的世界邀请赛，奖金有1400万美金。切，那美金有一分属于你吗？中年大妈才不入你的道儿。

　　去年上海亚洲邀请赛，俺家"90后"花了99元门票钱千里迢迢从江西萍乡工地，直赴上海赛事现场观看。路费多少，咱就咬咬牙不计较了。还跟巴基斯坦那个七岁开始打刀塔、现十五岁的小伙儿——EG战队Sumail合影一张。臭小子吹嘘，最终那小伙儿还是此次冠军组成员。人家拿冠军，人家拿美金，跟你有一毛钱关系？直接把"90后"的嘚瑟当球踢了，咱就看不见冠军，咋的了？还说刀塔已经成为奥运会比赛项目了。看他那喋喋不休的样儿，就是想把我拉上贼船，才不入他的道儿。俺玩游戏的时候他还不知道在哪个犄角旮旯呢。

话说"90后"瞒着我玩游戏已经有些年头了，为了治他，阴谋阳谋也算用尽，当然也包括发动他女友把他拉下马。谁知，女友被他拉下水，也进了刀塔战队。女孩子难道也禁不起游戏诱惑？两个不争气的，真是操碎了为娘的心。他俩若真结了婚，这一天到晚打刀塔，还有人烧饭、洗衣、带孩子吗？不行，得治！

那天给刀塔气大了，参加完班里孩子们十岁生日成长礼，回到家已经六点半，此前已经跟"90后"衰哥预约过，本妇大约六点半到家，整点晚饭给我吃。心里想着，这一段时间，俺这当娘的天天煮香的炒辣的，早餐还变着花样儿，鸡蛋饼、印度飞饼、粽子、汤圆、小馄饨，虽说那些吃食卖相常常不咋样，但味道不差呀。俺也就一个心愿，想把"90后"衰哥整成帅哥，把他那肚里的肥油给甩掉点，看起来顺眼点。他一顺眼，俺也会顺他人眼一点。天晓得，六点三十五分到家，人家正在玩刀塔，守着那台土豪金的超大电脑，玩得那个嗨，真叫枪林弹雨、惊天动地。

中年大妈中气一向不差，"河东狮吼功"立马爆发："我要吃饭！"

"切，不早点，正当我开局的时候回家，等等！""90后"瞟了我一眼，继续酣战。

等等，自然等等！要不是今天食堂又是吃那个嫩肉粉烧大排，害得俺荤腥一丝儿没沾，也不至于饿到肚子疼。

等吧，世上还有啥比刀塔重要？

中年大妈一天班上下来，公园里又跟一批孩子听月季介绍，追了一路，闹了半日，一身老骨头快散架了。我躺倒在沙发上，眼瞅着"90后"纵横于硝烟弥漫的战场，苦等半小时，未果。再嘶："我要吃晚饭！"

人家头都不回了。

一鼓作气，再而衰，三而竭。

睡吧，俺娘说了，在饥荒岁月里，他们就是用睡来抵饿的。睡了一会儿，想起娘还说过，有人睡着睡着，就再也起不来了。俺会不会再也起不来？小孙孙还没见过呢。不成，饭可以不吃，装是一定要装的，不为别的，就为报复刀塔，也必须坚持。俺有个宏伟的理想，得把衰哥调教好，以一个成品男人交到儿媳妇手里，让未来儿媳责怪我的理由尽量少一点再少一点。

洗衣做饭哄老婆，这活儿"90后"不都得学？关键是，家务有了，刀塔远了，每每想到这一层，内心不免窃喜。

那俺就先牺牲自己，以身促教。

俺抄起一只拖鞋再嚷："我要吃饭！"

不理。哼，先礼后兵。

"啪"，拖鞋君不偏不倚正砸中衰哥后背。那鼠标果然抖了几抖，瞬间救下几条敌军性命。内心畅快好些。

人家回头瞪我一眼，咬牙切齿。再看我那幸灾乐祸，又龇牙咧嘴的尿样，不由得笑了。鼠标暂停，慌忙进厨房，一阵忙乱，水放灶上了，煤气点燃了，冰箱里大概是水饺或汤圆拿出来了。这食，唉，有的吃就不错了，还嫌东嫌西作甚。这厮又像离弦的箭奔电脑而来，那肥屁股上的肉晃荡着，似乎都在抗议我从中作梗。

人家继续玩刀塔。好吧，总算看到一线生机，肚子疼也似乎减轻了。

心静人耳聪："水开啦！"

人家回头斜我一眼，知道那肚里在骂：倒了八辈子霉，碰上这样一个会作的老娘。俺就要把作进行到底，整不到老的，还会放过小的？

衰哥急急忙忙冲到厨房，饺子下锅了。衰哥出厨房，上电脑，进厨房，再出厨房，如此这般，此处省略1000字，一碗成品熟饺子总算到俺手里。亲娘，50分钟过去了，等一餐饭容易吗？

俺从盘子里搛五个吃了，肚子还疼。丢边上。好家伙，这厮说，冰箱里就这几个饺子，他也没吃呢，有的吃，派头还这么足。端过余下饺子，立马三口两口吃了。大厨一不烧饭，这日子过的。回厨房一看，气得火冒三丈，饺子包装袋里，还有一只漏网的鱼。玩游戏的人，一颗花花心啊。在这饥荒的岁月里，竟然还把粮食随意糟蹋。

君子报仇，十年不晚。

昨晚 11 点，衰哥还在玩刀塔。真是恨从心头起，恶向胆边生，是时候了，俺悄悄拔下无线路由器插座。不出三秒，房门咚咚响："行行好，我马上就结束了，就十几分钟。明天帮你拖地，好不好？"

拖地，这事儿还可商量，俺这功利心又起了，俗话说，见好就收呗。插上路由器，让刀塔继续前进。

唉！写这文章也是被逼的。俺说过，只要他游戏玩得过火，俺就写文章损他。可人家脸皮已厚比城墙，才不在乎我骂不骂，只要不影响他玩刀塔，让其拖地，行；烧饭给我吃，也行。

一会儿，"90 后"与姑娘视频，听说我在骂他俩玩游戏。姑娘竟然大言不惭，说将来若生了孩子，如果读书不行，不如早点让他玩刀塔。啊，气死我了，哪壶不开提哪壶啊。难道这刀塔还准备继续祸害我家下一代？我可是准备要培养一个学者的。

有人说，"60 后"不放心"70 后"，"70 后"看不起"80 后"，"80 后"对"90 后"嗤之以鼻，每一代都觉得下一代不如自己。可事实是，哪一代没超过上一代？

最少的干扰,最好的爱

网友"七色光1971"写了篇《我为白衣天使点赞》一文,我看到了一个努力不给医生添麻烦的病人,也看到了一群悉心为病人服务的医生,有些感动。

此文勾起了我对住院期间的回忆。两年前,我因为声带小结无法授课,经医生诊断,建议尽快手术。手术前也曾担心不送红包是否会影响手术质量,但我没有送红包的经验,实在也不知道如何送。后来医生帮我做的手术很成功,她看病时的态度温和细致,护士们的护理也挺尽心,恢复得不错。看来很多时候我们对医生术前要送红包真是想多了。如果说医院还有什么让我不满意的话,那就是清洁工对病人的态度有点过了。后来想,清洁工书读得少,又在医院这样的环境里工作,病人与病人家属在疾病面前,心忧气短,情绪不稳,能善待他们的估计也并不多,有这样的素质也正常,便释怀了。跟他人过不去,常常也是自己修为不够。

住院期间为了不给亲友、同事及家长添麻烦,我瞒了所有人在常州动手术的事,有人问起,一律说是在南京动的手术。若不是因为全身麻醉,要家属签字,我连儿子都不会通知的。那时老公在北京帮二哥负责一家商业广场装饰工程的后勤工作。二哥的工程接近尾声，整天要面对各个部门各种名目的检查，他也脱不开身。为了不让老公担心，我连他都瞒下了，虽然当时也很希望他在身边照顾我。但让我感动的是，还有朋友和家长竟然跟南京各个医院打听过，说没有我住院的任何信息，问我到底在哪里，能瞒则瞒吧。每个人都有属于自己一摊子的烦心事，我也只是个普通人，任何人离开了我的存在都能过下去，不能帮助人就罢了，也不要给他人添麻烦。但还是有一个朋友来看我了，她说是她的亲戚在这家医院上班才得知的。我怕其他朋友到医院打听，马上跟医生护士约好，若有人打电话来寻问，就说没有我这个病人。这几天不能开口，又关了手机，读读书，写点文字，极清静，嗓子也恢复得比较好。很高兴的是住院期间写的一篇一万多字的短篇小说《告别李家渡》还在省刊《雨花》杂志发表了，真是意外的收获。病人不被打扰，得到了最好的休养，这岂不是最好的爱？事后想，最让我坦然的是，没有给更多的人增添麻烦。世上没有无缘无故的爱，也没有无缘无故的恨。付出了不要想着回报；得到了，有合适的机会一定记得报答。至于欠下的那位朋友的情，可以慢慢还。

今年暑假到浙西玩，那里的农家乐极实惠，吃住一天，每人80元。那天我们一行人爬山爬累了，想让老板给我们多添两个菜。社科博客群的老群主周晓东先生说："在文物保护工作中需要遵循最少干扰的原则，这是对文物最好的爱。对人对事也一样，人家已经如此优惠了，你还要跟人家要这要那干什么，我们也要遵循'最少干扰'的原则。想加菜，要么自己掏钱，要么自己买菜动手烧。"

想想也是，这一世人生里，许多人活在不断的需求中，要名要利要实惠，变着法子想多占一点便宜。记得有一个朋友说，她的土豪亲友出国旅游，发现欧美国家公共厕所里的厕纸质量特别好，而且可以随意拿，于是搜罗了几袋公用厕纸带回来，用到过年也用不完，还大言不惭地向亲友吹嘘，并以此为礼品赠送亲友。这举动颇让有点素质的亲友们无地自容。至于有国人在外面买了衣服不撕吊牌，穿了一两次后到商场退掉之类的事，据说也是常有的。我们的实惠如果建立在侵犯别人利益的基础上，这种过度的自我就已经很大程度上干扰了别人，侵占了别人的利益，又如何能坦然立世？人活一世，草木一秋，多设身处地站在对方立场上想一想，心态就会平和许多。

前一阵网传一位孕妇吃火锅时，被服务员热汤浇脸，也曾闹得沸沸扬扬。虽说这孕妇也是受害者，但某种程度上说，她也是咎由自取。不能因为你是上帝，就无法无天，高高凌驾于营业员之上颐指气使。对他人的行为少一点干扰，多一分理解，多一点尊重，也是给自己多一条活路，是对自己生命真正的疼惜。再说，平民何必为难平民？

朋友管理酒店，她说客人离店时，最能看出人的修养，有素质的客人离店后，房间与没进之前相差无几，依然干净整洁，被子毛巾很少有污渍，各种用具依然待在它原来的位置。有客人离店后，房间好像遇到了恶人打劫，又脏又乱，给酒店管理人员带来了很大的麻烦。

家庭教育也是如此。儿女慢慢长大，渐渐有了自己的空间，自己的伴侣，自己的小家族，自己的人生观、世界观。如果家长对儿女依然喋喋不休，管东管西，儿女厌倦家长事小，无法形成独立的人格，不能独立于世，事儿倒是大了。每个人的成长自有其自身的轨迹，强求不来。再放之于夫妻之间、朋友之间、上下级及同事之间，莫不如是。

今日山里行走，偶然见了一枝红叶，藏在枯树杂草丛生的白墙黛瓦间，无人干扰，悄生慢长，却是好一幅清丽端雅画面。

最少的干扰，最好的爱，这话细品品，愈加有理。

第二辑 为师篇

"后妈"转正

回想刚做"后妈"那段时间，心仍戚戚。

去年九月，接了一个新班级，做了"后妈"，我使出浑身解数讨好那批新教的孩子。谁知，笑脸没换来笑脸，换来的是吃力不讨好。

看他们那么怀旧，当他们"亲妈"的节日——教师节来临前，我就让他们每个人给他们"亲妈"写了一封信，希望他们尽情宣泄一下，然后可以把恋旧的心绪放一放，注意力慢慢转向我。结果老马失蹄，此举让我这个"后妈"立刻蜕变成白雪公主的"后妈"。

他们不知道，他们"亲妈"的节日，也是我的节日啊。综合实践课上，是我领着他们做的贺卡，让他们一张张都献给了他们的"亲妈"。节日那天，我偶尔分到的不过是些"残羹剩饭"。居然有人说，没做成功才给我的。他们还把那礼物随意地往我讲台上一丢，颇有"嗟来之食"的味道。更多的是高喊着："走，我们给某老师送去。"那张扬的劲分明是说，气气你，就不送给你！能不能得到礼物，对我来说实在没什么，但此事，让我看到了与他们"亲妈"的差距，不得人心哪！都说"得人心者得天下",人心不聚,这一大家子还能发展好?唉,当人"后妈",不努力不行啊!

好在我可爱的"前孩子们"也从遥远的地方给我送来节日的问候,稍稍平复了我的失落。你看:小安寄来了快件,是一张自制的拉花贺卡,光邮费就是二十几元哪;小骞、小怡、小婧等纷纷发来了节日祝福的短信;还有更多的"小花"们通过网络也给我送来各种节日问候;更有小昕买来鲜花送到我老家,说星期天我回家就能看到了,那就能品尝到节日的快乐了。节日那天下班,还接到小晨的电话,电话接通,一声"老师我想你!"然后就是号啕大哭。我也被他惹得在电话这端清泪长流。什么叫睹物思人,什么是电话千里寄相思,我真懂了!后来,小晨边哭还边问:"有没有谁对你不好?如果他们对你不好,你还是回来吧,今天我们分散到其他班的许多同学都聚在操场上一起想你,一起哭。"我才知道,我的离开原来也伤了这么多孩子的心。做老师的,也许无法跟一些热门职业比收入、比地位,但唯有这纯洁感情的收获,别的职业永远也比不上。

面对现在的孩子,我终于释然了,我的"前孩子们"就如今天的他们。三年的"亲娘"啊,从那么丁点儿,一天天地拉扯着他们向着光明、智慧、美好行走,多少的情义刻在血脉里呢。这些孩子,从懵懂无知的小孩儿,长成三年后他们自以为有着成人思维的小大人;从当初的不识一字,到今天能写出流利、真情的文章;从当年的散漫自由,到今天的知书达理;从嫩生生娇滴滴的小雏儿,经过三年长成今天的大家庭主人……哪一点成长离得开他们"亲妈"的帮助和指点?那一点一滴的感怀,无不占据着他们小小的心灵。再说他们的"亲妈"又年轻又温柔又漂亮,我这满脸的秋霜,无论如何也不能跟年轻的老师比呀!都说失去的才是美好的,我这不请自来鸠占鹊巢的,不给我一点颜色,怎抚得平他们内心的气恼?得,这醋就慢慢吃吧,这"后妈"的日子,就慢慢熬吧。

从此，我改变了"后妈"一贯小心翼翼的低调样。大张旗鼓做我的正牌"老妈"吧！

第一招儿，枪打出头鸟。那些一个个在我面前小试牛刀、飞扬跋扈的刺儿头，经过一次次的交锋，软攻、硬攻、火攻，再加最狠的心攻，奖状礼品：绿牌、黄牌，加上恐怖的红牌，让他们知道了我这"后妈"也不是好欺的主。除了遵守服从、群策群力，好像也没找到打倒我的招数。

第二招儿，网罗池中鱼。孩子们虽小，对待集体荣誉还是极其看重的。我就把学校的一些荣誉当作一条条捕获的鱼，一条一条地去捞。他们最喜欢的"大鱼"就是"流动红旗"。听他们自己说，三年来，这"大鱼"在咱"家"仅待过很少的几次。这一点有个原因，我班的孩子据说是年级里最聪明的，但也是最调皮的，副课老师常拿他们没辙。但那是条"大鱼"啊，每周挂在教室门上呢，看得见摸得着的东西，红艳艳的，谁不喜欢？孩子们想啊，做梦都想，可就是无缘。经过调查分析，原来几个调皮捣蛋王在艺术活动等课上经常打架吵闹，所以常常被扣分。于是，我单独找他们签了军令状。每节课的课堂"小间谍"下课后都要向我汇报他们的上课情况，用来做奖惩的依据，也经常跟各学科老师了解情况。终于，上课常规分高起来了，而且常常得满分。由此，我们的课堂质量也有了很大提高。

但"流动红旗"还是与咱家无缘。想想都冤，私下里我也嘀咕，可只要是小孩子们在乎的，都是大事。孩子们向往的，那一定是真理！于是再调查，再分析，原来是我们班课间、午间加分不够。我们做得挺好，为什么加不了分？经过几次课间侦查发现，原来咱"家"独居四楼，"危楼高百尺，就是没人见"，值周老师的贵足上不来高楼，看不到我们的良好表现，自然就没人加分。做了好事别人不知道，对我个人来说不重要，可对孩子们来说那很冤。于是我找少先队大队部查询。大队部一调查，发现很多值周老师居然不知道咱班也是他们值勤的区域。此时，已经过去三个多月了，这三个月来，由于我"地头不熟"，也由于咱班前期确实有点问题，再加上值周老师的粗心大意，咱"家"竟一直是"被遗忘的角落"！这事，立刻引起学校值周组的重视，据说为此还开过专门的会议。当然，我们也进行了一点调整，每次去其他专用教室上课排队，不走原来的偏僻小道，"招招摇摇"地从值周老师面前走过，以引起他们的重视，争取多一点打分的机会，所谓"山不过来，我就过去"。

问题找到了，目标果然就达成了。孩子们朝思暮想的"流动红旗"终于喜滋滋在咱家大门上安营扎寨了，美啊！第一次拿到红旗，他们乐得跳啊蹦啊，好高兴。

从此后，好事一桩桩。这不，作文比赛、讲故事比赛、大队委员竞选、田径团体赛、跳蚤市场义卖、学生习作发表、综合实践优秀作品展，咱班都榜上有名了，一张张奖状大张旗鼓地贴到了教室后墙。孩子们的脸上挂着满满的自信。

当然还有上学期的一件事也起到了积极的推进作用。我们班一名同学确诊甲流，而且相互传染，使得本班一大半人在家休息。剩下的一小半同学和我们几个老师，以及本班可亲可敬的家长们紧紧团结在一起，通过网络、电话等与生病及在家休息的同学一起勇敢面对挑战。这次难忘的考验更增强了我们师生的凝聚力。

这学期，为了奖励他们的努力付出，每周我们班都要评奖，诸如男子汉奖、巾帼英雄奖、学习之星奖等。有的同学某方面有点困难的，评奖的难度就放低一些，比如把字写端正、上课积极发言、不与同学打架、每天按时完成作业……只需达到其中一条就能获奖。孩子们发现，实现这样的目标并不难，稍微努力就达到了。就这样一张张小奖状让孩子们每周都有了盼头，他们的心往一处想，劲也就往一块儿使了。

终于，一个个小淘气、小捣蛋、小刺儿头都成了我的爱将、我的知己、我的小棉袄。

　　这不，我的手机不知被谁悄悄贴上了光彩夺目的水钻。我的包常常有人塞进各式的巧克力、奶糖。冬枣、枇杷、小柿果，这些可爱的小水果，常常不知何时、不知被何人放在了我的讲桌上。我上班的电脑包总有人抢着去拎，我们班的餐巾纸、手纸常有人无偿地带。我们的日记本、家联本还常常成为我们沟通感情的纽带。张家的妈妈买了件漂亮的新衣，李家的爸爸最爱的是妈妈，周家添了两只可爱的小仓鼠……这些他们都会悄悄与我分享。我终于转正成为一个堂堂正正的"亲妈"，实在可喜可贺。孩子们，感谢我们一起成长的每一天，充满爱的每一天吧。

　　儿子，我把这些也写了给你看，其实有两个意思：一是让你了解你妈妈工作的琐碎；二是从妈妈身上，学会理解你的老师们，我相信你的老师们对你的期待，绝不比妈妈对自己学生的期待逊色。

我的小白云

　　朋友冰波是个儿童文学作家,写过很多精彩的童书,想象力极为丰富,也深受孩子们喜爱。我的一位好友——江苏少年儿童出版社的陈文瑛,除了经常寄冰波的书给我,还特别向我推崇他的唯美童话。有一次她说冰波先生有篇《云朵变的小羊》,写得挺感人,让我读一读。下载后去读,确实极为感慨。故事讲的是云妈妈的孩子小白云跑到地下的羊群中去了,再也不肯回来。云妈妈只得把地下所有的羊群当作自己的小白云,一心一意地跟着,照顾着。

　　那云妈妈是普天下所有妈妈的缩影,而每个云妈妈的孩子,就是长大后展翅飞走的孩子。空巢后的妈妈,自然而然把所有的孩子都当成了自己的小白云。

　　如今,我的小白云也变成了小羊,快乐地跑到成堆的羊群里,连回头望望都难以想起。天上飘忽的白云,如我,每天手搭凉棚寻找曾经属于我的那朵小白云。然而,远处羊群逶迤,漫山遍野,看花了我的眼,却找不到哪一朵才是我的。

幸而跟前还有许多只白云变的小羊，暂且就把他们当作我的那朵小白云吧。

前几天，我班的小白云们提要求，国庆长假不要布置作业。其实我压根儿就没想布置。什么叫长假？就是痛痛快快地玩！平时作业已经不少了，但咱设了个小小的圈套。要求学校每天公布的值日情况，必须有对咱班的两次表扬。每表扬一次就加一分，积满十分，长假作业免做。

小白云们一开始还有点小意见，但我强调，如果这个都做不到，我这做老师的不亏大了吗？他们基本同意，有个别精明的小白云又提出，只剩下四天了，得八分的可能性大一点，十分太高了吧，能不能降两分？想起上周总共得了四分，与流动红旗失之交臂的经历，觉得确实有点难。经过一番讨价还价，最终和小白云们达成一致意见，四天里积满八分，管它得不得流动红旗，假期啥作业也不布置。欢呼声差点刺穿我的耳膜，这帮孩子。

只是万万没想到，才过两天，本班竟然已经被学校值周小组表扬七次，轻松拿下七分。七分啊，这帮小白云，完全能做好的事，竟然要用这样的许诺才能达到。为了不做作业真可谓自律（自虐）到家了，功利心大大的！转而又想，这才是真正的孩子。哪个孩子没有功利心，就利用一下他们的功利心，引导他们一步步走向自律，多好的事！

下课，继续忍受他们对我的勾肩搭背，继续担任他们的临时判官，继续做他们的清洁工，继续批那些永远也批不完的作业，做那些永远也做不完的杂事。忙碌却又快乐着。

正埋头整理作业呢，那边手机短信铃声响了。一朵小白云已经毫不客气地打开我的手机。他们刚看完短信，就嫉妒地喊："你的鱼儿发来的。"哈哈，我的小白云们总算回了一下头。然后他们就大声地读："老妈，生日快乐快乐快乐快乐快乐快乐快乐快乐快乐快乐快乐快乐快乐快乐快乐快乐！十六个快乐，老师呀，你要快乐坏了！"接过手机，发现后面还跟着 N 个笑脸。笑意立马涌上脸颊。这些小白云，没有白疼。

接着我就被眼前的小白云们又蹦又跳的快乐祝福声给淹没了。被这么多纯净的祝福环绕，谁能有我幸福？一个平凡的生日，与别的平常日子也没什么区别，没有鲜花，没有美酒，但拥有爱。可爱的小白云们，谢谢啦！

附：云朵变的小羊（冰波）

在蓝蓝的天空上，有一朵大白云，它是云妈妈。云妈妈的身后，总是跟着一朵小白云，它是云孩子。云妈妈和云孩子总是在一起。

有一天，云妈妈和云孩子来到了一片草地上空。

小白云对云妈妈说："妈妈，妈妈，你看，怎么下面也有一片白云呀？"

云妈妈仔细一看，原来草地上那一片白色的，不是云，而是一群白色的羊。它们在绿色的草地上显得特别白，所以看起来就像白云一样了。

小白云说："妈妈，我很喜欢小羊的样子，我能变一会儿小羊吗？"

云妈妈说："好的，变吧，不过，等一会儿你得变回来哦。"

小白云照着大地上的小羊，把自己也变成了一只小羊的样子。云妈妈说："嗯，真的好像哦。"

云变的小白羊，在云妈妈身边跑来跑去，真的好开心啊。

忽然，云变的小白羊摔了一跤，从天空掉了下去。云妈妈想拉住它，已经来不及了。

云变的小白羊掉进了羊群里。

云妈妈很着急，它尽量飞得低一点，想找到自己的孩子，把它拉回到天空。

云妈妈仔细找着："可是，哪一只是我的孩子变的羊呢？"

她一下子没有找到自己的孩子。"它肯定会跟其他的羊有一点不同。"云妈妈想。

可是，云妈妈没有找到有一点不同的羊，因为云朵变的小羊，变得实在是太像了。

云妈妈又想："一定会有一只看起来很伤心的小羊，那一定是我的孩子。"

可是，云妈妈看到，大地上的每一只小羊都很快乐，它怎么也找不到自己的孩子。

云妈妈不放心，羊群跑到哪里，它就跟到哪里。就像一把大伞，撑在羊群的上面。

云妈妈到现在也没有找到自己的孩子，不过，现在云妈妈已经把大地上整群的羊都看成是自己的孩子了，每天在天空上跟着。

"这么大的一群羊里面，有一只是我的孩子变的，但是我找不到我的孩子变的那只羊，所以，我要把整群羊都照顾好。"云妈妈对自己说。

如果你看到有一朵云老是跟着一群羊，那么，羊群里肯定有一只是白云变的小羊。

皮王瞬间

壁虎礼物

"送你一样礼物吧!"小刘一脸"奸笑"。

明知此笑不良,依然伸直手掌。

一只漆黑的壁虎,慌慌地趴在我手心!

拿这小玩意儿来吓我,有点小儿科。想当年,癞蛤蟆、水蛇、手指长的大青虫,我啥没玩儿过?

愣了一秒钟,再装作大骇,又蹦又跳的,却把壁虎握得牢牢的。

小刘得意地大笑。

我把壁虎揣进兜里,再不理他,"认真"地批改作业。

来求我了。

"别生气了,还我吧,还我吧!"

呵呵,谁稀罕啊,还他吧。

小刘继续去吓女孩们。

赖皮一摔

小薛跑过来，对着墙踢了一脚，然后仰面倒在地下，姿势甚为潇洒。

我看了他一眼，他却装着抱着肚子夸张地边揉边翻滚。

这招儿叫作"赖皮一摔"。

我扭头向一边，懒得正眼看，他定是希望我骂他一句"活该"之类的话吧。哼，憋憋他，偏不！

再偷偷斜睨他一眼，他也在偷看我，眼神相碰，各放出一股子坏笑。

唉，输了，为什么要看他呢。

我转眼假装沉醉于作业堆中。

小薛一个鲤鱼打挺站起来了，又到教室外面跟其他学生闹腾。

这年纪，真是吃饱了撑的。让他撑吧，当年我也曾这样撑过。

都是风衣惹的祸

教室里笑声又起了，有戏可看。

身高170厘米，体重150斤的陈大胖穿着一件女式黑风衣在招摇，大摇大摆地走着八字步，装出一副学者的派头。只是裹在他身上的那件衣服，实在是太委屈了，撑得慌。

那风衣自然是我的。当年读初二的儿子也曾偷偷穿进学校扮酷，把他们那可爱的美女语文老师乐得打电话给我时还在笑，说你家那宝贝儿子实在可爱得很。当然，我的儿子，能不可爱？

陈大胖的滑稽表演还是逗得我笑了。

这一笑鼓励了小潘，马上冲上去剥下那件风衣套在了自己身上。

切，140厘米不到，七八十斤的小个子，穿在他身上很有意思。

"脱下来！"女孩们愤怒了，"这不糟蹋老师吗？！"瞧瞧，亲人哪！风衣又原样挂在椅子上了。我的姑娘们，没白疼。

美女美不起

铃声响，小周丫头冲到我面前，一边扭着胯部一边说："老师，我，我，忘记上厕所了。"

看那难以自控的样子就知道，笑着让她快去。

我话还没说完，她已风驰电掣冲了出去。

这小美女，平时挺注重风度仪表的，内急时这般可爱。其实，我在班里宣布过好几次了，如果内急，一般情况下，可以不用报告，直接上厕所。

天才也要忍

轮到别的老师的课，我准备进办公室。

楼角转弯处，小周在哭。真哭呢，眼泪一滴滴流，白眼珠都红了。

他是天才，没有哪次数学竞赛不拿一等奖。三个主科，已多次考年级第一。

他也是打架大王，如果教室里发生肉搏战，十有六七跟他有关。

他本质善良，只是不能自控。

他也有伤心的时候。

帮他擦掉眼角的泪说，知道你很难过，应该很疼，对不？

泪流得更急了，继续帮他擦。

但咱是男孩，咱不哭，行不？

天才不再抽泣。

看到科学老师已进教室，课要开始了。

问他，把这委屈暂时忍下，先上课，行不行？如果实在忍不下，也可以先告诉我。

毕竟课要开始了。他含着泪，决定先忍下，然后进教室了。

我知道，他需要的只是我的一声抚慰。

这节课下课看他，已经又活蹦乱跳了。

我看了他一会儿，他却没有找我谈谁欺负他的事。看来，是真正平静了。

第二天才知，是被女孩欺负了，很疼。但因为对方是女孩，他没有反击。

天才也要忍！好！

后记：2017年6月，周妈告诉我，小周在省常中读高二，已经被清华大学提前录取。

玩得开心

终于放学了，自习课上，他们已完成了大半作业。

送皮王们出校门，挥手作别：祝大家周末玩得开心！

皮王回礼：祝老师玩得开心！小王美女补充：祝老师吃得开心！

周末，就应该玩，就应该吃！

两天的自由，好好规划一下吧。

补 爱

上班时，每日的早餐成了期待。期待的不是早餐，而是人。那人，是同事的女儿，五年级的瑶瑶。

那天，瑶瑶和妈妈面对面坐着吃早餐。妈妈眼睛里没她，只有另一个小男生。小男生正偎在他妈妈身边甜蜜蜜地咬耳朵，咬着咬着还笑，有时他俩还相互蹭着脸蛋儿。小男生叫小文子，读一年级，黑眼珠子亮得像星星，小脸粉嫩粉嫩，嘴又甜，特别讨人喜爱。文妈也是老师，小文子可不满足只享有一个妈妈的爱，这不，他又看上了人家的妈，正大庭广众之下上演"横刀夺爱剧"呢。

可怜的瑶瑶抬头看一眼那两个放肆的家伙，脚就跺一下地，碗中的粥不小心都翻在了餐桌上。我赶紧帮她擦桌子，她似乎没看见。嫉妒中的人是看不见爱的，小女孩儿也不例外。

"白老师最喜欢小文子了，以后就叫我干妈吧。"瑶瑶妈可是学校极有魅力的老师，说出的那魅惑的话语惹得小文子更是喜不自胜，已经把家里的秘密一桩桩、一件件全盘托出。你听：爸爸最讨厌了，周末回家总是把我赶回小房间睡；家里的钱都藏在衣柜里，妈妈以为我不知道，其实我还数过，数都数不清；我有一个最喜欢的女生，她可漂亮了，可我不想被妈妈知道……他们就那样揉着缠着，浑不管周围的听众已经笑弯了腰。我身边的瑶瑶却不同，眼眶里都含着泪了，鸠占鹊巢啊，是可忍，孰不可忍！瞧她，小脸通红，手里的煮鸡蛋攥得紧紧的，敢情变成"炸蛋"了！

我立马要过鸡蛋哄道："乖瑶瑶，阿姨来帮你剥蛋，咱瑶瑶可是珍惜时间的大孩子，不像那些个没文化的小不点，只晓得浪费别人的时间。"当然，这话没让小文子听到。

一句话，就赢得了姑娘的芳心，俏脸立马转晴了，平时从不吃蛋黄的她，今天可是都吃完了。然后我还帮她理理红领巾，抚抚她的头，挤挤小鼻子，捏捏小脸蛋儿，说一句话戴"一顶帽"：瞧，我们瑶瑶多漂亮，小脸就像桃花瓣，小脑瓜子像一休，肚量大得像诸葛亮……孩子自然受用，跟我挥挥手，蹦蹦跳跳上学去了，看都不看那俩活宝。相信这一天她有好心情！

自此，俺就多了个闺女，还成了闺女口中最有知识、最有风度、最温柔的老师。唉，在被儿子"抛弃"若干年后，还有人愿意这样赞美俺，受用啊！

这不，每天早上，俺就早十分钟起床了，想着准备个什么礼物带给闺女，一个番茄、一包桑葚、一根油条、一包任意贴……不拘什么，只要是特意为她准备的就行。她也送我好些东西，暖暖的拥抱、小狗般轻轻的蹭、半盒牛初乳奶片，对了，还有从北京带回的酸梅汤，这可是连她爸爸妈妈都没尝过的爱物儿……

每天早上进餐厅，第一件事就是找瑶瑶，就想看到她快乐的脸。瑶瑶每天早上进餐厅，第一件事当然是找我。至于小文子与瑶瑶妈怎么闹，一点都不重要了。生命的美，原来是因着另一个生命的期待。我、瑶瑶、小文子、白老师，都从另一个人身上补足了一份非血缘的亲情的关怀。有爱，真好！

给2012届4班孩子的信

亲爱的孩子们：

你们好！

三年，不过弹指间，你们将意气风发地离开母校，迈向新的征程，可喜可贺！三年，留给我多少美好而难忘的回忆！

今晨五时，我在鸟儿的啁啾中醒来，想到你们将离开我就怎么也睡不着了。我寂然坐于书桌前，在班得瑞的《寂静之声》中，忍不住落泪。三年来的记忆像电视剧的影像般重叠播放。

想起第一次接手你们这个集体时，你们恨我夺了你们"亲娘"时的委屈和叛逆；想起你们用自己的狡黠来对付我的幼稚和顽劣；想起在一次次的交锋中，我们师生之间一天天相互体谅并逐渐亲近的欣喜；想起一次次拔河比赛、田径运动会中，我们班得了第一时，师生紧紧拥抱在一起又蹦又跳的激动；想起西太湖的纵情联欢；想起溧阳天目湖、镇江南山、无锡三国城、金坛孔雀园游园时的无拘无束，席地而坐大吃大笑时的自由欢畅；想起军训时，你们被整时我的心疼；想起小杨得病时我们揪心的着急；想起龙博颁奖会上，我们深情地感恩朗诵；想起你们连续做错题，我会打一下你们的小屁股；你们干了坏事，我会生气地揪一下你们的小耳朵，甚至还会"河东狮吼"，你们却不介意……太多的画面已经深深植入我们的记忆深处。当我们终于像亲人一样彼此完全信赖与理解时，却已到了分别的时候。岁月如歌让人叹，岁月似酒耐人品！

你们说，你们会常常回来看望我和其他老师（忙就免了）；你们说，你们一定会好好努力不负师恩（不许吹牛）；你们说你们一定会做一个高尚的人，以对得起母校和老师们的倾情培养（说话算话）。老师真的很骄傲，不仅仅是因为毕业考试你们取得的优异成绩，还因为你们懂得了如何做人，如何做一个善良而高尚的人！老师这一生都在追求真善美，虽然一路走来也苦也累，但一直没有放弃。生命的可爱不在于物质的满足，更在于精神的独立和美好。做一个对社会有用的人，应该是我们一生的追求。

进了中学，记得少说废话，多读书，"勤奋"二字不要忘。不要拿初中的老师和我们比，每个老师都有每个老师的可爱，有的感性直率，有的含蓄深沉……我始终坚信，没有不爱学生的老师，只有不懂得如何表达的老师。要学会理解和沟通，拥有一双发现美的眼睛，远比只会评价的嘴来得重要。"山不过来，我就过去"，主动和人交往，主动化解矛盾，这是硬道理。活在当下，你会发现，新的人、新的生活更可爱。如果，我是说如果，真有什么过不了的心坎，记得找我，我的家会是你们的避风港，我会尽一切力量帮助你们。任何时候都要记得，没有什么比你们的生命更重要！

言短情长，感谢你们陪我度过的三年时光，此情又待成追忆。别忘了我们这些老师都在期待三年后、六年后，乃至十年二十年后你们的辉煌，你们的淡然，你们的高洁。

愿此生安好！

你们的老班：风清月朗

吃是头等大事

送走了六年级毕业班,今天又迎来了一届一年级新生。瞧瞧这个,哟,好白相的;瞧瞧那个,嘿,漂亮佬;再瞧瞧边上的,哈哈,一副机灵样。得,定下心做一年级的孩子王吧。没有不可爱的小细佬,只有看不到小细佬可爱的老师。俺对自己的心低语。

带他们参观完了学校各室,回到教室,看到一双双小眼睛里还写满了好奇,便问:还有什么不明白的可以问老师哦。心里想,他们感兴趣的也许是其他老师,或者预习什么,读些什么书,带些什么文具,再不就是下课玩些什么吧。

"老师,学校有食堂吗?"小马同学第一个发问,小眼睛亮晶晶的,想是联想到了红烧排骨的香味。

简直要晕倒,我的天,上届学生,接手他们的第一天中午,小王和小董就为了抢鸡腿大打出手,没想到风水转了三年,新的一轮依然是一班小吃货。看来,"民以食为天",一点不假,"孩以食为天",更是真理!我把这茬儿给忘了。

"当然有！如果没有食堂，我们所有老师和学生还不饿得死翘翘，还怎么工作怎么学习呢？"我说"死翘翘"这个词时，至少7个同学把这词用体态语言认真表演了一番，翻着白眼珠子，直挺挺地往桌子上倒，差点我也要死翘翘了。

"唉，那些死翘翘的，再不坐端正，吃饭时，就没你们的份儿了。"

还好，谁都不愿饿肚子，都坐正了。

"那为什么没带我们参观？"这问题是小吴问的。那个一脸正经的小家伙儿，竟然这样反问俺这资深老班。不过，老姜可不愿意在小姜面前玩深沉。

一语中的，问得有理，厕所、办公室、电脑房、音乐室、舞蹈房等，都参观过了，就是没参观食堂。今天这参观路线图是哪个领导定的，怎么把这"天"给忘了？遗憾的是，我也刚来这所学校，也不知道食堂在哪儿，不然，马上就带他们参观一下，而且下次我吃饭时，省得摸错地方。

"我想食堂在大扫除，灰尘满天，怕把你们的胆给吓破了。"

哈哈哈哈……一起捧腹笑一会儿吧。

可是，笑个没停了。撒手锏使出来：

"小眼睛？"

齐答："看老师！"

"小耳朵？"

齐答："听老师！"

"小小手？"

齐答："放放好！"

得，一个个又正襟危坐起来。

第三个问题又来了。

"我们在哪儿吃饭呢？"

"当然在教室里吃呀，上课的时候，这里是教室，吃饭的时候就成了餐厅，我们都在一起吃，比谁饭量大，比谁不挑食，也比谁进餐更讲文明。大家喜欢吗？"那时的孩子大多是独生子女，谁不喜欢和小朋友一起吃饭？

可我嘴上回答着，心里却在想，坏事了，我这人有点挑食，碰到不爱吃的菜会倒掉，要是被他们发现怎么办呢？

再看孩子们都笑嘻嘻的，大概想起了一起吃饭的快乐。我的担心被他们的快乐感染了，也快乐起来了。得，到时再想办法吧。

第四个问题："我们吃的菜是一样的吗？"

"如果不一样，你们会不会打架？比如，小吴吃的是牛肉加鸡蛋，小陈吃的是大白菜加小青菜。"

小马同学立马插话："那就吃一样的呗！"

这严肃的问题得宣布一下：我们一（10）班吃的饭菜全都是一模一样的！

孩子们乐了，小手使劲拍，哈哈，这就叫平等。

生平第一次和这帮孩子见面，就让我知道了做人的本性——吃是头等大事！平等则是头等中的头等！好吧，亲们，那就向着我们期待的平等出发！

为你心疼

周六早上，刚发动车子，想约个朋友出去吃早餐，便接到溧阳一个学生家长的电话："老师，你快点过来，我儿子要跳楼，他只听你一个人的话，你快帮我劝劝他！"那声音里尽是绝望和悲痛。

那话我还没听完，泪水就已经决堤。似乎我今天一早起来，不想煮饭，不想洗衣，心神不安，就为了这声呼唤。我让家长把手机扬声器打开，让孩子接听，就听到孩子在那边哭，说活着没意思了。那是个大男孩，个子比我高，体重比我重得多，读初中了，那么阳光、那么能自我排解的一个孩子，竟然也会想不开。我说："老师这就来，你别让我伤心好不好？我来接你了，我们到外面去转转吧，你不要跳，你下来啊，我需要你的帮助。"我第一次用这样哀求的语气跟他说话。还好，孩子总算听劝，下来了。当我加大马力开到他们家楼下时，孩子在妈妈的护送下，到了车旁，母子俩的眼睛都红肿着。我让孩子坐在副驾驶上，跟他妈妈打声招呼就开走了。

我牵过他的手，眼泪还是不停地流。孩子看我难过，此刻倒冷静了，说:"自己就是觉得没出息,被他们这么一骂,想想不如死了好,省得害他们。"

我问他,"如果你死了,在你死了之后,可能还会死哪几个?爸爸?妈妈?爷爷?奶奶?可能还有老师,我这老师也要背负一生的枷锁,成了最最失败透顶的老师。为你背负重担的人该增加多少啊?"

孩子不语,他也许没想到这一层。等他平静下来后,我陪他吃了顿早餐,他还不断把碗里好吃的东西挑给我吃。他一直是个情感极为丰富细腻的孩子,记得三年前我调到常州,教师节时,收到了他快递过来的礼物,一长串拉花,都是他自己剪、自己粘的。他妈妈说,孩子准备了几个小时,只给我一人准备的。那时,我刚离开家乡和亲人,内心有着诸多的伤感,看到这拉花,真是百味在心。

他终于主动跟我谈起了初中生活,功课多,任务重,还算应付得过来。其实,一切并不像我们想象的那般黑暗,只是当时一口气堵住了他活下去的希望。青春期的孩子,那颗小小的心是那般脆弱,让他们突然走上绝路的常常只是某个人的一句话。这孩子就是因为被妈妈骂了一句,他回了个嘴,说,还是死了的好。结果爸爸又跟了一句,你死啊,你死给我看!刹那间,孩子情感的堤坝轰然倒塌,就失去理智一下子攀上窗台准备跳下去。

我想,那些跳楼的,选择极端方式自杀的孩子,都不一定是多么脆弱的孩子,只是刹那间心里的坎儿没有过得去,就让他们用冲动付出了生命的代价。如果可以重新来过,他们一定不会这样。青春期的孩子真是个瓷器,爸爸妈妈和老师,得揣着十二分的小心,好好掂量将出口的每一句话能否成为杀人的利器。

当我把孩子送还他妈妈时,孩子已经恢复如初,甚为安慰。孩子,祝你一生平安,并能做到应有的克制!

问早风波

开学第二周了，还有小朋友看到老师不晓得问候。晨会课上，要求小朋友每天早上进校，看到值日老师和学校里的其他老师，要主动问候："老师早！"别的时间看到老师，要主动问候："老师好！"

小朋友记住了吗？都说记住了。

一下早读，就被小朋友团团围住，七嘴八舌的问候来了："老师早！""老师早！""老师早！"……哇，老师的耳朵差点聋了，好想把耳朵捂住，可是不能啊，因为他们今天早上还没跟老师问过早呢。"老师早！""陆沁怡早！""老师早！""赵泽瑜早！""老师早！""葛羿辰早！"……

……"你早！你早！你们早！"……

啊，要断气啦，一口气说了四十几个。他们完成了问候的任务，总算都各玩各的去了。

第二天早晨，每个小朋友在进教室的路上，看到我都问早了。哈哈，好幸福哦！只是，只是，我在讲台上带小朋友早读，他们还特意跑过来问我早,早读一次一次被打断,早读读不下去了。不行,得再提醒。

"小朋友,跟老师问早,要随机应变哦!如果老师在上课,就心里问个早,抓紧时间先早读。明白了吗?"

"明白啦!"

第三天早读,没人打断我了。他们放下书包时,看着我,嘴巴做出"老师早"的口型,我就对他们眨眨眼,他们就高兴地坐下早读了。

早读课结束就是语文课。语文课下课了,我捧着材料回办公室,路上被雍小凡同学笑嘻嘻地拦住了。

"什么事呀?"

"老师,我到现在还没跟你问早呢。"

"那就问一个吧!"

"老师早!"声音好响亮啊,像小喜鹊。

"雍小凡早!"

听完我的问候,小人儿开心地跑远了。

啊啊啊,幸福得一塌糊涂。

加入"维和部队"

"老师,洪小洋又打人了。"

哦,这小洋,第五次打人了吧。课间,有时我也站在操场边上看着他,可不,突然间他就发蛮了,咬着牙齿,那小拳头就向同学身上挥去了。唉!气死我了,就像一只小野兽,什么时候才能被驯化呢?

我很生气地把他叫到身边,拉着他的小手问:"我们的小手是干什么的?"

"做有用的事的!"话倒是说得挺漂亮。

"小洋的小手不是做有用的事,是专门用来打人的,对不对?"

小洋知道我生气了,不说话。

"哼,老师最不喜欢打同学的小朋友!现在,我不想跟你做朋友了。"

背过身去,喝我的茶,不理他。

"老师,你听我说。"

斜他一眼,把耳朵捂起来。

小手扯着我的袖子,又说:"老师,你听我说,我真的不打人了。"

"你已经跟老师保证过三次了，老师怎么相信你？你看，老师也有一双手，又大又有力，能一下子把人打扁。你打了咱们班的小朋友，我很心疼，恨不得狠狠打你一顿。可是，我的手也是用来做有用的事的，不能用来打你。你说老师难过不难过？"

"老师对不起，如果我再打小朋友，你就使劲打我，打出血来好不好？"

"我才不要做打手呢！"

"那你说怎么办呢？"小洋同学开始求我了，那双纯净的小眼睛里有很多无奈。

"每一个小朋友都是我们的保护对象，我们成立一个'维和部队'好不好？"

"好！"

"要是有人打架，我们要马上阻止他，但不许打他！"

"那怎么办呢？"

"一个抓左手，一个抓右手，一个按左脚，一个按右脚，等老师来处理。这样，他就打不成人，别人也不会打他了。"

"那我可以加入'维和部队'吗？"

"不可以！因为你刚才还打人了。我得考验你一段时间才能决定。"我斩钉截铁地拒绝了。

就这样，我们的"维和部队"正式成立，几个大力士，如陈小年、王小琦、陆小翔、雍小凡等都是"维和部队"主要成员，当然，学过散打的倪小宇也加入了，还担任队长，因为他分得清是非，不会随便打人。

哈哈，其他班也纷纷效仿。

下午，同学们告诉我，洪小洋同学一天没有打过人。

哇，好开心！

洪小洋不开心了。嘟着嘴走到我身边说："老师，你陪我散散步好不好？"

"行啊！"

小手牵大手，河边一起走。小手软绵绵，大手很有力。

"老师，我觉得打人一点都不好！"

"那是！与天下为敌，那是做大坏蛋的感觉。"

"老师，我可以加入'维和部队'吗？"我知道那双小眼睛里都是乞求的神色，就不理他。"你看，天多蓝，云多白，再看花都开了，紫莹莹的，美不美？"

"老师，我跟你说话呢！"

"哦，说什么啊？"

"我想加入'维和部队'，我再也不打人了！"

"行啊！"

"真的？"

"当然！老师什么时候骗过人？同学们告诉我了，说你今天没打人，老师很高兴哦！"

孩子欢乐地跑远了，他要把这个消息告诉同学们。看着他快乐的小小背影，我知道，他已经知道什么是对什么是错了，相信他一定会改掉的。

仲秋了，操场上的茅草地依然一派生机，摊开右手看看，那是刚被孩子拉过的，还留着那份温情的气味，嗅嗅，真好！

孙小林的口罩

孙小林是个超级多话的小活宝。他除了对教室里的大南瓜和山芋说废话,更喜欢对人说。说话没人听,那可不是开心的事。这不,今天语文课上学《认一认2》,学到"虫"字时,孙小林的话篓子一下子打开了。

"我们老家有很多很多虫子,有一点儿大的蚊子,咬人疼得要命!还有西瓜虫,可爱得不得了,一卷起来就像个小西瓜。还有……"

"孙小林,下面还有十五个字没学哦,你这样说下去,一节课只能学一个"虫"字了!"

我气得翻白眼了。

孙小林没空听我说。

"我们乡下虫子多,鸡也多。就是鸡爱拉屎,可臭可臭啦!你要一脚踩上去,妈呀……"

"不要听了!不要听了!"坐在孙小林边上的王云齐捂住了耳朵。没用。王云齐只好把捂耳朵的手拿下来去捂孙小林的嘴巴。

还是没用,孙小林把王云齐的手推开又开始说起来:"我们乡下还有猪，老母猪……猪……"猪不出来了。其实不是猪不出来，而是老师和小朋友都把耳朵捂起来了，让他一个人叽里呱啦说个不停。

孙小林看看没人听他说，总算不说了，脸有点红，缺了大门牙的嘴咧得有点斜。哈哈，知道难为情了！

"孙小林啊孙小林，你该给自己戴上一个小口罩了！"

"我回家叫我妈妈买一个，买一个能把自己的头全部包起来的那种，包起来就像木乃伊了……"孙小林又说话了，他好开心啊！像放出笼的小猴子，太自由了！

"老师可不是要你真戴口罩，而是要你心里戴上小口罩，不该说话的时候，就一句也不说。"

孙小林懂了，决定心里给自己戴个小口罩。

孙小林一安静下来，课就上得欢了。孙小林也很认真哦，人家话多，那是因为看到了课本话才多。再说现在他已经戴上小口罩了，是心里戴上的哦。

学完了新课，就要下课了。孙小林又手痒痒了，他突然发现，把铅笔的笔套套在牙齿上特别有意思，好像吸血鬼的獠牙。

"王云齐王云齐，你看看我的牙齿，像不像吸血鬼？"

王云齐好想看呀，可是我说过上课不能随便说话的。要是下课嘛，我肯定要看看了，现在老师正通过大电视跟大家校对作业呢，不认真听，作业错了班长就选不成了，人家可是有远大理想的人。王云齐虽然心里痒痒的，眼睛一直没看孙小林。孙小林只好把铅笔套取了下来，对王云齐说："算了，我还是戴上我的小口罩吧，是心里戴，不是真的戴哦！"

下课了，孙小林再也没心情用笔套套牙齿了，他大声说："啊，我要解下我的小口罩，洪小洋，冲啊！"他要和洪小洋一起捉蜗牛。此时，王云齐多想看看孙小林牙齿套上笔套是什么样啊！

被王云齐气死了

吃完午饭,王云齐走到我面前,笑嘻嘻地说:"韦老师,我讲个故事给你听听好不好?"

"好啊!"刚吃完饭就有故事听,太好了。

"一只小猪叫'没有'你听过吗?"

"没有!"

"哈哈哈哈,你就是小猪!"那小手指还指着我的鼻子,一脸奸笑哪。

哇哇哇,我被王云齐给气死啦!

"教鞭在哪儿啊?快帮我找。"

王云齐得意地笑了,一溜烟儿跑得远远的,生怕我棒打她。这个可爱的小精灵,我才舍不得打呢。

在操场上过生日

今天是我和王老师的生日，那么巧，两个老师同一天过生日。这不是老师自己说的，是小朋友的爸爸妈妈从 QQ 上发现的。一早，有几个小朋友带来了生日礼物。沈鸿带的是两只又大又圆还咧着嘴笑的大石榴。小娇带的是两张自己精心制作的贺卡。至于洪小洋嘛，带的是昨晚从小区的树下捡来的一枚贝壳，他妈妈本来不让他带的，洪小洋偏要带，因为他知道老师一定喜欢。

两位老师收到生日礼物，都很高兴，还有什么比小朋友纯真的祝福更让人感动的呢？小朋友也很高兴，说不定有东西吃呢。更何况汤小源也是这一天过生日。我很高兴地把石榴、大南瓜、大山芋、水稻放在一起，那里成了"农作物展览区"，小朋友没事都会去看看，有时会把自己的小秘密悄悄告诉大南瓜、大山芋和水稻。比如，今天尿床了；比如，早上因为不肯喝牛奶挂金豆豆了；比如，瞒着老师和小朋友，偷偷拿了个粉笔头带回家啦……这些事只能自己知道，告诉了别人就太没面子了。可是不告诉别人，心里就憋得难过。所以，老师就让小朋友把心里藏着的小秘密告诉这些农作物，因为它们是从乡下来的，听不懂，也不会传话，不用担心小秘密会泄露出去。

一下课，孙小林就去拿了一只大石榴，他想起了昨天我请他们吃的石榴的味道，啊，那么甜，汁水那么多，好像甜味还在嘴里呢，不信，你咂咂嘴，还有口水流出来。

孙小林拿着大石榴，其他小朋友不服气，也要拿。孙小林说，我们一起到操场上拿大石榴当球踢吧，大家觉得这个办法真妙。

于是，他们冲到操场去了。

大概陈小芃的脚劲儿太大了，一脚出去，石榴破成了三大块，还有好多好多晶莹透亮的石榴籽落在了地上。啊呀呀，红艳艳，亮晶晶，甜滋滋的。不对，甜滋滋是看不到的，是小朋友心里想到的，然后变成口水流下来的。

"我们提前帮老师过生日吧？"孙小林一边咽着口水一边说。

"太好了，太好了！"洪小洋、沈小鸿、陆小翔、吴小元、雍小凡等一大批男生围了过来，嘴巴里下起小雨滴来啦。

"怎么过呀？"女生们也围了过来，嘴巴里也在下小雨啦。

"过生日不是要分蛋糕吃吗？"孙小林咽了一下口水说，"我们就分石榴吃！"

"太好喽，太好喽！"陈小馨、唐小欣、王小珏、马小欣等一大批女同学高兴得又是蹦又是跳。

"汤小源，汤小源，我们一起给你过生日！"汤小源也不知去哪儿了，没有听到。

"算了，我们就这样过吧。"孙小林一说完，大家就抢开了，就像抢蛋糕一样。

一会儿，两个大蛋糕，不，是大石榴分光了，他们一边吃一边笑，还说："韦老师，祝你生日快乐！王老师，祝你生日快乐！汤小源，祝你生日快乐！"

虽然过生日的人都不在，可是帮着过生日的每一个人都很快乐。

操场上到处撒满了快乐的红玛瑙一样的石榴籽。

"啊，韦老师来了！"陈小馨的大嗓门一喊，大家都跑向我，七嘴八舌地告诉我："老师老师，我们在给你过生日呢！"

我听到这话，却气得板起脸来。大家这才想起了老师说过的，在学校里不能吃零食，哪怕是生日蛋糕也不行。

孙小林可不怕，从地上捡起小半个踢碎了的石榴，举到我面前说："老师，请你吃蛋糕！"

这是什么蛋糕啊？上面还沾着草屑和泥巴。我什么话也不说，嘴噘得高高的，脸上像蒙了一层乌云，只顾低头捡操场上的石榴籽。生了气的我，像个大巫婆。"哼，你们这些小坏蛋，要让值周老师抓到，我们班就死翘翘了。"这是我心里的话，小朋友听不到。小朋友的心只会听到可爱的话，听不到生气的话。

其他小朋友这时候都跑过来了，都帮着我捡掉在地下的石榴籽。不一会儿，操场上的石榴籽都捡干净了。

"老师，对不起，我们想帮你、王老师和汤小源过生日的，我们就把石榴当蛋糕分着吃了！"吴小元神神秘秘地跟我解释。

我不生气了，哈哈大笑起来："谢谢大家，今天我过了一个很有意义的生日！"

小朋友们又开心起来了，好像自己过生日一样。

不 急

  今天语文测试了,小马老师的学生小龙没有考到 100 分,小马说,老师不急,小龙有一天一定会考到 100 分的。
  小龙和小凤是双胞胎,他们家是从安徽搬过来的。他们的父母亲文化水平都不高,无法辅导俩孩子的作业。平时除了老师课外给他们补课,还另外给每人配了个小老师。小马就是小龙的小老师,每天中午的休息时间,他就像个真正的老师,把小龙带到安静的走廊上,带着小龙一个音节一个音节地拼。小凤的老师是小宇,可能双胎胞的老大不如老二,小凤没补几次,进步很快,这次测试就得了个 100 分。小龙贪玩,也没啥学习的心思,每天补的时间也不少,可就是跟不上。小马这样安慰我,我的心情就好多了。当然,小马自己的心情也好多了。
  正这么想着,小涵同学也说了:"老师别急,小其有一天也一定会考到 100 分的!"小涵的眼里自信满满。小其是个还没怎么开窍的孩子,一下课最爱的就是玩,满操场地跑,追都追不到。上课铃声响了,还没回教室。就是坐在教室里,头上的汗还是像下雨一样地往外冒着,身上沾满了草屑，常常是小汤丫头把他带出去一遍遍地拍。这孩子好像是专为了跑步或玩而来到人间的，如果能成长为一个运动员该多好啊！我心里常常这样想着，又担心着这个孩子，希望他能早些听懂老师的课，能跟上同学学习的步子，然而现实总不能如人意。

回到办公室，看到小涵的母亲正在QQ群里问小其的成绩，听我说还是不太好时，她也着急起来，那是为儿子这个小老师着急呢。成绩，唉，这讨厌的成绩，常常会坏了我们的心境。幸而小马和小涵都有着那样长远的期待。很多时候，做老师做父母的心境还不如一个幼稚的孩童。是的，不急，小其和小龙都会好的，我有理由相信。

后记：2019年暑假，读七年级的孩子们来看我，小龙和小其都来了，小龙成了班里的学霸，还是数学课代表，小其也健康阳光。小其的爸爸妈妈也来我家喝茶，七年来的第一次，他们曾经特别纠结孩子的成绩，如今也坦然面对，小其成绩还是不太好，但为人处世挺棒，落落大方。和我交流时，也阳光自信，让我深感欣慰。

末日起名

今天读到《一年级真好玩》的名字由来一段。上次咱已经问过小朋友名字的来历了，这次再来点好玩的，如果世界没末日，他们可要承担延续人类的神圣使命。既然有后代，总得起名字，看看这帮小不点给自己的娃取个啥名？

这一问，笑点就来了。

吴小元说："我的儿子就叫游乐元。"元氏家族啊！小朋友们一听可开心了，都说将来要带着宝宝到吴小元家的游乐园去玩。嘎嘎嘎嘎！

雍小凡这家伙可爱的，别的小男生都说儿子的名字，他却说给女儿取名雍笑笑，因为他喜欢女孩子，希望她在学校里很快乐！他说这些时，好像已经有了个宝贝小女儿一样。

赵小瑜说："我将来生个女儿叫吴涵！"哇，姓吴，难道是跟同桌吴小涵的姓？

刘笑笑一向认真，给女儿取个名字也认真，叫啥来着？"刘认真！"因为她希望女儿认真地学习，我好像看到了刘笑笑二世，把我肚子要笑爆了。

潘小安这小丫想生俩姑娘，一个叫"潘小兰"，一个叫"潘真好"，瞧瞧这名字，多有女孩味！

陈小馨同学考虑比较全面，生儿子叫"陈雨乐"，生女儿叫"陈子心"。这个，好像是两个女娃的名字，性别乱了套了。

盛小骞的儿子说叫什么"铁头飞毛"，写在一张破纸条上，好像是神话故事里走出来的。

刘大洲准备要个儿子，取名叫"刘小州"，都是州字辈，只不过少了三点水。不知道他将来有了孙子叫什么，我想大概叫"刘微州"吧，呵呵。

谢小禅准备生个儿子，叫什么"曹健宝"。对了，他的同桌也姓曹，这娃，有中意对象了。

毛小泽同学的儿子叫什么"毛车珏"，也不知道是儿子还是女儿，看样子这名字跟秀气的同桌王珏有点关联。

小白丫头也有两个备选，男孩子叫"白瑜晶"，女娃叫"白贤惠"，天，看这名字，明显是"女权主义者"，不知是不是属于遗传！

洪小洋同学也有伟大理想，要生两个娃，儿子叫"洪五星"，因为他觉得五星红旗最好看，瞧瞧，根正苗红，爱国爱到骨子里。女儿叫"洪静宜"，这名字起得多漂亮，他将来肯定是个好父亲！

雨涵同学人腼腆，给女儿起的名字也小家碧玉——"涵小云"，不知为啥姓涵，明天得问问。

唐小滢的女儿准备叫"唐美美"，她希望女儿长得漂亮。

陈侨侨同学喜欢儿子，取名叫"陈小侨"，看样子"女权思想"也挺重的，也不管他爹姓啥。

吴小涵给儿子起名"陆翔龙"，奇怪为啥姓陆呢，难道跟陆小怡有关？我一读出来，小朋友都指着陆小怡大笑起来，吴小涵也在大笑。可爱的孩子们!

姬小然同学说:"我的宝宝叫'姬灵弹'!"哈哈,机灵蛋,同学们笑得东倒西歪,同学们谁不是机灵蛋啊?

陈小年同学有理想、有抱负,准备生个龙凤胎,男孩子叫"陈力翔",特别强调是飞翔的翔,女儿名字叫"陈美"!我真是崇拜极了,想当初我读师范时也没有这么伟大的理想。

汤小源这个小才女说话慢悠悠,她说:"我的女儿叫'方源源',我将来要找个姓方的老公。"喂,姓方的小伙子们听到了没,你们可得努力哟,竞争上岗才是正道,汤小源可是咱班了不起的小才女哦,没有一个老师不喜欢她。但是,我担心做她的老公,难度系数大概有10.0,人家可是个极有主意的小公主呢。

蔡小涛说,他的儿子取名叫"蔡小豆",女儿取名叫"蔡伟涛",感觉男女名字有点反,可是未来的审美趋向谁知道呢?

也许是跟刘笑笑学的,陈小翎和沈小鸿都让自己的孩子叫了同样的名,一个叫"陈认真",一个叫"沈认真"!这名看来是未来的摩登名,看来,我的孙子将来就叫"韦认真"?不知我儿媳妇将来愿意不愿意。儿媳妇,你在哪儿呢?

徐小帆性子有点暴,给儿子起名就叫"徐小炮",以后不敢骂他了,不然一炮把我轰趴下了,将来可见不到俺小孙孙了。

罗小岑说,她将来要生儿子,给儿子取名叫"罗瘦高"。天哪,她爸妈都不矮,为什么要儿子又瘦又高呢?搞不懂。

邵小率说,要给儿子取名叫"邵高平",这名字有股儒家传统的味道,听起来正正经经的。

曹小力同学说:"我要娶个老婆,儿子起名叫'天小刀'。"这是火星语系,当下俺不太懂,以后会懂的。

周可馨说:"我的女儿就叫'周可以'。"瞧,虚词都用上了,有创意吧?

小龙考虑更完备,女儿的大名叫"苏苏",小名叫"乐乐"!

洪小熹说她要生儿子,取名叫"洪东东",因为自己很爱他。

王云齐说,她要给女儿取名叫"王心",要让她天天开心。

陆小翔说,如果生儿子取名叫"陆笑天",生女儿叫"陆天笑"。意思是要让儿子笑翻天,让女儿天天笑。总而言之,离不开一个"笑"字。

王小琦说他生的宝宝就叫"王琦",看样子他对自己的名字不是一般的爱。

陆小怡说,要给女儿取名叫"陆小东",这是啥意思呢?也许是音韵好听吧。

瞧瞧,咱班孩子给未来儿女起的名字非常符合当下社会之风。未来之栋梁就在咱班呢!

从圣诞妈妈到圣诞爷爷

一个奇冷的平安夜,缩着脖子步行二十几分钟回家,冷锅冷灶一冷人,连吃的欲望都快没了,早早歪在床上想小睡一会儿再起来读书,却睡不着,想起儿子的生日快到了,不如就趁着平安夜给他一个小惊喜。又想着班里孩子们的圣诞礼物还没准备,要不也去给他们买一点?但还是有点怕出门。

突然收到一条短信,是吴子涵的妈妈康老师发来的,说家里有棵圣诞树,他们家儿子想带到学校里来,不知行不行。这当然好,就请他们最好明天早上早些送过来,给全班孩子们一个惊喜。遇到这么好的家长、这么可爱的学生,心里那个喜啊。可是又想圣诞树上如果能挂点小礼物什么的,让每个孩子都能得到一份,那是多令人开心的事。

睡意顿消,出发。先给儿子打点钱,短信一条:"宝贝蛋,圣诞爷爷有点忙,没空给你选礼物,委托我打点钱你自己买,笑纳了啊!平安夜平安快乐哦!"

只要是汇钱的短信,他回得都忒快:"谢谢圣诞妈妈!"

正读短信，当家的来电话了，立马点头哈腰接了，问有啥指示？那边大声嚷："做啥呢，一会儿进钱，一会儿出钱的？"哦，这卡是他的，一点儿小动静他的手机短信就告密了。却听电话那边觥筹交错的，就知道又喝上了，立马昂首挺胸教训了一番：俺在奔波，你灌黄汤，还不知陪的谁？估计那边也点头哈腰了，挂机！

清冷的感觉一下子淡了，满大街都是节日的气氛。康老师的短信又到了，她已经把圣诞树送进学校，而且俺校的门卫师傅已经帮她开了教室门，放在了讲台上。

正好银行边上有超市，就买了几十根棒棒糖。来到教室开灯一看，果真看到了圣诞树，虽然不大，但意思也到了。我把棒棒糖一颗颗插在圣诞树上，五颜六色的，想到孩子们明天的振奋和欣喜，心情已经好得不能再好了。多美的平安夜，多让人期待的圣诞节哪！然后以圣诞老人的身份留下一句话。

锁了教室门后，告知门卫师傅，明天先不要开教室门，等我到了再开，咱要增加一点神秘的色彩。

我们教室没有烟囱，门窗都紧锁着，圣诞老爷爷昨晚究竟是怎样走进我们教室，给我们送来圣诞树和糖果的呢？这实在是个大疑问。让这帮家伙想破小脑袋瓜吧，也让他们多一点童年的甜美的回忆。

期待明天孩子们创造精彩。

第二天一大早，正如我所料，一群孩子们挤在教室门口，叽叽喳喳嚷个不休。小元发现我来了，飞快地冲过来，告诉我，教室里有一棵圣诞树，上面挂了不少礼物呢！我一脸吃惊，道："难道圣诞爷爷来给我们送礼物了？不可能啊，我们教室门窗都锁着的，而且也没有烟囱啊，他怎么进来的呢？"

孩子们还没进门，已经七嘴八舌议论开了。

等同学们到齐，一个个奇思妙想的答案让你乐不可支。为了不忘记，我不得不拿了支笔记下来。

陈小年说:"是从地洞里钻出来的。"

我说:"那我们教室为什么没有留下地洞呢？"

小龙说:"他肯定先挖了地洞钻进来，然后出去的时候又把地洞埋了起来。"

陆小翔说:"有可能是从广播电视的电线里钻出来的。"多奇特的想象！

蔡小祎说:"可能是从饮水机里跳出来的。"

小马说:"大概是变成风从窗缝里钻进来，进了教室，恢复原样，放下礼物后，又从窗缝里钻出去的。"

倪小宓说:"我看了一下，我们教室的门底下有条缝，应该是从门缝里钻进来的。"

赵小泽说:"应该是到超市买了把钥匙开门进来的。"

吴小元的想象更为奇特：说是请警察叔叔开了门进来的，一开始警察叔叔还不肯。后来圣诞爷爷说，你不给我开门，我就不给你圣诞礼物，警察叔叔就开了门，还得到了好多礼物。

陆小怡说:"是从瓷砖缝里钻出来的。"

雍小凡说:"是吴小涵用笔画出来的。"

唐小滢说:"应该是昨晚吴小涵和妈妈进来后，门还没来得及关，圣诞爷爷就趁机进来，躲在讲台下面，他们走了后才出来的。"

马小睿说:"是从拖线板的孔里钻出来的。"

盛小骞说:"肯定是圣诞爷爷先把黑板拿下来后进来的，放好糖果后，又把黑板挂上去出去的。"

我的天，这圣诞爷爷真不容易，来一趟我班，十八般武艺全用上了，大概是孙悟空投胎。警察叔叔今天是比较幸福的，也得到了圣诞礼物呢。

交朋友，不是小事

低年级小朋友最大的烦恼是什么？按常理，我们都以为是学习成绩。其实，那是大人的想法，小孩的烦恼总是跟心情密切相关，最重要的就是有没有人玩这件大事。

昨晚，小葛爸跟我聊到孩子交友的问题，其实闲时我也喜欢冷眼看孩子，确实有孩子经常会跑来告诉我：老师，谁谁谁不跟我玩。有时我也一笑置之，心里甚至想，谁让你这么小气、爱哭呢。不忙时，我会找孩子问问，为什么你不愿意跟某某同学玩，孩子也会说一些理由，不外乎是一些司空见惯的缘由。

外甥的女儿小白三岁了，嫩生生的小笋芽儿竟然也读幼儿园了。小人儿读书后，也有了很多的烦恼。前两天，跟我那上大学的儿子谈起了交朋友这个话题。小白说，同桌的小朋友总是不跟她玩，自己总是先跟他玩，他还是不愿意跟自己玩。说话时，小嘴巴噘着呢。又说，还有一个小朋友每天都欺负她。说着，无邪的小眼睛里都有泪花了。好在老师和其他的小朋友愿意跟她做朋友，总算还不错。

看来，进入幼儿园，如何交朋友是孩子重要的人生第一课。

今天，我们二年级的班队课就进行了对"怎样才能交到好朋友"这一话题的探讨。没想到班长问题一抛出，一石激起千层浪，孩子们发言很踊跃，更重要的是，还很有哲理。这次队课由"淡定姐"小汤班长主持。这娃和小吴班长一样，压得住场子。我们每周的队课主持人，是值日班长轮换的，旨在让更多的孩子得到锻炼。

小陆同学说："性格活泼开朗的人才有好朋友，内向的小朋友不能交到好朋友。"个性对交友确实有很大影响。

小陈说："能想出好玩的游戏的人能交到好朋友。"会玩的孩子有魅力，无疑这是个会玩的小朋友。

小吴说："要多读点书，提高学习成绩，朋友就多了。"这个小吴，习惯不好，贪玩，朋友也少，他是有感而发。

小赵说："自己班里如果没人跟你玩，你可以到别的班里找朋友玩。"班里确实有小朋友常找别班的小朋友玩，另辟蹊径不失为好方法。这时有同学插话，要是别的班不下课，你还不是没有朋友玩吗？这话实在。

小唐说："你可以带点贴纸、贺卡什么的，送给不跟你玩的小朋友，别人就跟你玩了。"同志们，小小年纪就知道以物换友，也不错嘛。友谊也是可以交换的哦！孩子的方法就是这样直抒胸臆，大人可是敢想敢做不一定敢说。

小欣说："如果成绩好的人不跟你玩，你可以找成绩不好的人，那他（她）肯定跟你玩。"天哪，坐在一旁闲听的我，惊得一愣一愣的。难怪我们的值日班长总带贴纸奖给早读认真、中午守纪的同学，原来这也是一种请对方守纪的安抚方式。不得不感叹，创造力无限！

小马说："你可以跟在成绩好的人后面学，然后他们就跟你玩。"近朱者赤，近墨者黑。

这时，我想刁难一下这帮小不点，撺掇小汤班长甩出问题："如果你想了很多法子还是没有一个人跟你玩，你怎么办？"

小龙说："唉，那我就看看书吧。"这是个书中找乐子的孩子呢。

小洪说："我还是到植物园去，找小蚂蚁、小蜗牛什么的玩玩，还可以跟植物说说话。"这是个有自然情结的孩子呢。

这话把小陆打动了，他说："植物园里有蜈蚣，会受伤的，算了，还是我跟你玩吧。"哈哈，我的目标所在呢。

这时，又有一个孩子想了一个办法，说要用粗暴的方法，绑架同学，逼着他跟自己玩。这小家伙平时也有些粗暴，话如其人啊。

此招马上惹来多人的反对。小马说："你绑架了他，他也许先跟你玩一会儿，但是他以后不会经常跟你玩的，这样也交不到真正的朋友。"

那么什么样的人能交到好朋友呢？小朋友进行了总结：成绩好的、善良的、宽宏大量的、团结同学的、爱帮助人的、爱分享的、不捉弄人的、不爱哭的小朋友能交到好朋友。

最后我又抛了个问题："那些一个朋友也没有的小朋友，我们是不是就抛弃他们呢？大家动动脑子想一想，如何帮助没有朋友的小朋友找到朋友？下周的队课，我们就讨论这个话题。"

课结束，我想了好些，当我们一味地责怪孩子身上存在一系列问题的时候，我们对孩子问题形成的原因了解多少？我们给了孩子多少必要的帮助？当孩子被诸多的问题捆绑缠绕，他（她）又怎么可能给你需要的好成绩、好品行？看来小孩子交朋友可不是小事。

身怀恻隐心

"老师,我错了,小 M 的眼睛是我扎的。我看到他的脸上被扎了那么多眼,心里挺难过的,好像扎在我脸上似的。这时候我才后悔我不该扎小 M 的眼睛。"

当我更换新一期板报时,才发现一个细节,小 L 照片的脸上被扎了许多洞眼,再看,发现小 M 的照片眼睛上也被扎了几个洞眼,一查才知是小 L 扎的。所以才有找小 L 谈话一事。

这是小 L 的自我觉醒。

"你为什么会想起这样做呢?"我问,万事总有个由头。是好玩,解气,还是人家得罪了你,你要报复?这是我心里能为他想到的理由,但没有提醒,我想听到他真实的内心独白。

"我没有想报复,就是觉得好玩。其实那还是去年的事,我们一年级的展板上有只长颈鹿,我用纽扣小磁铁把它的眼睛盖住了,我觉得没了眼睛的长颈鹿很搞笑。扎小 M 眼睛时,也是觉得很搞笑。"

原来如此,初始只是好玩、搞笑,有些释怀。

我想起来了，去年的展板上，那只小长颈鹿的眼睛确实被盖住了几次。我看到了总是顺手移开，没有重视过。

孩子们反映，扎眼睛的不止小L一个，也有其他男生看到了也照样子扎的。有男生主动承认，也有不愿承认但被人检举的。看来男孩子心里天生的破坏欲比较强一点。

勿以恶小而无视，是不是小学老师也应该关注这些细小的教育生成元素？

班队课上，我跟孩子们谈起《红楼梦》中赵姨娘因为嫉妒，想为自己的儿子贾环扫清障碍，做了贾宝玉和王熙凤两个布人，然后用针扎了他们的眼、耳、心等部位，并用邪法咒他们的事，以及封建皇宫的后宫嫔妃之间为了争夺权势及宠爱，也用如此种种的方式害人。恶行的背后，常常是内心恶的外在反映，如若放纵，未来之恶不可想象。孩子们听了，神情严肃了起来。

再让孩子们假设一下，若自己的照片上，眼睛啦，脸上啦，被扎了几个眼，心情如何？他们都觉得难受、不应该。

联想到也有孩子捉到潮湿虫、蜗牛，就整死的事，提出请孩子们想一想，我们如何尊重这些小生命？这个可以作为下一节班队课的话题。

孩子扎时的初始心仅是因为搞笑，因为捉弄长颈鹿，老师也没当一回事儿，慢慢迁移成扎人的照片，假若有一天恶气多了，是否会演变到真的扎人了呢？还是有点不寒而栗。

今天，也许我的教育不能改变什么，但不教育肯定什么也改变不了。我得固执一下，我得尽量让我的孩子们身怀恻隐心，行如菩提树。

学霸小倪

孩子们才二年级,就说某某同学是学霸,似乎还早了点,是否有伤仲永之嫌?但有些孩子的主动学习意识,确实是我在他们那个年纪所不具备的,我觉得有必要写出来给大家参考见识一下。那我就姑妄言之,您就姑妄听之。

就说小倪吧,这孩子是一个极专注的娃。我讲课时,两只点漆般的眼睛亮闪闪地盯着你,让我感觉就是为他一个人讲课都值!老师也需要学生的鼓励,他就是个能用专注的眼神鼓励我必须认真讲课的学生。小倪很少有开小差的时候,讲完课再让他复述某些知识点,他也能条理清晰地展示。

这些都不算啥,许多孩子都能做到,我讲课时也会信口开河,引经据典,说些好玩的东西,每每我黑板上板书出来,小倪、小葛、小唐等好几名同学竟然在书上记,我还以为他们趁机在书上乱画,如我小时一般给插图的人物画点胡子、眼镜之类的恶作剧,这事许多熊孩子爱干。但当我凑近观察,发现才不是呢,人家在记我黑板上随手写的一些成语、诗句等。这让我很感慨，就表扬了几句。这一表扬，班里就有了一大批爱记录的小朋友。二年级的孩子记笔记，反正也不是啥坏事，也就任他们记。当然，也有我让他们记却不愿动笔的孩子。

至于小倪同学带给我的惊喜，还是在去年寒假。放假前，小吴同学用获得的奖金给全班同学买了本《小学生必背古诗》，这书有两种版本，有的是75首，有的是93首，小倪拿到的是后者。寒假结束，经查，小倪93首全背会了。这是什么速度？寒假以一个月计算，平均每天约背3首。家长固然负责，也不能不让我佩服这孩子自身的定力。当本班"古诗擂台赛"落幕，接近全班同学达到会背诵的程度（不包括诗的作者及朝代），我对孩子们提了更高的要求，会背不稀奇，稀奇的是全部会默写。也跟他们说过，我平时喜欢"采蜜"，即抄录自己喜欢的诗句等。让孩子们得空也可以"采采蜜"，谁知，一个月不到，小倪同学把整本书的诗全部收进采蜜集。我问他是什么时候摘抄的，他说，大多是做完课堂作业后。确实也是呀，下课了，人家玩，他也在玩，只不过他做作业的速度在本班常常是前三四位，所以就腾出了好多时间做摘抄了。而速度慢的同学，同样的作业，小倪等"快手"用十分钟完成的，他们用一个小时也完成不了。于是，人与人之间的差距越拉越大。

小倪学习上的霸气还可以从大脑速记上看出。除了语文教材学习，我们班还有一本必背教材——清朝李渔的《笠翁对韵》，每个韵90字，都是文言文，意思也生涩难懂，但包罗万象，有趣也有内涵。学生在背每一条新韵文前，我会花三五分钟时间跟他们讲解。当我解释并正音后，就让孩子们开展速记比赛。小倪、小马、小陆、小吴等几个同学，常常只用五分钟时间就完成了记忆过程，并能当众熟练展示背诵，这让其他孩子们佩服得五体投地。我们班的孩子很喜欢这样的比赛，他们也称其为我们班的"最强大脑"挑战赛。

小倪有了这样的速度及自觉意识后，学习的方式就显得与众不同了。

记得有次背到"十五删韵"中"秋露横江，苏子月明游赤壁；冻云迷岭，韩公雪拥过蓝关"一句，我跟孩子们讲苏东坡是我极为敬佩的文人之一，他在游赤壁时，曾填写过一首非常著名的《念奴娇·赤壁怀古》，你们若感兴趣，可以让家长下载后背一背。过了两天，小倪就来找我了，说他已经背会了，他也非常喜欢这首词。我让他背给大家听，果然一字不差，采蜜本上也工工整整摘录了下来，且同样没有一个拼音出现，真的让我好一阵感慨。这样主动自觉的学生，老师怎么会不欣赏？当然，孩子主动的背后，肯定有一个愿意支持帮助孩子的家长。就这样，小倪用自己的实力慢慢地在同学中建立自己的威信，成了同学中的小首领。我想，这就是学霸诞生的过程吧。当然，我更希望这样的学霸多一点，并能影响带动其他的同学成为新的不同学科、不同领域内的学霸。

当然，也许有人会说，我这是应试教育，是培养孩子死读书。可我想说，这有什么不好？通过这半年来的实践，尤其从小倪等几个同学的身上，我看到了他们的脑子越记越灵，识记速度越来越快，想象力也同样得到发展，书也越读越多，越读越杂。当然，如果每个孩子能找到自己的努力方向，展示自己不同角度的霸主地位，我同样自豪。只要有人类存在，竞争永远存在，我们没有必要因为自己害怕挑战和竞争，而阻止孩子们的竞争。这样的竞争，如果能建立在玩的基础上，那就更好了。

我之所以要把小倪的故事写出来，就因为对孩子来说，做这些并没有影响他玩，他玩的时间也从来不少于其他同学，而且玩得更加专注，且没有心理压力。小倪这个学霸，主要是来自内心的原动力，是一种由内而外的自觉向上的行为。所以我以为，一个老师的责任不在于教会了孩子什么，而是如何引导孩子由被动走向主动，开启自己的智慧之门。

小小的心，大大的宇宙！小倪，继续加油，我挺你！

我的老师——孩子

小吴感冒发烧了，吴妈妈跟我请假，我说了句："那我今天少了一只手臂了啊。"这话顿时红了孩子的眼睛。今天，孩子进校，送我一块肉馅饼，说很好吃。我尝了，里面都是肉，确实好吃，暖了我的心。孩子晚上还问妈妈：韦老师爱我，为什么没有打我电话？妈妈解释说，老师要把爱分给每一个孩子，有点忙，爱放在心里呢。这天，有两个孩子生病，我心里是想打一个电话问问的，结果没打。不会找理由为自己辩解，若爱，没有理由。我爱孩子，有点功利；孩子爱我，天真无邪。孩子让我羞惭！今天又有两个孩子生病中途回家了，一定要记得打电话。我得让孩子们知道我爱他们，心里口里都爱。

小洪和小白说，她们的理想是当作家，理想很丰满，现实常常很骨感，就这么先让孩子们想想吧。他们不知道做一个作家，首先是清贫，其次是寂寞，身心皆寂寞（必须保持自己独立的人格和问题视角，不苟同，不世俗，不媚不欺，而这些常常会让他们陷于孤立无援中）。可我还是感动，他们的理想是因为我，虽然我没资格被称为作家，充其量只能称为写手，但我一直觉得，独立的人格何其重要。

小年每天中午自觉写一篇日记给我，已经连续四次了，充满生活气息，有情趣，都是日常的观察和感动，我更感动。只因我曾经表扬过他：小年同学是一个有抱负的孩子，看问题比其他同学都深入，角度独特，别看他荣誉不多，书却读得多又杂，又爱反思，将来一定能干出一番大事来（他曾经和爸爸合作为我做过一块长了手臂的板擦，很有创意）。今天中午小年又送来一篇日记，就是写小吴的，我看了，好喜欢。小年，你也是学霸。一个真正的学霸，就是清楚地知道，自己在学习上想达到怎样的目标，并且行动。日记如下。

学霸吴子涵

今天，我给你介绍一位学霸，叫吴子涵。

下课了，同学们归心似箭地跑向操场，而他却不慌不忙地拿出"九连环"，一声不响地一步接一步地玩起来。上课了，他立马收起"九连环"，同学们满头大汗地回到教室叽叽喳喳地讲起话来，而他静静地趴在桌上等老师上课，就像刚才什么也没发生过一样。起立的时候，有的同学歪七扭八地站着，他却像军人一样笔直地立着。

他不仅学习好，体育也好。所以他人见人爱。他是女生心目中的男神。

以此文代替我的《学霸小吴》吧，谢谢你，亲爱的小年！

今天很忙，只有两节空课，但还是赶紧记录，不然就忘了。我已经错过了好些来自孩子们的风景。昨天诗人杨恒学得知我是一个教二年级学生的普通老师，觉得非常讶异。其实，教书远比著文有价值，也困难得多，我没觉得这份职业是庸常的，反而更有挑战性。虽说这份职业让我品尝了好多失败和痛楚，但我依然在坚持，坚持的理由只有一个——孩子的纯真可爱！不然，我若离开，以我的专长，每年多赚几个钱，应该不难吧。

有些牵挂，必须放下

六月，是个丰收的季节，高考、中考、小升初考，老师、家长、学生，一个个收获着各种各样的成功，收获着心灵与情感的各种熨帖。六月，是个失望的季节，成功对应的是失败，有人笑，就一定有人哭。六月，也是个伤感的季节，曲终人散，各奔前程，再多的陪伴与感怀，都在收获与失落中无问西东。所以，有些牵挂，必须放下。再见，常常是再也不见。

昨晚，同本班家长和孩子们吃了"散伙饭"，我和同事提前告退，在孩子们合唱的《隐形的翅膀》中，饱含的泪水再也忍不住，为了不至于失态，连回头都不敢。于楼梯转弯处，忍不住回眸窥一眼，便见一张张伤感的脸，一双双流泪的眼。虽然我知道，那也只是暂时，但在新堂北路的人行道上，捧着一捧黄玫瑰的我，依然不由得失声痛哭。流泪过后，清清楚楚地明了，再多的牵挂，都必须放下。他们将走向忙碌而灿烂的未来，无暇也不可以让他们分心再想起自己。我这个庸人在他们的懵懂而青涩的儿童及少年时代，为他们驾了一程船，撑了一阵篙，虽然这一程算不得完美，也已经完成了老天赋予的历史使命。想想在撑篙的时候，常常前一秒还是温良恭俭让的贤师，后一秒就成了河东狮吼、教养全无的"母老虎"；常常在条分缕析地讲课与"某某某眼睛看哪儿"的训话中实现无缝衔接。这样的嘴脸，在他们的记忆里也不都是美好，所以又有什么可以让自己感动？即使每一声批评、每一句教训，都曾怀揣着希望；每一个微笑、每一句鼓励，也都寄托着期许。如今，船到站点，牵挂上岸，情怀必须戛然，看似无情却有情。难道你让一个进了高一级学校的学生整天为了你那点破牵挂时不时地回眸，分了他们的神，抢了他们的时间，扰了他们未来的成长才舒服？

师生如斯，与子女的亲情也如是。孩子到了青春期，或是读了大学，你也不停地管东管西，他们一准会烦你恼你，甚至把高考志愿填得越远越好，就算到了假期也寻找各种不回家的理由。缠得越紧，离得越远，就是这个理儿。只有经历了空巢期，才知道空巢老人的寂寞有多难受。慢慢地你会明白，再多的寂寞你都不可以埋怨责怪，那是事物发展的必然。

儿女结婚成家，有了他们各自的家，此时的你已经排除在他们的小家之外，作为一个外人，你更显多余。若是还喋喋不休地掺和进他们的生活中，那就只剩下被嫌的命了。老人们常说，一代管一代，颇有道理。一碗汤的距离太近，一座城的距离也并不远。各自安身立命，有需要偶尔一起即可，谁的生命都没必要为别的生命负责终身。

夫妻爱人之间也如是。年轻时，初恋时，卿卿我我，一日不见如隔三秋。时间渐长，爱情退居二线，亲情占了上风，三日不见也习以为常，若还一步离不了三寸，只会越走越远，怨偶便是如此诞生。缠得越紧，心离得也越远。如果失去了利益的共同体，还如何收拾旧山河？当然，如果还有亲情，还想维系那份旧情，似乎只剩下改变，努力地让自己更加优秀，成为对方眼中的独特风景，让对方知道，离了你，没有谁会比你更好。我们在走向自在、安然的路上，只管积极前行，假使没有了你的那个他、她、它，还有另一个他、她、它！假使你已经非常优秀，对方依然看不到你的优点，那么，这样的情感，也必须放下，戛然而止，无须回头。

　　人在这世中行走，每一步都不那么容易。有与你同好的人，同样也有气场与你极不相投的人，真的不必讨每个人的好。能合，可以；不能合，那些牵挂、那些情愫，也必须当机立断地放下。每个生命都是独特的个体，每个人虽然必须存在于团队、集体之中，也不必磨了自己的棱角，活得那般中庸。有个性固然会失去很多，没个性却连自己也找不到了，多么悲哀。

　　有些牵挂，必须放下。哪怕你放下了世界，也放不下那个人，装，也得装着放下。

七律　赠 2018 届常州二实小毕业生

翠竹青青碧水流，少年壮志万兜鍪。
辰龙秋日同窗渡，戌狗春分共户遛。
我梦可催群鸟奏，君心能令众山掊。
人间名士存部落，天下谁与常匹俦？

最美的那朵红梅花

今年的春天,老天爷好像有着无限的伤心事,一直泪水涟涟。这不,天气不好,我这身体又发烧了。可是,教师这种职业,一个萝卜一个坑,你若请假,课就要同事来代。大家的教学任务都很重,哪好意思麻烦同事呢,所以一般不到万不得已,谁都不会请假,撑呗。

撑到上午第三节课,我顶着个晕乎乎的脑袋,迈着虚浮的脚步,往教学楼走去。楼下开着一株鲜艳的红梅花。一个穿蓝衣的小姑娘——小雨正仰着小脑袋瓜欣赏着红梅花呢。看到我走近了,她笑盈盈地嚷道:"老师,您看,多美的红梅花呀!"

可不,前几天还老迈枯槁的红梅树,这两天满树红云,芬芳吐艳,熠熠生辉。小姑娘粉嘟嘟的小脸蛋、清凌凌的眼珠,在红梅花的映衬下,更是明媚如花。我正想赞叹,鼻子、喉咙又忍不住发痒了,我连忙退后几步,掉转头去,连连打了几个大大的喷嚏。

"老师,您感冒了?赶紧休息吧。"小姑娘轻轻地对我说。

"没事,快点上课去吧。"我轻松地对小姑娘说道。

今天学的是《黄鹤楼送孟浩然之广陵》，我还想示范一下感情朗诵："故人西辞咳咳咳……"一声接一声的咳嗽根本无法控制。虽然我捂着嘴，前排的同学还是皱起了眉，有的还拿语文书挡住了自己的脸。我知趣地面对黑板继续咳嗽起来，一袋纸巾不知不觉用光了。

清水鼻涕还在流，却没有可用的纸巾了。正尴尬着，手里塞进了一包纸巾。哦，是小雨，她调皮地朝我眨了眨清凌凌的大眼睛。看着手里的纸巾，有些小小的感动。其他同学并没有发现我和小雨之间的小秘密。虽然我的头更沉了，觉得脸也越来越烫了，但那包纸巾给了我支撑下去的力量。

终于下课了，我再也支撑不住，赶紧去了平时的休息室，那里面有一张我的折叠小床，那是个温暖的所在。我打开空调，很快钻进了被子里昏睡起来。头疼得无法形容，喉咙生疼生疼的，眼皮也无力睁开了。除了睡，我什么也不想做。不知睡了多久，我醒了过来，嘴唇干得快裂开来，摸摸额头，很烫！多希望有一个同事进来能给我一点儿帮助呀，哪怕倒一杯水也好。可是，这是上班时间，休息室不会有人来的。看看时间，应该是孩子们吃午饭的时间了。我还要给学生打汤呢，可是，我这样子既起不了身，也不方便去服务，毕竟会把病毒传染给学生。好在班干部比较能干，他们会帮我分担的。我继续无奈地躺着，深深感到生病后的悲哀。

正在这时，门"吱呀"一声开了。我睁眼一看，哦，竟然是小雨来了。她走近我，眼里快涌出泪来了："老师，我没看到您打汤，知道您肯定病得很重。我已经帮您打过了，您还没吃午饭吧？"

"谢谢你来看我，我不想吃，"我说，"请你帮我到办公室倒杯温水给我吧。"

"好的。"小雨说完马上出去了。过了几分钟，她用我的水杯接来了一杯温开水。我接过水杯，一下子喝光，感觉舒服了好多。她又给我倒了一杯来，放在我的枕头旁，还说："老师，我下了课再来看您。"她是学生，还有课要上呢。她也是班长，还要帮我管理午间纪律。

　　整个下午，一下课，她就走进休息室，给我送来一杯热水。有一次醒来，我竟然闻到了梅花的香味。小雨看到我欣喜的表情，甜甜地笑了，说："老师，我知道您喜欢梅花，这可不是我摘的，是别人折断的，掉在了地下。我想，梅花香味这么好闻，您闻一会儿，病就会好了。"她说这些话时，清凌凌的大眼睛眨巴眨巴的，一颗颗大大的泪珠就滑落了下来。我不由得湿了眼眶，对小丫头说："谢谢你，亲爱的小雨！"

　　终于到了放学的时间，我不用担心了，因为小雨还帮我把家庭作业布置在黑板上，又同值日生一起把教室打扫得干干净净。这些事，本都是我的事，她默默地替我都做完了。我也庆幸没让其他同事操心。

　　下班时间到了，躺了大半天的我，喝了五六杯白开水，在梅花香熏染下，热度下去了，头也疼得不那么厉害了。我感叹着，幸亏今天我课少，不然真的不知道如何跟学生及学校交代。我离开休息室，到办公室取了包下班，同事们也没发现我有什么异常，挺好。大家都忙，能不打搅大家就不要打搅，这也一向是我的为人之道。

　　我慢慢地走到楼下，又来到那棵梅花树下。夕阳下的红梅花像一片艳丽的红霞，开得更加明艳动人。小雨站在梅花树下等我，她指着一朵红梅花对我说："老师，我找到了一朵最美的红梅花，您瞧，它开得多自信哪！"

　　我看着孩子粉嘟嘟的笑脸、清凌凌的瞳仁，情不自禁地说道："小雨，你才是那朵最美的红梅花儿！"

第三辑　支教篇

话别江南

　　这几天，心绪有点纷杂。不是离愁，没有别恨，也非贪恋。闲言又碎语，道不尽江南。

　　江南江南，身居其中只平常，一旦暂离意阑珊。

　　仔细嚼嚼吧，我的江南，日出江花红胜火，春来江水绿如蓝。本家诗人韦庄云："人人尽说江南好，游人只合江南老，春水碧于天，画船听雨眠。"想想吧，我的江南，"闲梦江南梅熟日，夜船吹笛雨萧萧。人语驿边桥。"走走行行吧，我的江南可采莲，看那南塘秋，"低头弄莲子，莲子清如水。置莲怀袖中，莲心彻底红。"我的江南"青山隐隐水迢迢，秋尽江南草未凋。二十四桥明月夜，玉人何处教吹箫？"

　　我不是游人，我不是玉人，我只是春天里江南田埂上的一株草，浅浅长，寂寂思；我只是夏日江南池塘里的一柄叶，晴观日月，雨听蛙鸣；我只是秋风秋阳里江南原野的一束穗，冬雪里江南池畔的一株苇。赤着脚斜风细雨里走江南，划着船河岸池水里采江南，田野小径瓜舍菜棚里品江南……江南根植在我的心底，融入我的血脉。我的江南永远是乡情的，安静的，不事雕琢的原生态的江南。

瞧瞧吧，我而今的江南，哪一株水稻不沉稳厚实，静思默想织锦我的江南，菱香藕壮蟹肥鱼美果飘香。江南已经渗入我的血液，把守我的命门。

夜深灯静，车稀人渺，独倚我的江南。"过尽千帆皆不是，斜晖脉脉水悠悠。"会否肠断白蘋洲？休管休管，江南予我的，我受，不予我的，我看。

秋风萧瑟雁南飞，梧桐叶落蟹正肥，深深切切浅浅搁，今夜只把江南陪。

得，不再酸了，俺今儿个是左手豪迈，右手柔情，把江南打包在行囊，让西北辽阔于胸襟。亲们，我远行，尔等必须安好！

甘肃舟曲，听说过这个地名没？读读下面文字，会唤起你的记忆。

2010年8月7日22时左右，甘南藏族自治州舟曲县城东北部山区突降特大暴雨，降雨量达97毫米，持续40多分钟，引发三眼峪、罗家峪等四条沟系特大山洪地质灾害，泥石流长约5千米，平均宽度300米，平均厚度5米，总体积750万立方米，流经区域被夷为平地。

截至2010年9月7日，舟曲"8·7"特大泥石流灾害中遇难1481人，失踪284人，累计门诊治疗2315人。

后来又找到信息，此次泥石流夺去了1700多人的宝贵生命。

舟曲是全国滑坡、泥石流、地震三大地质灾害多发区。舟曲一带是秦岭西部的褶皱带，山体分化、破碎严重，大部分属于炭灰夹杂的土质，非常容易形成地质灾害。"5·12"地震震松了山体，舟曲是"5·12"地震的重灾区之一，地震导致舟曲的山体松动，极易垮塌，而山体要恢复到震前水平需要 3~5 年时间。但现在距离汶川地震发生仅 2 年多时间，山体还没有来得及恢复。

看地图，悬着的心总算舒服多了，紧邻九寨沟县呢。今年暑假我刚去九寨沟旅游过，既然紧邻，此地应该是风景绝佳处。再说那里是藏区，牛羊肉总是不少的，我立马想起的是手抓羊肉，我对羊肉历来没啥抵抗力。得，赶紧上网查查。

同行的小美女丁希彦用手机一查，可不得了，常州雾霾指数 161，你知道舟曲是多少？0，什么是 0？就是说那里是绝对的生态，绝对的氧吧，绝对的洗肺之地。有点担心，我们这一行支教回来时变成倾国倾城的俊男靓女，家里的人会不会有危机感？江南，再美也是多雾霾啊。假若韦庄、白居易等再来江南，不知道如水的诗文是否还会流落在笔端书卷？只怕口未开，先长袖掩口鼻，还是驾一叶扁舟，急速逃离？我们的蓝天白云曾几何时被林立的大烟囱、汽车尾气等形形色色的污染替换掉了，何时归还？谁人归还？

罢了，再说舟曲。网上一搜，啊，那边还有娘家人。方力，常州市天宁区天宁街道原党工委书记，现为舟曲县人民政府副县长。同行的特级教师金东旭还担心去那儿没饭吃，还在畅想不若学当年的下乡知青，东家偷只鸡，西家顺头羊。我想那里牦牛多，那肉多香，瞧着没人，牦牛腿上偶尔割块肉尝尝，估计事儿不大。马上有人警告，到时别让咱们教育局局长到当地派出所领人，那糗太大了。

好吧，既然方力副县长在，看来不用怕了，没饭吃找方力同志，他是那边的挂职干部，难道他吃饭我们喝西北风？

再查，找到我们此去的缘由，天宁区和舟曲县达成五项合作协议：一是由常州技师学院按照每年 100 人的规模为舟曲县培养"两后生"300名；二是在舟曲建立"劳动力定向输常基地"；三是在舟曲县设立"远程职介培训"基地；四是在天宁人力资源市场设立"舟曲驻常州劳务工作站";五是由常州帮助舟曲培训以骨干教师、医务人员为主的专业技术人员。

好了,看来此去真不是玩的,培训教师,任务重大。洗洗睡觉,期待明天的舟曲行。

抵达舟曲

大概没有什么地方比飞机、火车、轮船更能给人以安静苍茫的感觉，置身这些快速移动的交通工具上，你便觉遗世独立，一切的个人情绪都不再重要。坐在飞机上，看连绵的白云在飞机下铺陈，想着同白云下面那些与我们休戚相关的生命一点点拉长距离，不由得有一种魂无所依的空落落。再想着还有一些陌生的生命将与我们发生一些新的关联，徐徐的憧憬便在内心里翩然。

昨天下午四点多，我们一行九人坐了四个多小时的车，来到萧山国际机场。今天一早，六点起床，上午八点三十分，飞机从萧山国际机场起飞，历时两个半小时到达四川广元机场，这里是女皇武则天的故里。

令我们感动的是舟曲教育局毕书记和教研室陈主任已经提早两个小时来机场接我们，从时间上推算，他们今天是早晨五点钟从舟曲出发的。接我们的车是县里最豪华的中巴，说是领导特意关照必须用这车接常州的专家。这话让我们一个个不由得两股战战，压力顿增。

一路上，我们的车行驶在兰海高速公路上，很少有同方向的车。车一直在山区的隧道里穿行，一座座山黑沉沉地压在头上。好不容易看到亮光了，前面又出现了一个新隧道的入口。陈主任说，这里最长的隧道有9公里。这些隧道的名字还各有特色，桃花源、白龙马、锦鸡、阶州……太多了，车大多数时间在隧道里穿梭。好不容易出了隧道，抬头看向两边，就是直入云霄的山，有云在山顶上随意地飘，山上很少有大树，更多的是并不繁茂的杂草、裸露的岩石。偶尔在山脚或山坡上能看到一两户人家，并不相连，而是常常独立成户，远远地隔着，自成一个世界。终于进入了甘肃陇南地区，隧道没了，进入313国道，说是国道，不过是仅容两辆车交会的路。突然一个急转弯，常有山的一角漠然挡了道，或是一辆车对面急撞过来，司机一会儿急刹，一会儿猛转，一会儿冲刺，那气势如辛弃疾词一般豪迈。

  这里的山比四川境内更秃了，下有白龙江，秃了山头，泥沙也就有了更多猖獗的机会。不过，虽说地处塞北，竟然也有水稻、高粱、玉米等。核桃、油橄榄是这儿主打的经济树木。沿途到处是油橄榄树，我们吃的橄榄油很多就是从这些树的果实里提取的。柿子树也不少，柿子红红地挂在枝头，那树叶竟然也是绿绿的。只不过路旁家家户户门口种着一些花花草草，小小的院落拾掇得美观而整洁。围墙上还挂着一丛丛金黄的玉米穗，加上沿途的崇山峻岭，难怪被称为"藏乡江南"。

  从跟县教研室李主任一路聊天中，我们了解了舟曲的教育状况。这里最缺的是教育类人才，高考志愿愿意填报师范的不多，优质人才基本不会去师范。再加上分配到这儿的老师能安心留下来的不多，因此许多转到省城兰州或陇南市读书的学生也不在少数。师资力量严重缺失，教师水平亟待提高，教育理念更是迫切需要更新。现在城区小学人数饱和，最多的每个班75人，少的也有60人。陈主任说，没有办法，师资跟不上，校园也容不下。县里农村教学点还比较多，共有46个，有些学校依然存在只有几个、十几个学生的现象，因为在山区，学生上学实在太远，路又不通畅。

　　顺着白龙江，经过了近四个小时的颠簸，我们终于到了舟曲县城，人也累得快散架。好在舟曲教育局的领导和老师一个个热情候在宾馆门口，我们一下车，包裹都被他们抢着提着送到我们住的楼层来，那些春风般的笑，颇给我们一种江南般的温暖。晚上，舟曲的几个副县长和中组部扶贫办的高书记，也热情地接待了我们，跟我们介绍舟曲的人文风情、历史名胜、经济发展等。天宁区来这儿挂职的方力副县长也来了，并且告诉我们，有困难一定要找他。娘家人果然是娘家人。

静看默思

今天，舟曲教育局安排我们参观了当年泥石流灾害现场。

一路上，但见远处峰峦叠嶂，云雾如巨大的绒帽，扣在高峰之上。脚旁是一条碎石沟，沟的两壁砌成高而坚实的堤岸。泥石流所经之处没有留下一户人家。舟曲领导介绍，原来这里居住着许多百姓，是人群最为密集，市场最为繁华，土地也特别富饶的地方。在舟曲，满眼皆高山，平地比金子还要贵重。2010年8月7日晚上十点多，三眼峪、罗家峪山区突降特大暴雨，而相隔几公里的县城却没有雨，这里的降雨量达97毫米，持续40多分钟，引发三眼峪、罗家峪等四条沟系特大山洪地质灾害，泥石流长约5公里，平均宽度300米，平均厚度5米，总体积750万立方米，流经区域被夷为平地。当时被泥石流掩埋了五个自然村，有的村庄除了在外打工的人，村里所有的村民，顷刻之间全体遇难。泥石流流过之处，带来许多沙石，很快把县城的白龙江堵塞形成堰塞湖，大半个县城被突然而至的洪水淹没，低洼处一直淹到三层楼那么高，也有的家庭就在睡梦中，全家遇难。当遇难者遗体被挖掘出来时，好多人是睡觉的姿势。第二天在抢救过程中发现，在这条沟旁漂浮着很多遇难者的遗体。听到这些，内心的悲痛无以表达，只是安安静静慢走，怕惊动了一个个沉睡于沙石底下的灵魂；只是深深哀悼，愿一个个灵魂不再有痛苦，得以静静安息；更是虔诚祈祷，愿自然与人和平相处，愿舟曲人民安康，永远不再有灾难肆虐。

如今，三眼峪口，已经连修四道宽度十余米的大坝，横亘于泥石流必经的沟道之间，以保证山下县城及百姓的安全。

默默行走间，常有巨石挡道，在一块已没有了锋利棱角的巨石前，看见了一块碑，上有碑文：三眼峪口，巨石庞然。泥石流沙裹挟出，莫道神力显人间。仰之如峰，叩之无言。肃然大地之上，见证灾难。岿然山川之间，守望家园。

愿这块驻守的巨石能作为天眼吧，看护着山脚下饱经沧桑的土地，庇佑着经历大灾惶恐不安的舟曲百姓。

写到这儿，又想起江南灵秀之地的雾霾，想起汶川、玉树、云南的地震，想起那些令人担忧的转基因食品，想起日常蔬菜水果副食品中各种有害的添加剂，想起那些狂暴之徒对孩童的毒手，也想起阿兰·德波顿的话：

> 我们乘坐的飞机是一位渊博的哲学老师，
> 是听从波德莱尔的召唤的信使：
> 列车，让我和你同行！
> 轮船，带我离开这里！
> 带我走，到远方。
> 此地，土俱是泪。

试问，苍茫大地间，哪一块土地不曾流泪？哪一座山没有愤怒？哪一汪水域不曾担忧？哪一个生命体不想安宁地歌唱？下一站该去往哪里？问我们的身体，问我们的灵魂……

支教开启

来舟曲,就是意味着吃苦。每晚几乎都要到十一点以后才有空写日记,午夜一点前几乎没睡过觉。金蓉老师今天是早上三点多才睡。前天把行囊搬进舟曲第二小学四楼我们的临时宿舍,看到四面粉刷一新的墙壁,床上还铺着鲜艳的新床单,比想象的好了很多。自己添了些生活用品,就算是把家安顿好了。只是四楼几乎没人住过,大家就自觉地打扫起卫生来,连被尘土覆盖的洗衣池,以及垃圾满地的长走廊也都被清理干净了。只是一到四层的大楼,没有一处可以如厕,也无处冲澡,整个校园就一座厕所,这是一个大问题。舟曲一小也是这种状况,3700多名学生的学校也只有一个厕所,独立在校园一角,一到六楼的教学楼及综合楼都没有设置卫生间,一小所有的女生厕所蹲位只有38个,是那种老式的水泥蹲坑,类似于苏南20世纪80年代的样式,蹲坑深不见底。女教师的厕所和学生是分开的,有七个蹲位。虽然楼房、电教设备极先进,但在理念、人性化这些方面感觉还是有距离。

县委领导和我们的任局长看到了我们几位老师的实际困难,也担心我们的安全，特意打电话给教育局，给我们在县城中心处找了两套一居室，又让我们搬家了。给他们添这么多麻烦，我们几个老师都挺过意不去。县教研室李主任说，今天天气不错，又是个好日子，赶紧搬家吧。二小的老师们又来帮我们提行李、搬东西，教育局的领导也来了。我和局小的金蓉、解放路小学的丁希彦终于可以住在一个一室一厅一卫的单元房里了，心里一下轻松了许多。他们三个男教师住在四楼的一套一样大小的一居室。古人云，安居方能乐业，真话。

工作不能闲着，没搬家之前的周一上午，我们六名老师分别去了两所学校。才六点三十分，从住处二小出发，二小的教室里已经灯火通明，我和金蓉、沈虹去的是第一小学。和他们学校领导、老师见了面后，马上给我们分了任务。金蓉老师最辛苦，由于他们缺了两个英语老师，学校教导处直接分给她四年级3个班的英语课。每班人数63至69人，课堂都要开放。东西部的差别立马出现。在我们东部地区，每班一般不超过45名学生，这里班额量严重超员，教育均衡的设想要想达到统一，看样子依然任重道远。想想三个班的学生，总人数近200人，每天光批作业的时间就很局促了，老师哪还有精力去钻研教材，设计更好的教案？金老师这一周的任务不是一般的重啊。除了上课批作业，我们还要承担培训老师的任务，每天还要写文字稿向自己学校汇报。沈虹老师的任务是教三年级数学。

我分到的任务是五年级一个班的语文教学。因为是人教版的教材，和我们学校用的不一样，第一件事自然是研读教材。他们的教学进度不是一般快，已经教完了四个单元的课文。第五单元是语文综合性学习。这种教材对学生的要求比较高，如果没有一定的课前素材收集、学习计划制订，根本上不了课。我找来该班语文老师了解情况，她说希望我能帮她指导学生作文课，一至四单元的作文都可以。好吧，这一周我就准备专门上作文指导课，很快就进入备课状态。人教版和苏教版编排体系有很大出入，我带来的几十节苏教版的课，没有一节可以用得上。我也不可能通过一周课能改变什么，就努力尽到这一周的责任吧。就在我们备课的时候，已经不断有学生来我们办公室探头探脑了。孩子们充满期待，我们岂敢马虎？

另一组是金东旭、陈阳、丁希彦，他们本周的任务主要是听课、评课、做讲座，后半周上公开课。当然，我们这周的任务，将是他们下周的。反之亦然。

任局长和薛文兴校长也没有歇着，舟曲教育局召集了县里所有学校的校长来听取任局长关于"天宁教育在教育均衡中追求品质"的讲座，以及薛文兴校长关于"银球飞舞花盛开"的学校特色课程开发讲座。

县教育局毕书记介绍道："受中组部委托，为了振兴舟曲教育事业，常州市积极行动，协调常州市名校集中的天宁区为我局选派了第一批六名教育专家来我县进行指导……"

他还同时向全体校长下了命令，一律不得请假，必须全程参与本次同支教老师的交流会。讲座过程中，校长们听得特别安静，只是他们还不太习惯与授课的任局长和薛校长进行互动。当任局长提问，有谁去过江苏吗？没有一个人回应，不知是观念的差异还是习惯使然，这大概也是东西部差别之一吧。

走近学生

　　舟曲一小的校园坐落在一座山的山顶上，每天上班要爬81级陡坡式台阶，相当于十一二层的楼房那么高。台阶狭窄，也就容一两个人擦身而过。我和金蓉、沈虹老师每天来回四趟。这里的师生中午也回家吃饭，学校不供应午饭，上午十一点四十五分放学，下午两点半上课，上坡时都喘得不行，孩子们却轻车熟路，还跟我们开玩笑说：你们留在这儿几年就不会喘了。这座学校原先是在山脚下的，由于2010年8月7日晚上的特大泥石流把整个校园冲垮，所以一小学生归并进了原先的初中。现在这所学校既有小学，也有初一至初二两个年级的学生，全校共有3700余名学生、教师138人。

　　这里的硬件配套非常好，楼房高大，楼梯宽阔，每层楼里都有较大的供孩子嬉戏的空间。学校也有电子备课室，里面的电脑配备也比较高档，只是几乎没什么人进去。听李副校长说，老教师大多不会用电脑，年轻人还不错，大多家里有电脑了。我建议学校领导把这些电脑分发给老师，放在他们的办公桌上，距离近了，价值就会大了。他们说考虑一下。每个教室都有配置不低的电脑和白板设备，说到这点我们常州第二实验小学的老师估计眼睛都要绿了，记得我校陆芳老师曾经想要自费为教室买白板的。我们一个大集团三四千学生，才几间公共教室有白板呀？这些尖端的设备没有得到最大价值的发挥，看来我们要带起头来。

今天教导处张主任给了我任务，上五（5）班课。班主任杨林霞老师给我送来了花名册，这一个班共有学生71名，藏族学生29人，其余都是汉族学生，别的班也有回族学生。最奇特的现象是，这一个班的学生年龄跨度达到六岁，最小的九岁，最大的十五岁。十五岁的那个孩子已经隐约有成人的面相了，说是因为不会说汉语的原因，入学晚了，好像回到我小时候读书的那种状态。

杨老师说，他们这儿最不会上的是作文课，要求我最好给他们上几节作文课。他们已经教完四个单元的课文，准备期中复习，没什么新课文可上，习作1到习作4都随我选。

我发现习作1可以写一场辩论赛，也就是写事的记叙文，前一阵在网上查过舟曲文化特色有楹联文化，所以也带了一本《笠翁对韵》来。既然如此，决定先上堂韵文课，没想到这些孩子看到我来，上课非常活跃，思维也很敏捷，只是读书的方式大多是喊，颇有军队出操的感觉。语言表达除了"大江东去浪淘尽"的豪迈，也可以是"柔情似水涓涓流"的柔美呀。但一下子改掉他们养成的习惯有点难，唯有不断地提醒、指导，希望能改变一点是一点。后来我就决定第二天的作文写"一节特殊的语文课"。在上韵文课的同时，也就有意用手机随手拍了点照片和视频，作为下堂课课件的素材。

一下课，孩子们围着我像小鸟一样叽叽喳喳，问个不停，看得出他们对我这位来自遥远的常州的老师非常感兴趣。和孩子们交谈，颇觉辛酸，好些孩子最大的梦想竟然是去一趟兰州。看来见识有多远，梦就有多远。那一刻，真心地希望这里的孩子们能和我们常州的孩子手拉手，同在一片蓝天下，同享人生，共创未来。

上完课后，张主任要我和他再去听一位他们学校老师的语文课。走进五（4）班，那位年轻的女老师走了过来跟我商量，说她这堂课准备先讲一会练习题，然后请我给他们班学生也上一堂刚才的韵文课，因为他们班的孩子没机会听我的课，希望我能给孩子们一个机会。为了孩子，那便没有任何拒绝的理由。我自然接受了，在五（4）班先听了小半堂课，又上了大半堂课，效果比五（5）班好得多。

下午，五（4）班一位听过我课的小姑娘的妈妈在楼梯上候着我，一见到我，就掏出一口袋孩子的作文要我看。说孩子今天中午一回到家就哭了，说我上课时大大表扬她了，说她记忆力强，很有潜力。她听说我明天就要离开了，很伤心。我接过孩子的作文，虽然字写得不是很好，倒是文辞独特，个性彰显，还是比较有天赋的。面对这位殷切的母亲，我有些惭愧，这么短的时间我又能给她什么样的帮助呢？

众人拾柴

这几天给舟曲一小五（5）班的同学上了三堂作文课，孩子们就跟我没了距离。前天下午，他们竟然从家里带来了各种各样的土特产，堆满了我的办公桌。小核桃、柿子、葵花子、花椒、橘子，还有干果做成的糖，也不知道叫什么名儿，味道挺香。孩子们的朴实真诚深深打动着我。今天早上，五（5）班的薛媛竟然给我们三位老师送来了她妈妈亲手做的凉皮，正宗的西北风味，真正的好味道。

金蓉和沈虹两位老师也在用他们的优秀课和精心的讲座积极投入到教研工作中来。我们都感觉到舟曲的孩子好学热情，纯朴可爱，接受能力一点儿不比我们东部的孩子差。想来，与孩子在一起便是我们这些老师最大的快乐。

昨天下午晚自习时，我做了一个作文教学的讲座，主要围绕常态化的阅读教学中如何有机渗透写作教学，以及如何借助网络更好开展作文教学两方面展开的。舟曲一小全体语文老师和校领导都来了，看得出，老师们对我的观点比较认同，在听的过程中，不断地点头微笑，并记录。真心希望我的一些做法能给他们带来一点启发。越来越觉得，转变理念的重要性，一点不比硬件的改造来得逊色！

今天，李副校长和张主任又和我们几个支教老师做了一番深谈。他们也感觉到老师们在变化，学校的一些研究也会做调整。面对种种教学困难，他们一直在坚守，他们的敬业精神更让我们敬重。在我们的教学过程中，他们一方面要忙自己的工作，一方面要精心配合我们，无论哪一门学科的课堂、讲座，他们都全程陪同，还不忘关心我们的生活，特别感谢！

五（5）班杨林霞和五（4）班赵秀英老师都来找我，跟我探讨了一些作文教学的方式方法，也交流了他们实践教学中的一些困惑，并且把我从常州二实小带去的一些教学课件、少先队大队部的一些视听资料，包括我的课题资料、讲座材料也都要了过去。看得出，他们开始接纳我们的教学理念并急切地希望能付诸实践，这是多么开心的事！当然，也感谢我校朱丽萍副校长、高鸣鸿副校长及郦少春部长对我支教工作的支持。我和杨老师、赵老师也都加了QQ好友，以加强今后的远程交流和合作。

听杨林霞老师说，五（5）班一名杨姓同学家庭情况比较特殊，曾经逃课9天，并且把杨老师的电话拉进了黑名单。他也不回家，连他的奶奶也找不到他。他说父亲在天水，妈妈在宕昌打工，由于少了父母亲的管束，他迷上了一款游戏。但这孩子的智力挺好，在我的语文课"最强大脑"记忆比赛中表现极为出色，我一下记住了他的名字。若有人好好地陪伴教育他，将来说不定也是个栋梁之材。另一名严姓同学家庭条件比较困难，母亡，父亲脾气暴躁，常常打孩子。如今已经两三个月没回过家，也没给家里寄过一分钱。好在孩子成绩比较优秀，在班里一般能排四五名，只是生活状态堪忧。今天我到城里的新华书店给两个班的孩子们挑了十来本文学书，也专门给这两个孩子买了课外书和文具盒，希望以自己一点小小的帮助给孩子一丝人间的温暖，唤起他们积极面对困难的勇气。如果他们今后能够自强自立，为命运而打拼就行了。若能报效社会，那更是莫大的幸事。那个十五岁的孩子之所以这么大才读五年级，是因为这孩子一直生活在山区，不会说汉语。我也找来一批藏族孩子交流，希望他们在学汉语的同时，不忘学习本民族语言文字，将来可以为自己的民族和汉藏文化交流做些贡献。

当我把舟曲新华书店缺少文学和百科类书籍的事发到微信上后，江苏的资深编辑陈文瑛老师看到了，马上回应：请把你的地址给我，我给孩子们寄点童书去。我知道她的办公室有许多的经典童书，每次我去她那儿都像个饕餮之徒，恨不得开辆车为我们班孩子们去装书。曹文轩、金波、黄蓓佳、秦文君、王一梅、冰波……这些国内著名童书作家的书她都当过责编。她一直有个美好的心愿，愿孩子们都能读读这些经典的童书，滋润他们的心灵，打开他们的心扉，提升他们的品格。此等好事怎能不成全？因为我下周就要到舟曲二小工作了，我就把杨林霞老师的联系方式给了文瑛。

因为在我出发前，我们社科群的朋友自掏腰包给我饯行时，群员们好几个提起捐助的事。常州文化局周晓东副局长更是悄悄给我数千元钱，让我择机捐给舟曲的孩子，这个心愿直到今天也没完成。我跟新华书店的老板娘商量，能不能多进一些童书来，并且给我们打点折，尽量给农村学校的孩子们多赠送一点经典童书，我好完成周晓东局长这个心愿。还好，老板娘说，可以打八折给我。

在舟曲的每一天，紧张着，忙碌着，但也收获着，感动着。我们也一直在学习，在提升，我们的灵魂也在这样的活动中得到净化。两地牵手，多方融合，点亮童心，众人拾柴火焰高，西行的意义大概也在于此吧。

拉尕山——神仙喜爱的地方

连续工作奔波了13天,终于有了休息日,大家策划着去哪儿玩。听了当地朋友的介绍,首推拉尕山。拉尕山在藏语中意为"神仙喜爱的地方",咱们得做一会儿神仙,去那仙境一般的地方游玩,方对得起舟曲这方瑰丽神奇的土地。

拉尕山位于甘肃省舟曲县立节乡东南部的白龙江南岸,地处昆仑山支脉岷山腹地,距313省道12公里,为国家AAAA级旅游景区。

我们的车从舟曲县城出发,沿着白龙江从313省道向西行,路两旁便是崇山峻岭。偶尔会有一些村庄,一座座房子密集地挨着。路上常会看到背着竹篓的农人。车行了二三十分钟,穿过江上一座仅容一辆车通过的斜拉桥,便到了南岸。南岸的路有些险,左边就是二三十米深的白龙江。驾驶技术差一点的,一不小心就会连车带人找不到。

过江左转不久,便看到拉尕山景区仿原木根雕大门。进了大门,车就在两山之间的深谷里穿行。这是怎样的沟谷呀,一路上溪流潺潺,风光无限。在溪流中的石块上,常能见到一个个用笼子围起来的转经筒,在这山谷溪涧里借着水力不停地旋转。一路都是上山,蓦然间便会有一条瀑布,那样随意地直泻,旁若无人地飘洒,像山间哪位藏族姑娘不小心被风儿吹落下的洁白的哈达。瀑布不大,也不高,又像藏家的男孩,随意中透出狂野。

越往山上行,路越是盘曲回旋,一道道急转弯,惊心动魄。每转一道,便见着一道新景,从山下到山顶有11公里的路程。半山上有一个藏族村寨,就叫拉尕村寨。趁着阳光晴好,还是先上山,山顶海拔有2800多米,温度比较低,而我们只穿着夹衣。透过车窗,我们一边看景,一边尖叫,天哪,雪山!天哪,好美的山林!天哪,好高的山峰!一路大呼小叫,一路惊奇地赞叹,不知不觉到了山顶。

一下车,手机相机长枪短炮齐上阵,东南西北四个方向乱拍。是啊,哪里不是美景,哪处不是画卷?

南边是一道纵深的山峰,植被满坡,落叶松、红桦林、绿叶松,各式各样的树叶,组成了五彩的画卷。抬头见青天,阳光普照,好像从来未曾见过这般明朗的天,这般透明的蓝,没有一丝杂质。只有南边天空上的一朵半透明的白云趴在南山顶上,一动也不动。像是白云之上坐着一个白裙仙女,正悄悄俯视着人间。西南方向,远远的雪山横亘,晶亮俏丽,那里一定是神仙的居住地——仙境。北面的山没有什么绿色植被,裸露的黑色岩石,露出各种锋芒,沉默而坚韧。看这样的山,不由得感叹自然鬼斧神工之绝妙。这山尖究竟挺了多少个世纪?无从知道。

拉尕山的山顶也有一些孩子们玩耍娱乐的设施。在这奇妙的地方,孩子们一边玩耍嬉戏,一边感受山的雄浑、天的高远、空气的清新。山顶有好几幢别墅,绿色的、红色的、灰色的,样子各异,颇有情趣。听说住一夜只要280元,这儿简直太便宜了。炎炎夏日里若能来这神仙住的山顶游玩,白天赏美景,夜晚数星星,当是不错的选择。在这儿,你可以指点江山,激扬文字,粪土当年万户侯。在这儿,你可以放下多少世俗，拂去一身尘埃，让心滤得透明，让肺涤得清清爽爽，在山的怀抱里徜徉，在天的抚摸下纵情，多么美妙！

去往更高山顶的石阶已经被落叶铺满，踩上去沙沙作响，奏出一曲班得瑞式的春天的乐章。还有那一树一树的白花，如三月的梨花，如夏日的茉莉，那样热烈倾情。等相机拉近，才发现哪是什么白花，原是一树树洁白的果呢。这大概是仙人饮用的玉露琼浆吧，要不怎么会美得这般圣洁？后来才知道，这是乌桕树。

终于到了山的最高点，你已看不清大地，只看到一条条五彩的沟谷在眼底纵横雀跃，一泻千里。抬头，雪山对你眨眼，树木向你颔首，蓝天张开怀抱把你紧拥入怀。你终于成就了你自己，成了那一粒尘世间小小的埃，宠辱不惊，把酒临风，忘却一切难以割舍的情愫。俱往矣，而今，你才是自己的主人，是这山的主人。

藏在山腰里的原生态藏族村寨，更有另一番情趣。还没走近山寨，便见一大群牛在青青的山坡上自在地甩着尾巴，吃着鲜嫩的草。此时，实在该甩着牛鞭高歌一曲。走近牛群，它们才不惧你。你若逗它，它转过身朝别处行，才懒得招呼你。人家是主人嘛，自然需要傲娇一点。

走近藏家，不管是姑娘、小伙，还是老人、娃娃，一个个都大大方方。你想拍照就可以拍一张，他们还很配合地摆个姿势。纯朴的村民，有着花团锦簇的小院子，一挂挂金色的玉米棒，怎么看怎么惬意。至于藏家的美食，那喷香的熏肉，土鸡汤泡油饼，刺五加、乌兰头等野菜，都是不能不提的，怎么吃怎么美味怎么放心。当然，藏家自酿的青稞酒，浸泡上鹿茸，自有一番妙不可言。主人家用藏族礼仪对我们一敬三杯，我们怎么可以随意拒绝？喝吧，快乐在其中，自由在其中，情意在其中。此时，语言已经成了累赘，畅饮是最好的表达。

拉尕山就是这般美，美得惊心，美得深邃，美得狂野，美得肆无忌惮。拉尕山这么美，你好意思不来吗？

莳弄花田

　　夜里做了一个梦，梦里我在找田种花，怎么都找不着。突然碰见了我的二姐还是二嫂，说自家门口就有田，可以给我一点。我开心地辟了一块，大约两三分田，正方形的，我播下了花种子，马上开出了许多艳丽的花，牡丹、月季、百合、石竹、金盏花、一串红……尤其是菊花，开得那般姹紫嫣红。我班的孩子都来了，围着花田载歌载舞。天哪，还有我舟曲县城关一小、城关二小的学生。我开心得笑醒了，这个梦是那般清晰，我急急忙忙想找电脑把它记下来。

　　梦里花田，是那般美，醒来后，想起我若真有这样的一丘田，我的孩子们该多么高兴，我该是多么满足。

　　青枫公园的菊花已经是热闹非凡，兄弟"老虎不哭"在朋友圈里晒了好多菊花，我大概是想念青枫公园的菊花展了。常州最吸引我的除了那些可爱的朋友、学生，就是开放式公园。东坡公园的牡丹节、紫荆公园的月季花节、红梅公园的梅花节、荷园的荷花节、花博园的郁金香展等每每搅动着我的"花心"。这些年一直说去看菊花展的，因为青枫公园离我住处有些远,也总有些杂事绊着,就这样错过一年又一年。

今年来塞北支教,又一次错过了,跟那些花儿们道个歉吧,我只有期盼明年不再负卿。好在离校时,我班里吴嘉元爷爷去年送给我们班的菊花,今年重新发芽,还开出了一两朵不算热烈的紫花,也算是赏过菊了。

大概也是想我班的孩子们了才做这梦。我总是喜欢带着孩子们种植,去年种过大蒜,今年六一儿童节,我给孩子们送的礼物是网上的蛋壳花,那花的种子各有不同。记得小倪的是葵花种子,孩子拿到他的花种后说,我要种出葵花来,将来收了葵花子,我请全班同学和老师来家里吃葵花子。我为孩子叫好,虽然知道那葵花子不可能有收获,但一定会开花,那花一定会在孩子的心里发芽长叶结出爱的种子来。果然,孩子的葵花真的开了。那小小的蛋壳哪里结得出种子来?但爱的种子早已经结在孩子心里了。当小倪妈妈在群里分享孩子的葵花时,群里的爸爸妈妈都那样欣喜,孩子也是那样高兴。蔡祎涛的喇叭花竟然开出花来了,好漂亮啊!前一阵小马的花也开了,小马妈妈很欣喜地在群里晒花。我也好开心,好像晒的就是成了栋梁的小马。陈芷年和王云齐的喇叭花、沈虹的太阳花、王珏的西瓜花、刘裕洲的彩色辣椒花……都那样打动着我们的孩子和他们的爸爸妈妈。让每个人的心田里都有一丘可以自己莳弄的花田,多美好的事儿!虽然有好些孩子没种出花来,可是花儿已经开在了他们的心田,他们依然会种,在自然中种,在生活中种,在心里头种。种下美好便收获美好,种下善良便收获善良。种的时候,没有邪恶,没有妒忌,只有希望。

这两天,我班里的孩子们放了学后时不时地发个QQ信息给我,说是想我了。一张张流泪的小脸让我好生心疼,也让我有些小小的满足。这世上有人挂牵着,总是幸福的。昨天,小依然和沈鸿在他们建的小朋友QQ群里说:"老师你快回来吧,我们给你准备了礼物。"前几天汤汤和小云儿也说想我来着，这些可爱的小花儿，我也陪伴了两年多了，其间多少情谊，只有我们师生自知。我喜欢他们，他们也那样喜欢我，比我对他们的喜欢要多得多，因此也常考验着我的良知。记得在文化小学时，有个小女孩诗缘九月一日那天来我班读一年级，她拉着妈妈的手，流着泪不肯进我的班。我走过去，牵过孩子的手说："瞧，小诗缘多可爱啊，老师好喜欢你呀，班里有好多小朋友想跟你交朋友呢，跟老师进去吧。"孩子那双纯净的大眼睛盯着我看了几秒，然后就笑了，泪花还挂在脸上，就跟妈妈挥挥手，牵着我的手进了班级。那一刻，我的眼泪情不自禁地含在眼里，为着那百分百的信任，当然也是鼓励。我手里的那只温润的小手给了我极大的警醒，我很清楚地知道，一个班主任的爱，对一个孩子来说就是意味着社会对他（她）的全部接纳和心理安全。孩子的眼睛最纯净，他（她）能清楚地分析真伪、美丑、善恶，不要试图骗孩子，他们心里比我们大人清楚得多呢。

  我在舟曲一小、二小的孩子们也那样毫无保留地对我好，一小五（5）班的孩子，才给他们上了一堂课，第二天他们就给我带来那么多的特产：花椒、核桃、酒柿子……一下课，他们就来到我的办公室和我聊天，还给几个支教老师送来妈妈亲手做的凉粉。二小三（5）班的孩子给我送了一个白瓷描花的茶杯，还有不少封孩子稚嫩的信，上面写着：老师，我爱你！老师，你好美！老师，你是个善良的人，我喜欢你！老师，你不要走……一句句发自肺腑的话语让我好感动，为孩子们水晶般透明澄澈的心，也为山区人纯朴的情。我何德何能，要掠夺孩子们如此的真诚和挚爱？

  甘南地区，本不属于富庶之地，土地沙化，水源奇缺，人员稀少，是汉族、藏族、回族等多民族居住地。可是这里不缺美，不缺文化。记得昨日找食，撞进了212国道旁的一家面馆，老板娘清丽的容颜一下镇住了我的视线。那一低头的温柔，像一朵雪莲花不胜凉风的娇羞，我醉了，客人们都醉了。找水洗手时，老板说门口有水壶，我才知道那个小小的水壶是供客人洗手用的。一个在甘南地区生活过的朋友告诉我：西北回族餐厅都配一个传统上给客人洗手的壶，这是干旱地区对客人的一种敬意。即使小店供不起水，也要画一个水壶挂起来。洗手也有讲究：一要省水；二不要靠近壶洗（汉人尤其注意）。如果是别人倒水给你，用双手捧接；如果是自己倒，用另一只手捧接。接好后迅速端到一边，双手搓洗！不能让人源源不断一直往你手里倒，也不能凑着壶嘴洗。

原来这壶就是老板娘的花田。读万卷书，不若行万里路。行万里路，不若听行家言。

莳弄一丘花田，便是人在这世上留下的一点美好。那么，好好莳弄吧。

弓子石学区教学记

　　今天我们六人兵分两路，我们组去的是弓子石学区的东山乡中心小学。一路上，车子就是不断地爬山爬山。盘山公路上不知兜了多少圈，就在悬崖峭壁旁行走，一向自称为"女汉子"的我，腿也已经怵了。这里的山路靠悬崖那一边没有任何遮拦的东西，因为是盘山路，常常出现急转弯，且无法预知前方转弯处有何意外，车子一旦偏离，肯定人车坠崖，粉身碎骨。同行的两位老师一路惊叫，真是"车在云端行，心在火上煎"。

　　就这样，一路上胆战心惊，从一座山顶到另一座山顶。那路哪叫路，这分明是二十几年前我老家拉板车的路啊，好多地方车胎一陷下去半天拔不出来，恨不得要我们坐车的人去推。好多地方只有半条道，另一半正在浇水泥，真是险之又险。18公里的山路，整整走了一个半小时。碰到另一所来听课的中心校的韩校长和几个老师，说他们就在山背后的学校，今天一早赶过来，因为车没法上，他们爬了两个多小时的山路。我不由得想起自己二十多年前在农村学校工作的经历，但那儿可比这儿好太多了。

到达学校后,才知道我的任务是上四年级的作文课。哦,四年级,上啥呢?我手头也没有现成的作文教案和课件。急急忙忙借来四年级语文教材,发现习作4是编童话故事,这种文体我来了舟曲后是唯一没有尝试过的。想想三年级状物作文《柿子》的课件我还能派上用场,决定就利用这个课件做简单修改,就上以"柿子"为主角的童话作文了。十来分钟思考教案并修改课件,就这样上场了。

想着这么偏僻的地方,担心孩子们会不会不理我。没想到,这东山小学的学生还是比较能上手的。我要求孩子们展开想象,说说柿子碰到了谁,发生了怎样的故事?请看我们编的童话故事(故事情节大致如此,语言已经经过了我的一些加工,以方便这些学校的老师可以下载给孩子读读)。

故事1:在一边提问一边引导中,师生共同创作。

在东山乡的村里,有一位又老又病的老奶奶。她家门口种了一棵大柿子树。秋天到了,柿子成熟了,一只只柿子像一盏盏灯笼似的挂满了枝头。老奶奶期待把这些柿子卖了可以有钱上医院看病。她就天天坐在柿子树下看着。

这天晚上,一个小偷来了,他潜进老奶奶家,看看老奶奶睡了没有,想偷点值钱的东西。老奶奶因为白天看柿子太辛苦了,就睡着了。小偷马上爬上柿子树准备偷柿子。柿子们可生气了,一年到头,都是老奶奶给他们施肥浇水,他们才能在春天里开花,夏天里长得壮壮的,秋天里一片金黄,散发出香味儿来。怎么可以让小偷不劳动就给偷走呢?满树的柿子们用柿子语悄悄商量了一下,决定惩治一下这个小偷。一只大柿子一声令下,所有的柿子像石头一样砸向小偷,小偷被砸得狼狈逃窜。可是往哪儿逃呢,到处都是猛烈的柿子雨。小偷痛得鬼哭狼嚎，这下子把村里人全惊动了。大家全部出来了，一起动手把小偷抓住了。

小偷看到老奶奶身体这么差，自己竟然还偷她的柿子，决定改邪归正，做老奶奶的儿子，帮老奶奶去卖柿子。说也奇怪，小柿子们竟然一个个规规矩矩地跳进了箩筐，整整齐齐地排着队，就等小伙子把他们挑上街去卖了。

小伙子和村上人一起帮老奶奶卖光了所有的柿子，赚了很多钱，从此他和老奶奶一起过上了幸福的日子。

故事2：孩子冒出一句话，说一只可爱的金柿子碰到一只小兔子，可是小兔子一口把它吃了。故事如果这样编，就太没劲了。一想，有的柿子里不是有柿子核吗？这个可以做文章。孩子们立马想到了柿子核可以种下土，生根又发芽，将来还能开花结果。多好呀！于是，我们的另一个故事开始了。

一只金柿子成熟了，他可不肯像他的兄弟姐妹们一样，被人装进筐子里，然后送进大城市去卖，这样的一生太没意思了。他就独自离开了柿子树，落进了白龙江里，顺着水流漂呀漂，哎呀，漂到了一片沙滩上。哦，这里不错，暖洋洋的，先晒个太阳吧。正在他闭目养神的时候，发现来了一只病恹恹的小灰兔。

"小灰兔，小灰兔，我们来交个朋友吧。"金柿子热情地打着招呼。

小灰兔正生着病呢，连说话的力气都没有了，再不吃东西的话他就要饿死了。金柿子想，我们柿子生来就是被别人吃的，算了，我还是救小兔子一命吧。说着，他对着一块石头撞去，把自己撞得头破血流，柿子肉全露出来了，再不吃就会腐烂的。小兔子只好吃起柿子来。因为太饿了，他把一颗肥肥的种子也吞进了肚子里。这颗种子其实就是金柿子的灵魂，他想：留得青山在，不怕没柴烧。

兔子吃下柿子的第二天，跳进了一片光秃秃的山岭，就把那颗肥肥的柿子种子拉了出来。这颗种子可神奇啦，见风就长，很快就生根、发芽、长叶、开花，还结出了许多柿子。这些柿子落地生根又长出了许多棵小柿子树。小兔子呢，也把他们的兄弟姐妹带进了柿子树林里生活。他们每到秋天就以柿子为食，当然连柿子种子也吃进了肚子里，然后再去种出新的柿子树来。

就这样，这块光秃秃的山岭，不几年成了硕果累累的柿子山，成了动物们快乐的家园。当初的那颗金柿子果真干成了一件惊天的大事。

故事3：
一个男生发言，也是一句话：一只小柿子准备离家出门干一件大事，可是一出门碰到一匹马，就被马踩成了烂柿子。

这虽然叫故事，可也太短了点，我们决定给它加点情节。加啥呢？提醒学生，可以在遇到马之前加一系列的事呀。于是，我们的创作开始了。

一只小柿子准备出门闯荡世界，不混出一点名堂决不回来。

他走呀走呀，碰到了一只小狗，他决定考考小狗，看看小狗的学问有没有自己大，如果有就拜他为师。他问："小狗小狗，我来考考你，你知道我们小柿子从树上摘下来，有什么办法才能把苦涩味去掉吗？"

小狗摇了摇头，离开了。小柿子对着小狗的背影就大声喊道："真是一只大笨狗！"

小柿子走呀走，又发现了一只大白鹅，小柿子急忙走过去问道："呆头鹅呆头鹅，我来考考你，你知道我们小柿子从树上摘下来，有什么办法才能把苦涩味去掉吗？"

大白鹅一听这小柿子说话这样没头脑，气得转头就走。

小柿子非常得意，觉得这天底下最有学问的就属自己了。他得意地走呀走，突然，他看到一匹马，他迈着八字步走上前问："小懒马呀小懒马，我来考考你，你知道我们小柿子从树上摘下来，有什么办法才能把苦涩味去掉吗？"

小马只顾着走路，哪有空理论。小柿子却不依不饶，拦住小马要他自己承认自己是匹笨马。小马气得一脚对着小柿子踏上去，小柿子就这样成了一只烂柿子，再也无法得意了。

那堂课大家一气儿编了六七个故事，最后留了几分钟开写，要求每个孩子必须写出属于自己的故事，追求个性化的写作。其中有一个女生，在我的倒计时中，被我半哄半推地拉上了讲台，由于胆子小，她一边讲故事一边流起了眼泪。我扶着她的肩，握着她的手，尽可能地在精神中支持帮助她。在她一边叙述一边流泪中，我们师生一起合作终于把故事讲完。这孩子该是担着多大的压力啊，但当她讲完故事抽泣着走下讲台时，热烈的掌声四起，小姑娘的脸都涨红了。我希望这样的一个经历，会让这个智慧却又胆小的姑娘从此开启她未来充满自信而勇敢的人生。

记得有一个孩子课堂表现特别出色，一个人就编了三个不同的故事，获得听课老师的几次掌声。后来班主任告诉我，这个孩子竟然是班里成绩最差的，平时几乎不做作业。因为父母外出打工，他跟着奶奶生活，奶奶根本管不了他。唉，这样的一个好苗子，没有父母的监管，就沦为成绩差的学生，实在可惜。这里的留守儿童达百分之八十以上，这样的现状如何能得到大的改变？

孩子们思维的打开，也许取决于那个大家都能吃到的小柿子，也许是班得瑞美妙的《雪之梦》带来的梦幻沉思，也许是那座叫作"没（读木）水山"所给予孩子的丰富的联想和想象。真希望舟曲的每一个孩子都能打开他们想象的翅膀遨游于书里书外。

课后在和老师们研讨时，大部分老师都谈到这里的学校条件差，生源也不好，有一些职业的懈怠感，但有位年轻老师的发言吸引了大家。他说："我也总感觉我们的学生差得没法教，但我看到那个说话结巴、从不举手的孩子，在韦老师的循循善诱下居然编出了那么动人的故事。每个站起来的孩子编的故事都那么有创意，让我相信无论在多么恶劣的条件下，只要我们用心、用情、用爱来教育孩子，孩子们就能还我们一片精彩。听了韦老师的课，我还觉得备课很重要。我上课没有把学生的思维激发出来，我只是感觉我们这儿的学生差，没法子教。这堂课我看到了老师对学生的爱，感觉到老师也可以这么伟大，我很感动。"话音落下，会场先是一片寂静，有的老师已经低头深思了，突然热烈的掌声响起。我也情不自禁热泪盈眶，这一刻，让我觉得做老师真的挺美，挺骄傲！

课上完后评课，老师们自然褒奖有加，毕竟我是客人，总要给我一点颜面。他们觉得感触最深的是我的作文课，老师跟学生从来没见过面，短短的时间和学生打成一片，通过老师的引导，儿童化的点拨，给学生启发鼓励，大多数同学都能积极回答老师的问题，激发了孩子丰富独特的想象力。

每来到一所学校，我最关注的依然是孩子们的读书问题。非常可惜的是，很少有学校的图书馆是正常开放的。

此前我曾到大川学校上公开课做讲座，发现该校陆晓东校长就把人均15册的图书放到了每个班的图书角，让我尤为感动。所以情急之下，我就把常州文化局周晓东局长所捐的款项，全部用来购买了经典童书，并且全部赠送给了大川学校。书只有交给懂书的人才能发挥最大的效用。

在我回常州之前，江苏的陈文瑛老师把那四大包书按时寄到了我手中，我也了了捐助者的心愿。舟曲二小五（5）班也有了图书角，这些书是我和南京的朋友一起捐赠的（此前曾跟当地新华书店多次交涉，让他们按我的书目进一批好书，可他们都没法完成我的心愿，很遗憾）。希望大川学校的学生能享受到经典的滋养。今天上完了课，我跟着图书馆的老师来到了一幢闲置的大楼，这楼原先是中学部的教学楼，后来学生归到了新区中学，楼就空了。但图书馆就在这座楼的三层。刚走进大门，就发现这大门是施耐德电气捐献的。但管理员怎么都打不开楼房门，后来来了一位大概是总务主任，总算打开了。馆里藏书非常丰厚，都是崭新的，大概很少有人借阅过。管理员说，没有人手。这所中心校有200多名学生、18名老师。全乡有700多名学生、50多名老师。这么多的好书却没人读，极为可惜。我建议学校把这些图书放到各个教室，在每个教室里设立图书角，交由学生管理。书最怕的是没人读啊，读破读旧对一本书来说不是最好的追求吗？对于捐书者来说，更希望是这样的。孩子的受教如果仅仅来自老师，哪个老师敢说自己有这么大的能量和能耐？当学校成为孩子受教的孤岛（注：教育的孤岛，金东旭发明），家庭教育、社会教育又几乎缺失，孩子再没有书阅读，又能得到多大的发展？想想还是痛心。

拱坝藏族小学琐记

山后,是离舟曲县城比较远的地方,路也很难走。11月14日一大早,我们就跟着教研室的几位老师出发去往山后,我们依然分两批,一批赶往拱坝藏族小学,一批赶往铁坝藏族小学。这两所学校离舟曲县城约一百公里。虽说是一百公里,那路可以说和我溧阳老家的20世纪70年代的机耕路一模一样,这一路上左摇右晃,颠簸得心都要倒出来了。虽然同行的人中,我是年纪最大的,但也算是体质最好的,我和金东旭、陈阳老师,坐在汽车的最后一排。支教第一条,考验的是人的体质,这几天特别清楚地意识到,健康的身体多么重要!可一向强悍的我,这两天已经明显感觉腰肌难受,有直不起来的感觉。金组长让我坐到了前排。

途中吃了个午饭,真高兴还有米饭吃。我这阵子对面和土豆已经越来越招架不了了。在常州时哪一天如果吃不上一餐米饭,胃就胀得不行,满肚子的气到了喉咙口就是出不来。我的胃只适应江南的大米,虽然也带了大米和电饭锅来,但经常没时间烧粥吃。想起前几天一成不变的土豆、玉米糊加馍馍，那肚子胀得要爆炸，我妈教我的刮痧、刺血疗法都用上了，还是不太行。但对一起支教的沈虹老师的高原反应，我的刮痧手艺倒是挺管用。

终于在下午三点多赶到了目的地——拱坝藏族小学，这里的孩子是百分百的藏族孩子，也有好多老师是藏族教师，学校也开设了藏语课。这所学校依然坐落在山沟沟里，学校的楼房依然是周围村落中最好的建筑，看着这些建筑心里还是挺高兴，把最好的留给孩子，连这么偏僻的山区都做到了。孩子们见着了我们，不是一般的稀奇，围着我们的相机又跳又蹦，却不肯在镜头前定格。

这次安排我上的是四年级的课，我准备的是第五单元的童话作文课。该校王校长跟我们说，这儿的孩子还停留在扫盲阶段，好多孩子说一句完整的汉语都成问题，写流利的汉文就更难了。我得调整一下我的教案，把作文要求难度降低，在指导说话上多花点时间。

四年级的那层楼竟然停电，这天是阴天，可见度也低，站在讲台上，我看不清后排学生，只能将就了。前排所见的孩子，大多数脸上灰扑扑的，衣服也不干净，那些男孩子的手和脖子大多黑乎乎的，好似灰堆里滚出来的小泥孩。听说这里离校最远的孩子要步行五个小时，步行两三个小时的孩子也是很多的。想想每周五他们放学回家，有的到家已经半夜了，崎岖的山路上行走着一个个孤单的身影，不得不佩服这些孩子的勇气和独立精神。所以学校要求路远的孩子住校，但民意调查让孩子自备被褥时，家长大多不愿意，大概也是贫困所致吧。这所学校有学生489名，住校生270名，百分之八十是留守儿童。王校长通过各种渠道，得到了资助，帮孩子们解决了住宿所需的被褥。但他还有一个心愿，为孩子们建一个浴室，可目前还没有资金。这里是实实在在的穷山，实实在在的荒原，实实在在的贫瘠，我见到好些孩子用黑乎乎的手拿着零食吃，喝的水就是自来水龙头里放出来的。孩子们住校一周，也没条件洗澡，也不知洗不洗脚，卫生习惯还有待逐步养成啊。这所学校有老师33名，其中汉族老师8名，女教师5名，大多住校，学校提供宿舍，吃的问题老师自己解决，其艰难程度可见一斑。这么偏僻的地方，如何让老师们追求职业的尊严和幸福，想来是最让校领导头疼的事吧。在这儿，勾起了我对当年农村学校生活的回忆。记得当年刚分配到村校，我只有一个愿望——离开。而如今回想，那四年村校教学却成了我最美好的怀想，乡情、随性，尤其是课程的自由开发，没有束缚地把一切敢想的教育行为化为教育实践，多好。

后面早已坐着几十名等待听课的老师了。听说这里过于偏僻，村小的老师来这儿的教学点听课最远的要走三四个小时。我得好好上。

这一堂课是状物类的作文教学，因见本地漫山遍野都是柿子，街上随处可见卖柿子的山民，而且这里的柿子吃法跟我们江南还不一样，我就决定把柿子作为上课的素材。在县城里还拍了点照片和小视频。这里的学校硬件相当不错，再偏僻的学校都有很先进的多媒体教室，比我们常州第二实验小学的硬件好太多了。

进入课堂后孩子们倒是热情，虽说开始也不敢举手，站起来发言声音也小小的，但经一番鼓励后，举手的人渐渐多了，学生零零碎碎的发言终于有了：

"金灿灿的柿子"；

"金黄金黄的柿子"；

"发出金子般光芒的柿子"……

在我看来寡淡苍白的语言，却让这些孩子眉开眼笑。黑乎乎的教室好像突然有了太阳的味道，我终于有了点成就感。听课老师也不断地给予孩子们热烈的掌声。

下课了，孩子们紧紧围在我的身旁，有的说："老师你留下别走了，我们喜欢你。"孩子们兴奋地让我给他们拍照，还争先恐后地把方便面送到我的面前，大概这就是他们最好的零食了。

"老师，这个给您！"

"老师，这是我最爱吃的，给您吃！"

虽然他们的小脸和小手脏得几乎看不出底色，可看着他们热切的眼神，脸上两朵艳艳的"高原红"，还有高举的小手，我的眼睛不自觉地发热发潮，心底一下子柔软无比。

不能用完整的语句表达观点，似乎是舟曲孩子的通病。这也许跟教育理念有关吧，一是孩子们的基础差是根本问题，其次是老师们大概平时还是放手让孩子大胆说话的力度不够，毕竟每堂课有每堂课的教学任务，得先完成。但孩子们那种带着舟曲方言的普通话，扑棱棱地冒出来，总让你感受到拙朴的乡情。

课间，看孩子们在大山下的操场上奔跑跳跃，也为他们庆幸，老天让他们降生在这儿，自然有老天的安排。这里的孩子也许物质上没有东部地区的孩子那么丰富，可他们吃的食物干净，呼吸的空气新鲜，大山还赋予他们更加健全的体魄和辽阔的胸怀。他们喜辣、喜麻，这也使得他们个性更率真、更热情，就像地里的庄稼，独立、耿直、强悍，也与世界更接轨。只是这里的留守儿童太多了，对孩子的成长不太有利。在当前经济大潮如此巨大的冲击下，有多少山民能耐得住山里的寂寞和贫穷呢？国家公布的贫困县中，一半在甘肃，我们在这里看到了真实的贫穷。而留守儿童这个问题，始终都是教育的大问题，回避不了，如何面对是国家和社会必须考虑的。

上完课已经六点多，天也完全黑了，我还想去学生宿舍看看，怕学校领导有想法，没好意思开口。吃过饭的孩子们还在操场上打篮球，玩得很开心。这天的晚饭是在学校食堂吃的，食堂没灯，只能摸黑，不知是停电还是他们习惯了，也没人提开灯的事。晚饭是土鸡汤就馍馍。鸡汤很香，可我吃不下，手机照了下，黄澄澄的一层油，挺正宗的草鸡。

馍馍很筋道，可我的牙这几天软了，咬不动，只好将就吃了点。食堂的大师傅倒是很热情，殷切地看着我们。我们赶紧表达感谢，赞美鸡汤和馍馍的美味。他很开心的样子，手里边还在做着馍馍，大概是孩子们明天的早餐。

吃完饭和所有老师一起研讨，校长要求严，要每个老师发表见解，看到有的女教师憋了好几分钟也不吭一声，真是替她急。最终她说了一句话，就算是评过了，大家情不自禁地热烈鼓掌。研讨时发现，两个英语老师分别是美术和历史专业转岗的，这里的专职教师不能专职，专业教师极度缺乏。王校长说，这里特别需要师资援助。

研讨完毕，已经夜里快九点了，我们还要赶往四十公里以外的插岗，我们将住在插岗乡的乡村旅店。一路依然是摇摆不停的山路，还经过了一道极恐怖的"鬼门关"，那是当地山民自发开的一条隧道，极险要。我的腰已经越来越不对劲了，心里暗暗祈祷，还有两天支教工作，希望能平稳度过，完成最后的工作，希望插岗快些到。

路更加颠簸了，我的腰也痛得更厉害了。因为下雨，当地陪同的县教研室李主任担心山体垮塌，路会堵住。焦虑的愁云在大家心头弥漫。我只能躺在后座上了，好在有惊无险。

夜里十二点多到了目的地，对方学校和镇政府领导还在等我们喝欢迎酒。这里的待客之道相当讲究，大概因为我们是第一批江苏来的支教团队吧。有一个领导"花儿"唱得特别好，这可是我极喜欢的。可我哪还有心情喝酒、听歌？席间交流，发现我得重备课。这次上的是五年级的作文课，学校的语文老师已经把预习任务布置给开课的班级了。也就是说我在前面七八所学校上过的作文公开课教案一节也用不上了，当然还得重做多媒体课件。顾不上捶捶酸痛的腰，来不及给酸涩的双眼点上眼药水，也无暇暖一暖冻僵的双脚，就开始工作。这里的11月，已经是严寒季节，大概是海拔高的缘故吧，山上的积雪已经很厚，我们穿着羽绒服还是觉得冷。我被安排住进了设施最好的房间,但所有房间都不提供热水洗澡。看着新的课题,真的有点一筹莫展。虽然已是深夜,我还是通过网络向单位的语文高手及家乡的老友们发布了求助信息。没想到的是朋友、同事都雪中送炭,让我茅塞顿开。课备好时,已是凌晨三点多,闻着乡村旅店浓重的羊膻味,伴着又腥又冷的空气,用冷水稍微擦洗了一下,强迫自己闭上眼。大概是心理压力有点大,再加上又冷又痛,勉强睡了一个多小时。

插岗乡中心小学教学记

一早起来,腰奇痛无比,走路都是歪斜着,还要人扶,真丢脸。1000多米的山路我被人搀着走了近半个小时。教研员李主任帮我买来膏药贴上后,好一点了。膏药竟然是我们常州产的,亲切。他建议我把课取消,可一个班的学生已经布置了预习任务,加上几十名翻山越岭等着听课的老师,我不该让他们失望。提起精神,稳稳地站在了插岗乡中心小学五(1)班的讲台上。

一开始的课堂没有一个人举手,他们习惯了集体回答问题。我从表扬个别学生开始引导,终于激发了他们独特的想象力,以及个性化的语言表现力。没想到孩子们后来的课堂表现很出色,一双双眼睛里灵动的光、一只只高举的小手、一句句热切的发言,深深打动了我。

在舟曲支教虽然只有短短的一个多月时间,但我们天宁区一行九人,有任局长前期的全面安排,有文教局办公室主任柴曙瑛和薛文兴校长的后勤保障,有教师发展中心的教研员、语文特级教师金东旭的业务指导,还有局前街小学的沈虹、金蓉,解放路小学的丁希彦,博爱路小学的陈阳，我们六人的合作研讨，应该说很好地完成了这次支教任务。其间，我们走遍了舟曲县城里的每一所小学、乡村的每一个中心教学点，虽然我们的支教过程如同一根火柴，只是偶尔在那片土地上亮了下就熄灭了，星星之火一般微茫。但这一段历程，让我们认识到了教师职业的尊严，也让每一个人的灵魂得以净化。我相信支教的这些日子将成为我们生命里永不磨灭的最美的回忆！

　　希望以后有机会再来舟曲看看，听峰迭中学郭俊宏老师说，每年7月的第三周是甘南藏族自治州拉卜楞寺传统的"香浪节"，香浪节是甘南藏族自治州的传统节日，是一种群众性游山活动。香浪节期间，甘南藏族自治州的企事业单位都要放一周假，欢度香浪节。藏族群众按传统习俗，几家相约，或以部落、村寨为单位，集体带上帐篷、锅灶和食品，在草原上度过十几天的野外生活。这个信息对我们这几个"江南蛮子"太有吸引力了，可惜我们来得不是时候。

　　舟曲，我们一定会再见的；甘南，我们一定会再来的！

后　记

　　这份与儿子和孩子们共同成长的日记，以及难忘的甘肃省舟曲县支教历程，取名为《幸福的战争》，记了有十四年。

　　翻阅博客，发现了这些年的教学手记，竟然积累了十几万文字。有关于亲子教育的，有关于师生间故事的，也有关于支教的。回想这些记录曾经历过五台电脑，坏了两个硬盘，文字一度消失，感谢两家网络平台——凤凰语文网论坛及中国常州网龙城博客，它们以泰山般的稳重，帮我收集着这些碎片式记录。如今再读这些文字，发现一个青春少年的成长，也有着与普天下孩子成长相似的规律，母子双方同生共长，其间的快乐、从容、矛盾、冲突，直至理解，也颇有人生意味。而作为一名教师，我也早就在不知不觉中把学生当作自己的孩子，因此也挑选了一些写的随笔收集起来。2014年的支教经历，虽说极其辛苦，但却幸福满满，受益匪浅。

　　感谢母亲这一身份，感谢教师这一职业，让我拥有了这么多的爱，这么幸福的生活，这么富足的收获。一路走来，我深深感悟，生命的美好是因为有爱,有陪伴,有觉醒。成长的快乐,是一双眼关注另一双眼,一只手牵起另一只手,一颗心撼动另一颗心。亲爱的儿子、可爱的孩子们,以及我的亲人、我的好友、我的师长同事、我们同时代的人,感谢这么长的时光里有你们相伴,让我活得像个骁勇的战士,胜利不曾怠,失败也觉荣。活着,是一件多么幸福的事,让我们彼此珍惜,在行走的光阴里细数珍藏。